AGNÈS MARTIN-LUGAND

Après six ans d'exercice en tant que psychologue clinicienne dans la protection de l'enfance, Agnès Martin-Lugand se consacre désormais à l'écriture. Son premier roman, *Les gens heureux lisent et boivent du café*, paru en 2013 aux Éditions Michel Lafon, a connu un immense succès auprès du grand public. Il est en cours d'adaptation pour le cinéma. Son deuxième ouvrage, *Entre mes mains le bonheur se faufile*, est paru en 2014 chez le même éditeur. En 2015, l'auteur publie *La vie est facile, ne t'inquiète pas*, la suite très attendue de son premier roman.

ENTRE MES MAINS
LE BONHEUR
SE FAUFILE

AGNÈS MARTIN-LUGAND

ENTRE MES MAINS LE BONHEUR SE FAUFILE

MICHEL LAFON

Pocket, une marque d'Univers Poche,
est un éditeur qui s'engage pour la préservation
de son environnement et qui utilise du papier fabriqué
à partir de bois provenant de forêts gérées
de manière responsable.

© Éditions Michel Lafon, 2014
ISBN 978-2-266-25512-7

*Pour Guillaume, Simon-Aderaw et Rémi-Tariku,
mes bonheurs.*

Le bonheur est un rêve d'enfant réalisé dans l'âge adulte.

Sigmund FREUD

Le plus beau vêtement qui puisse habiller une femme, ce sont les bras de l'homme qu'elle aime.

Yves SAINT LAURENT

1

Comme tous les dimanches midi, je ne voulais pas y aller. Comme tous les dimanches midi, je traînais des pieds, je faisais tout pour gratter un peu de temps. Sauf que…

— Iris ! appela Pierre. Qu'est-ce que tu fais ?

— C'est bon, j'arrive.

— Dépêche-toi un peu, on va être en retard.

Pourquoi mon mari était-il si pressé d'aller déjeuner chez mes parents ? Alors que moi, j'aurais donné n'importe quoi pour y échapper. Seul avantage, cela me permettait d'étrenner ma dernière robe. J'avais réussi à mettre la touche finale la veille au soir, et j'étais satisfaite du résultat. J'essayais tant bien que mal de ne pas perdre la main et d'entretenir mon doigté de couturière. Et puis, dans ces moments-là, j'oubliais tout : mon travail à la banque d'un ennui mortel, la routine de ma vie, le délitement de mon couple. Je n'avais plus l'impression de m'éteindre. Au contraire, j'étais vivante ; lorsque je faisais équipe avec ma machine à coudre ou que je dessinais des modèles, je palpitais.

Je me regardai dans le miroir une dernière fois et soupirai.

Je rejoignis Pierre dans l'entrée, il pianotait sur son téléphone. Je pris un petit temps pour l'observer. Voilà près de dix ans que je le connaissais, sa tenue du dimanche n'avait pas changé d'un iota ; chemise oxford, pantalon de toile et les éternelles chaussures bateau.

— Je suis là, lui dis-je.

Il sursauta, comme pris en faute, et rangea son portable dans sa poche.

— Ce n'est pas trop tôt, râla-t-il en enfilant sa veste.

— Regarde, j'ai fini ça hier. Qu'en penses-tu ?

— Très joli, comme d'habitude.

Il avait déjà ouvert la porte d'entrée et se dirigeait vers la voiture. Il ne m'avait pas jeté un coup d'œil. Comme d'habitude.

À 12 h 30 pétantes, notre voiture se garait devant la maison de mes parents. Mon père nous ouvrit la porte. La retraite ne lui allait pas, il prenait de l'embonpoint, et sa cravate du dimanche l'étranglait de plus en plus. Il serra la main de son gendre, prit tout juste le temps d'embrasser sa fille avant d'entraîner Pierre au séjour pour boire le traditionnel porto. De mon côté, je passai brièvement dire bonjour à mes deux frères aînés, qui en étaient à leur deuxième verre. L'un était accoudé à la cheminée, l'autre lisait le journal dans le canapé, et ensemble ils commentaient l'actualité politique. Ensuite, je partis rejoindre le clan des femmes à la cuisine. Ma mère, tablier autour de la taille – cela faisait près de quarante ans que cela durait –, surveillait la cuisson de son gigot du dimanche et ouvrait les conserves de haricots verts pendant que mes belles-sœurs s'occupaient du déjeuner de leur progéniture. Les plus petits au sein. Quant aux plus grands, ils interrompirent leur repas de fête – pommes de terre dauphine et tranche de rôti froid – pour faire des bisous à leur tante. Je donnai un coup de main à ma mère, j'essorai la laitue et préparai la vinaigrette en les écoutant toutes les trois cancaner sur madame Untel qui avait fait un scandale à la pharmacie ou sur monsieur X à qui on avait découvert un cancer de la prostate. Et ma mère qui disait suivant le cas : « Elle devrait avoir honte de se comporter comme ça, ça ne se fait pas » ou « C'est quand même malheureux, si jeune… » De mon côté, je restais silencieuse, je détestais ces commérages.

Je le restai tout autant durant le repas, présidé comme toujours par mon père. De temps à autre, je jetai un regard à Pierre, qui se sentait comme un poisson dans l'eau au milieu de ma famille, pourtant si ennuyeuse et à l'opposé de mes envies. Pour me distraire, je faisais le service, comme lorsque j'étais *la jeune fille de la maison* ; pour cause, nous étions les seuls sans enfants. Lorsque je revins à table avec le plateau de fromages, une de mes belles-sœurs m'interpella.

— Iris, ta robe est superbe ! Chez qui l'as-tu trouvée ?

Je lui souris et je sentis enfin le regard de Pierre sur moi.

— Elle vient de mon grenier.

Elle fronça les sourcils.

— Je l'ai faite moi-même.

— C'est vrai, j'avais oublié que tu cousais un peu.

J'eus envie de lui répondre qu'elle n'était pas la seule, mais je m'abstins. Aucune envie de faire un esclandre aujourd'hui.

— Tu es vraiment douée, je suis épatée. Tu crois que tu pourrais m'en faire une ?

— Si tu veux, on en reparlera.

Son idée de porter une robe relevait pourtant du miracle. Relooker ma belle-sœur était un défi que j'aurais apprécié relever : elle s'obstinait à camoufler ses formes voluptueuses – cadeaux de ses grossesses – en s'affublant de pantalons et pulls informes.

Le silence qui suivit jeta un froid. Je préférai reprendre ma place à table et ne pas m'étendre sur le sujet. C'était dur de me retrouver confrontée à mon rêve brisé.

— C'est quand même dommage qu'Iris n'ait pas fait son école, dit mon frère aîné.

Je reposai mon verre avant d'avoir eu le temps de boire une gorgée de vin. Je penchai la tête sur le côté en le regardant. Il avait l'expression de celui qui vient de commettre une bourde. Je me tournai vers mes parents, qui eux ne savaient plus où se mettre.

— De quelle école vous parlez ?

— Tu as mal compris, répondit ma mère. Ton frère est juste en train de dire que tu aurais pu réussir dans ce domaine.

Je ricanai.

— C'est vrai, maman, vous m'avez beaucoup soutenue, je devrais m'en souvenir.

Je fus propulsée plus d'une dizaine d'années en arrière, lorsque je lui avais confectionné une tenue de cérémonie complète. J'aurais eu moins mal ce jour-là si elle m'avait giflée.

— Iris, tu ne veux quand même pas que je porte cette fripe au mariage de ton frère ? De quoi aurais-je l'air ? m'avait-elle envoyé en balançant la robe sur une chaise.

— Maman, essaye-la au moins, l'avais-je suppliée. Je suis sûre que tu serais belle dedans, j'y ai passé tellement de temps…

— Tu aurais mieux fait de te concentrer sur tes révisions, vu le résultat.

La voix de mon frère me ramena au présent. Il scrutait mes parents et semblait désormais satisfait d'avoir évoqué ce sujet de discorde entre eux et moi durant toute mon adolescence.

— Non, mais franchement, dites-lui. Il y a prescription depuis tout ce temps. Ça ne va pas changer sa vie !

— Est-ce que quelqu'un ici pourrait m'expliquer de quoi il s'agit ? m'énervai-je en me levant de table. Papa ? Maman ?

Mes belles-sœurs lancèrent un regard interrogatif à leur mari respectif et se levèrent. Les enfants avaient comme par hasard besoin de leurs mères. Pierre se leva à son tour, vint me rejoindre et me prit par les épaules.

— Calme-toi, me dit-il à l'oreille avant de se tourner vers ma famille. C'est quoi cette histoire ?

— C'est bon, je m'y colle, intervint mon frère aîné après avoir vérifié que les enfants étaient éloignés. Iris, tu as postulé à une école de couture à la fin de tes études sans en parler à personne ?

— Comment le sais-tu ? Et puis, de toute façon, ils m'ont refusée.

— Tu as cru que tu avais été refusée parce que tu n'as jamais eu de réponse… C'est là que tu te trompes.

Une boule se forma dans ma gorge, je commençai à trembler.

— Tu as été acceptée, mais tu ne l'as jamais su.

Comme dans un brouillard, j'écoutai mon frère me raconter que nos parents avaient ouvert mon courrier et qu'ils avaient découvert ce que j'avais préparé dans leur dos. Je m'étais dit à l'époque qu'une fois que j'aurais fini cette maudite école de commerce dans laquelle ils m'avaient inscrite de force alors que je ne rêvais que de machines à coudre et de maisons de couture, je serais libre de faire ce que je voulais. Après tout, j'étais majeure et vaccinée, et ils n'auraient plus leur mot à dire. La réalité était tout autre et je ne l'apprenais qu'aujourd'hui : ils avaient décidé de se débarrasser de la fameuse lettre ; ils l'avaient brûlée. Ils m'avaient trahie. C'était comme si je venais de passer sous un rouleau compresseur. Mes propres parents m'avaient volé ma vie. Je chancelai sur mes jambes, et retins la nausée qui monta. La sensation de mal être fut vite dissipée ; la fureur enflait.

— On est désolés, on aurait dû intervenir à l'époque…

Je me moquais des excuses de mes frères, ils n'avaient jamais eu à subir l'autorité de mes parents. Déjà, parce qu'ils étaient des garçons. Ensuite, ils avaient choisi le droit et la médecine. Forcément, ça collait mieux dans l'esprit de nos géniteurs. Je me tournai vers eux, prête à les mordre, prête à leur sauter à la gorge.

— Comment avez-vous pu me faire une chose pareille ? Vous êtes… c'est… c'est dégueulasse !

— Ta lubie pour la couture a toujours été ridicule, me dit froidement mon père. Nous n'allions pas te laisser finir ouvrière dans une usine de confection.

— Avec cette école, je n'aurais pas fini à l'usine ! Et quand bien même, si c'était ce que j'avais voulu ! Le p'tit peuple vous dérange ? Vous n'aviez pas le droit d'intervenir, de choisir pour moi et de tout détruire…

Toutes ces années, j'avais mis mon échec et ce pseudo-refus sur le compte de mon incompétence. J'avais cru que je n'avais rien entre les mains, que je n'avais pas une once de talent pour la couture. Et pourtant, je m'évertuais encore à manier l'aiguille, à m'améliorer. J'aurais pu faire tellement mieux. Sans eux, je ne végéterais pas dans une banque.

— Iris, ça suffit maintenant ! me dit ma mère d'une voix cinglante. Tu as quel âge ?

— Vous avez passé votre temps à me rabaisser ! leur criai-je. Vous n'avez jamais cru en moi !

— Nous avons fait ce qui était le mieux pour toi. Tu n'as jamais eu les pieds sur terre. Comment aurions-nous pu te laisser faire ça à six mois de votre mariage ? La date était fixée, les faire-part préparés, la robe commandée…

— Mon petit Pierre, vous pouvez nous remercier, intervint mon père.

— Ne me mêlez pas à cette sale histoire et ne comptez pas sur moi pour vous remercier. Comment des parents peuvent-ils trahir leur enfant à ce point ? Vous parlez du mariage ? Eh bien justement, nous aurions dû parler de ça tous les deux, Iris et moi. Vous n'aviez plus le droit d'intervenir pour elle. C'était mon rôle, ma place.

Je regardai Pierre. C'était dans des moments comme ça que je me souvenais à quel point je l'aimais. Quand il me protégeait. Quand il redevenait celui que j'avais rencontré, qui se battait pour moi, qui me considérait, qui faisait attention à moi, pour qui j'existais. Jamais je n'aurais imaginé qu'il prît ma défense de cette façon face à mes parents.

— À quoi cela sert-il de revenir là-dessus aujourd'hui ? répondit ma mère. Ce qui est fait est fait. Et un jour, tu nous remercieras d'avoir choisi pour toi.

— On s'en va, dis-je à Pierre.

— Bien sûr, rentrons à la maison.

— Oh Iris, reste là, c'est bon, me dit mon frère.

— Ils ont tout foutu en l'air. Je n'ai plus rien à faire dans une maison, une famille où personne ne me respecte ! Vous n'êtes que des…

— Des quoi ?

— Vous êtes petits, coincés, à l'esprit étriqué. Je la dégueule, votre vie… Bande de réac' !

Mon père se leva brusquement.

— Ne compte pas revenir ici sans t'être excusée.

Je le regardai bien droit dans les yeux. Pierre me fit reculer et me glissa à l'oreille de ne pas aller trop loin.

— Ça n'arrivera jamais, ce n'est pas à moi de m'excuser.

— La colère d'Iris est légitime, renchérit mon mari.

Soutenue par lui, je quittai peut-être pour toujours la maison de mon enfance. Pourrais-je jamais leur pardonner ? J'en doutais.

Une fois dans la voiture, je fondis en larmes. Pierre me prit dans ses bras par-dessus le levier de vitesse. Il frottait mon dos et me murmurait des paroles de réconfort.

— Tu m'aurais laissée faire mon école ? lui demandai-je en reniflant.

— Mais oui, me dit-il après un petit temps. Allons-y, ne traînons pas là.

Il me lâcha, je repris ma place, et il démarra. Je regardai par la vitre sans rien distinguer. Qu'aurais-je vu de toute manière ? Une ville bourgeoise un dimanche après-midi, autant dire une ville fantôme. J'essuyai rageusement mes larmes. Le sentiment d'injustice, l'indignation prenaient le dessus. Je bouillonnais de l'intérieur. J'avais envie de tout casser, de tout envoyer promener. Pourquoi mes parents s'étaient-ils toujours acharnés après moi ? Que leur avais-je fait pour mériter ça ? Ils avaient été incapables d'écouter mes envies, d'entendre que je souhaitais être première d'atelier de couture. Quel mal y avait-il à ça ? J'avais passé mon temps à me battre contre eux, à chercher à leur prouver que je pouvais y arriver. J'avais continué de coudre, même lorsqu'ils avaient refusé que je fasse un CAP, même lorsqu'ils avaient décidé de mes études supérieures. Je les avais nargués des années durant en installant ma machine à coudre sur la table de la salle à manger, en portant exclusivement des vêtements de mon cru, en évoquant les commandes que me passaient mes amies, leurs mères… Pendant que je ruminais, Pierre conduisait silencieusement. Je sentais bien qu'il me jetait des coups d'œil, certainement inquiets.

Une fois la voiture garée devant chez nous, je sortis de l'habitacle et claquai la portière. J'entendis le bip de la fermeture centralisée.

— Iris, dis-moi quelque chose, s'il te plaît… ne te renferme pas.

Je me tournai brusquement vers lui.

— Qu'est-ce que tu veux que je te dise ? Qu'ils ont gâché ma vie ? Que je ne voulais pas finir comme ça ?

— Sympa pour moi. Je ne pensais pas que tu étais malheureuse à ce point.

Mes épaules s'affaissèrent, j'étais fatiguée tout d'un coup. Je marchai vers lui et me glissai dans ses bras. Il était tendu, je venais de le vexer.

— Pierre, ça n'a rien à voir avec toi, excuse-moi, je me suis mal exprimée. Ce n'est pas nous que je regrette, ni notre mariage. Comment peux-tu imaginer une chose pareille ? Heureusement que tu es là. Mais je n'ai jamais voulu finir dans une banque, j'avais d'autres ambitions, tu le sais bien, je ne m'en suis jamais cachée.

— Sauf que moi non plus je n'étais pas au courant de cette histoire d'école.

— Je voulais te faire la surprise. Enfin… si j'étais acceptée.

— Rentrons, je ne tiens pas à discuter sur le pas de la porte, au vu de tous.

Évidemment, les voisins, en particulier nos amis, devaient être derrière leur fenêtre, se demandant ce qui se passait chez le médecin. Le téléphone se mettrait à sonner dans les deux prochaines heures. Avec nos amis, nous vivions tous dans le même quartier – le plus prisé de la ville. Je pourrais même dire qu'ils étaient dans les cinq rues autour de chez nous. Le monde n'existait pas au-delà de ce périmètre.

Sitôt à l'intérieur, le silence de notre maison me sauta à la figure, et m'angoissa. Je balançai mes ballerines et allai me pelotonner dans le canapé du séjour. Pierre prit le temps de ranger méticuleusement sa veste, son portefeuille et ses clés de voiture. Puis il me rejoignit. Il posa son portable sur la table basse, s'assit à mes côtés et passa la main dans mes cheveux.

— Ma chérie, je sais que c'est dur ce qui vient de se passer…

— C'est un euphémisme.

Il soupira.

— Il faut admettre que ta mère a raison sur un point : c'est du passé. Tu ne peux pas refaire l'histoire, tu ne peux pas changer le cours des choses.

— C'est censé me remonter le moral ?

— Je ne te dis pas de leur pardonner tout de suite, laisse le temps faire son œuvre. Mais au moins, maintenant tu as la preuve que tu étais douée, cette école voulait de toi… Tu n'as plus à avoir de doutes, tu sais coudre.

Il me sourit et me prit dans ses bras. Il ne pouvait pas comprendre ce que je ressentais. Rien ni personne ne l'avait empêché de se plonger à corps perdu dans la médecine. La vibration de son téléphone interrompit mes réflexions. Il se redressa, prêt à le saisir.

— Ne me fais pas ça cet après-midi, Pierre, s'il te plaît.

— Mais…

— Non, pas d'hôpital aujourd'hui. C'est dimanche, tu n'étais pas de garde ni d'astreinte ce week-end. Ils n'ont pas à te demander de venir. J'en ai marre que tu sois au garde-à-vous chaque fois qu'ils t'appellent. Je suis ta femme, et là, c'est moi qui ai besoin de toi.

— Ne t'inquiète pas, je reste là. Laisse-moi juste répondre.

Je hochai la tête. Il tapa un SMS à toute vitesse et reposa son portable sur la table en soupirant. Il me reprit contre lui.

J'aurais voulu ne pas pleurer, mais j'échouai. Hors de question de me retrouver une fois encore seule dans notre grande maison, sans lui, parce qu'il courait à l'hôpital. Pas aujourd'hui. Pas après ce que je venais d'apprendre. Pas quand je ne savais que faire de cette nouvelle qui avait bouleversé ma vision des choses.

2

Après une dizaine de jours à broyer du noir et à tourner autour du pot, je venais de retrouver le sourire. Je comptais faire la surprise à Pierre ce soir. Je nous concoctais un dîner en amoureux avec le grand jeu : bougies, bonne bouteille de vin, belles assiettes. Et une jolie robe légèrement sexy – surtout pas trop, Pierre donnait dans le traditionnel. En l'essayant une dernière fois, je m'étais dit qu'il était vraiment dommage de ne pas la porter avec des talons hauts. Tant pis. C'étaient les goûts de mon mari qui comptaient pour le moment. Je ne doutais pas du choc que j'allais lui causer, mais j'espérais que mon poulet à l'estragon l'aiderait à digérer mon annonce. Dernière chose, je devais m'assurer que tous mes plans ne tomberaient pas à l'eau. J'avais interdiction formelle de l'appeler à l'hôpital sauf en cas d'extrême urgence, mais un SMS ne devrait pas attirer ses foudres : « Tu seras là pour dîner ? » Je me mis à tourner en rond dans la cuisine. À ma plus grande surprise, je n'eus à attendre que cinq minutes avant qu'il me réponde : « Oui, tu veux te faire un resto ? » Je souris. Depuis le clash avec mes parents, il faisait quelques efforts. Cependant, je ne revins pas sur mes plans : « Non, on reste chez nous, j'ai une surprise... », lui répondis-je. « Moi aussi », m'annonça-t-il.

Deux heures plus tard, j'entendis la porte d'entrée claquer.

— Ça sent bon ! me dit Pierre en me rejoignant dans la cuisine.

— Merci.

Il m'embrassa différemment. D'habitude, j'avais l'impression d'être transparente, j'avais à peine le temps de sentir ses lèvres sur les miennes, c'était le baiser de la routine, en pire. Là, c'était plus profond, plus aimant. Aurait-il en tête de passer une très bonne soirée jusqu'au bout ? Je l'espérais et, de mon côté, j'aurais bien commencé par le dessert. Je m'agrippai à lui et me mis sur la pointe des pieds.

— On peut passer à table plus tard, tu sais, lui dis-je.

Il rit légèrement contre ma bouche.

— Je veux connaître ta surprise d'abord.

Je servis nos assiettes, et nous passâmes à table. Je ménageai le suspense et l'invitai à entamer son repas. Lorsqu'il fut rassasié, il s'installa plus confortablement dans le fond de sa chaise. Je posai mes couverts.

— Qui commence ? lui demandai-je.

— À toi l'honneur.

Je me trémoussai sur ma chaise, je ne savais pas où poser le regard, je lui souris timidement.

— En fait... aujourd'hui, j'ai fait quelque chose... un truc que j'aurais dû faire il y a bien longtemps...

J'avalai une gorgée de vin.

— Et ? m'incita-t-il à poursuivre.

— J'ai démissionné.

Il se redressa, comme au ralenti. Une armée d'anges passa.

— Dis quelque chose.

Ses traits se durcirent. Il balança sa serviette, se leva brusquement et me dévisagea sévèrement.

— Tu aurais pu m'en parler, quand même ! Merde ! Je suis ton mari, et c'est à deux qu'on prend ce genre de décision. J'ai mon mot à dire !

Je vis rouge à mon tour. Ces derniers temps, chaque discussion dégénérait en quelques secondes. Nous étions de plus en plus sur des charbons ardents. La moindre broutille pouvait déclencher une dispute… quand il était là, évidemment.

— Pierre, je ne demande que ça, moi, de te parler ! Mais franchement, tu n'es jamais à la maison. Ta vie se résume à l'hôpital.

— Ça va être ma faute maintenant ? Ne pars pas sur le terrain des reproches et de l'hôpital. Je ne vais pas m'excuser de vouloir réussir.

— Tu ne m'écoutes pas, tu ne me regardes pas. Par moments, c'est comme si je n'existais pas. Ne crois pas que les deux dernières semaines vont rattraper ton retard.

— Ça suffit !

Il ferma les yeux, soupira profondément et se pinça l'arête du nez.

— Je ne veux pas qu'on se dispute, ni que la soirée soit gâchée. S'il te plaît.

Il se rassit, but un verre d'eau et s'accouda à la table en se frottant le visage. Il secoua la tête.

— Toi et tes surprises, marmonna-t-il.

C'est vrai que sur ce coup-là, j'avais mal joué.

— Pardon… je vais t'…

— Je n'aurais pas dû m'énerver comme ça, me coupa-t-il.

Il me regarda et prit ma main dans la sienne par-dessus la table. Je lui souris. La pression était retombée, enfin je l'espérais.

— Et puis, finalement, ça va parfaitement avec ma surprise à moi… Tu ne pouvais pas prendre de meilleure décision, en réalité.

J'écarquillai les yeux comme des billes. J'étais sidérée.

— On part vivre en Papouasie ?

Il rit, moi aussi. Il serra plus fort ma main.

— Non, je veux un bébé. Il est temps, non ?

Il me regardait intensément, visiblement ému par son annonce et sûr que j'allais sauter au plafond. Mon sourire me quitta petit à petit. Nos plannings n'étaient plus du tout synchrones.

— Tu vas pouvoir te consacrer pleinement à notre famille, comme ça a toujours été prévu.

Il fallait qu'il arrête très vite.

— Pierre, stop !

Je retirai ma main de la sienne.

— Je n'ai pas démissionné de la banque pour avoir des enfants.

Lui aussi redevint sérieux.

— Pourquoi, alors ? me demanda-t-il, les mâchoires serrées.

— J'ai trouvé une formation de couturière.

— Tu te moques de moi, j'espère.

— J'en ai l'air ?

Il me regarda comme si j'étais une demeurée.

— Mais c'est de la folie ! Ce qui est fait est fait. C'est trop tard, tu ne seras jamais couturière. Tes parents t'ont fait une crasse…

— Une crasse ? Là, c'est toi qui te fous de moi !

Je bondis de ma chaise.

— C'est trop tard, insista-t-il. Tu ne vas pas reprendre des études à ton âge… enfin des études c'est beaucoup dire. Ça ne va rien changer à ta situation.

— Bien sûr que si. Après ma formation, j'ouvre ma boutique. Je commencerai par être retoucheuse et puis je compte développer une clientèle pour faire des choses plus intéressantes, du sur-mesure…

— Attends, attends !

Il se leva à son tour et se mit à faire les cent pas.

— Tu veux être retoucheuse ?

— Pour commencer, oui. Je ne vais pas avoir le choix.

— C'est du délire ! Et tu te retrouveras à quatre pattes devant nos amis pour faire leurs ourlets ? Je ne te parle même pas de la conversation en soirée !

— Tu te préoccupes davantage du qu'en-dira-t-on que de mon bonheur ? Tu es bien d'accord avec mes parents, en fait !

— Tout de suite les grands mots ! Écoute, Iris, là, tu me fatigues. Tu fais tout à l'opposé de nos plans de vie. Je ne te reconnais plus.

Il attrapa une veste qui traînait.

— Je vais prendre l'air.

29

— Vas-y, fais comme d'habitude, fuis la discussion !

Il sortit dans le jardin et disparut dans l'obscurité. Après quelques instants où je restai tétanisée, je soufflai les bougies et commençai à débarrasser la table. Je nettoyai tout, seule, le visage ravagé par les larmes. Des larmes de rage et de tristesse mêlées. La tête au-dessus de l'évier, je reniflais bruyamment. Comment une soirée qui avait si bien commencé pouvait-elle partir en vrille à une telle vitesse ? Que nous arrivait-il ? Nous étions devenus des étrangers, ne parlant pas la même langue, incapables d'écouter l'autre et de comprendre ses attentes.

Vingt minutes plus tard, j'entendis la porte claquer. Je retirai mes gants Mapa, et allai à sa rencontre. Il me jeta un regard froid.

— Laisse-moi t'expliquer, s'il te plaît…

— Je vais me coucher.

Sans un geste vers moi, il quitta la pièce.

J'avais trente et un ans, un mari bien plus préoccupé par sa carrière que par sa femme – qui venait de se rappeler que nous devions avoir une famille nombreuse ; un travail dont le seul mérite était de m'empêcher de tourner dingue, seule et perdue dans ma grande maison vide. Je n'étais que la femme de Pierre. Rien d'autre. Je savais pertinemment ce que l'on attendait de moi : que je sois une petite femme gentille et docile, souriant béatement aux exploits professionnels de son cher et tendre, et bientôt une mère au foyer exemplaire, enchaînant les grossesses et accompagnant les sorties scolaires. J'entendais déjà ma belle-mère me dire à quel point c'était merveilleux que je sache coudre : « Vous pourrez faire les déguisements pour l'école et la crèche vivante. » Les femmes de médecins n'ont pas besoin de travailler. Je refusais cet archaïsme. Mes parents avaient décidé pour moi au-delà de ce qui était permis. Mon mari n'allait pas s'y mettre à son tour. Je n'allais pas être réduite à un rôle de poule pondeuse de têtes blondes.

Nous étions en train de nous perdre, embourbés dans la routine et l'incompréhension la plus totale. Je devais prendre les choses en main. Pierre portait sa part de responsabilités, mais je commençais à admettre que j'y étais pour beaucoup. Mon laisser-aller, ma passivité, mon amertume des derniers temps participaient à l'étiolement de notre couple. Ma reconversion professionnelle allait nous sauver, et je devais le prouver à Pierre. J'allais redevenir celle dont il était tombé amoureux.

Pierre semblait dormir lorsque j'entrai dans notre chambre. Je n'allumai aucune lumière et me glissai sous la couette en silence.

— Tu en as mis du temps, me dit-il.

Je me blottis contre son dos et passai un bras par-dessus sa taille. Je déposai un baiser entre ses omoplates. Je ne voulais pas que l'on s'endorme si loin l'un de l'autre. Il se raidit et se dégagea de mon étreinte.

— Ce n'est vraiment pas le moment, Iris.

— Ce n'est pas ce que je cherchais… Mais, de toute manière, ce n'est jamais le moment avec toi. (Je me réfugiai à l'autre extrémité du lit.) À se demander comment on réussira à avoir un enfant…

Pierre se releva et alluma sa lampe de chevet. Il s'assit sur le bord du lit, se prit la tête entre les mains.

— Je ne veux pas qu'on entame une énième dispute, donc je ne relèverai pas ta remarque… Mais tu te rends compte ?

Il me regarda par-dessus son épaule.

— Tu as fait ça dans mon dos, et tu me dis que tu ne veux pas d'enfants.

Je me relevai à mon tour.

— Je n'ai plus quinze ans, ne compare pas ma candidature dans le dos de mes parents avec ça. Je crois savoir ce qui est bon pour moi… Et je n'ai jamais dit que je ne voulais pas d'enfants, je te demande d'être un tout petit peu patient. J'ai consacré dix ans de ma vie à te soutenir dans tes études et ta carrière à l'hôpital, je te demande de m'accorder six mois.

— C'est quoi cette formation ? Explique-moi.

Je lui racontai ma trouvaille, elle m'avait mise dans tous mes états. Quelques jours plus tôt, un peu au hasard, j'étais tombée sur un site où j'avais découvert une formation privée, sans pour autant être onéreuse. Sans subvention de l'État, elle était financée par un mécène discret. Mes petites économies pourraient la payer. Je le rassurai en lui précisant que je n'aurais même pas à empiéter sur le budget familial. Je lui appris que les cours étaient dispensés par des professionnels issus de grandes maisons de couture, et même de modistes de haut vol.

— Quitte à tenter l'aventure, autant le faire jusqu'au bout, lui dis-je pour conclure.

— C'est bien joli tout ça, mais il doit bien y avoir une sélection pour entrer dans cette école ?

— Je dois confectionner un ouvrage, peu importe lequel, et écrire une lettre de motivation où j'évoque ma représentation de la couture.

Il se mura dans le silence. Je voulais lui faire comprendre ma détermination.

— C'est l'occasion ou jamais pour moi de réaliser mon rêve. Ce n'est pas dans dix ou quinze ans que je pourrai le faire. Je n'imposerai pas ça à nos futurs enfants. Et puis, je déteste mon boulot à la banque, je m'ennuie, je deviens aigrie, ce n'est pas moi et tu le sais. Comme toi, je veux avoir une vie professionnelle épanouissante.

— Dernière nouveauté, soupira-t-il. Écoute, je suis fatigué, je me lève tôt demain matin.

Il se recoucha, éteignit la lumière ; je me roulai en boule. Pierre finit par ronfler. Et moi, j'allais passer une nuit blanche...

J'avais à peine dormi. Pierre était sous la douche, je me levai et allai préparer le petit déjeuner. Lorsqu'il pénétra dans la cuisine, il ne m'adressa pas un mot, se servit une tasse de café et contempla le jardin à travers la fenêtre de la cuisine. Je n'osais pas ouvrir la bouche. Il brisa le silence.

— J'ai réfléchi...

— Je t'écoute.

Il se tourna vers moi et s'approcha. Je restai assise et le regardai.

— Vas-y, sois couturière.

J'ouvris de grands yeux, prête à sourire.

— Il y a une contrepartie, m'annonça-t-il. Après ta formation, on fait un bébé. Et hors de question que tu ouvres une boutique, la maison est bien assez grande. Tu pourras t'installer au grenier, tu y couds déjà, tu pourras continuer et t'occuper des enfants en même temps.

La balle était dans mon camp. Je me levai.

— Bien sûr, ça me va très bien. Merci.

C'est la seule chose que je trouvai à dire. Il soupira, alla poser sa tasse vide dans l'évier.

— J'y vais, à ce soir.

Je réussis à ne pas faire mon préavis : à la fin de la semaine, je dis définitivement adieu à la banque. Le lendemain, tel un boxeur prêt à entrer sur le ring, je fis craquer mon cou et pénétrai dans le grenier. L'odeur de poussière me fit tousser. Je m'approchai de ma machine et retirai le tissu qui la camouflait. Ma machine à coudre et moi… J'imaginais que c'était le même lien qui unissait un musicien à son instrument. Mon piano, ma guitare, c'était ma Singer. Aujourd'hui, je comptais sur elle, l'enjeu était énorme. Elle allait bien, c'était tant mieux. J'avais les mains moites, et mon cœur s'emballait. Je n'avais pas droit à l'erreur. J'avais déjà réfléchi à l'ouvrage que je souhaitais envoyer pour postuler. J'avais croqué une robe bicolore noir et turquoise, d'inspiration Courrèges, avec un col rond mis en valeur par une surpiqûre, des manches courtes et une martingale.

Tout était en place, la pédale sous mon pied et le tissu entre mes mains. Première opération, l'allumer ; la lumière fut. Deuxième opération, vérifier la canette ; en place et remplie. Troisième opération, glisser mon tissu sous l'aiguille et rabattre le pied presseur ; aucune résistance. Plus qu'un geste, et c'était reparti. Mon pied s'abaissa doucement sur la pédale, et le tac-tac si particulier de la machine à coudre résonna dans la pièce. Mes mains tenaient fermement mon ouvrage, le tiraient vers l'extérieur. J'étais fascinée par l'aiguille qui entrait et sortait précisément de l'étoffe, elle formait un point parfait, régulier.

J'étais moins excitée par la rédaction de la lettre. Pourtant j'y consacrai trois jours d'affilée, et à ma grande surprise, j'éprouvai un plaisir non feint à l'écrire. C'était la première fois de ma vie que l'on me donnait l'occasion d'exprimer mon amour, ma passion pour la couture. Lorsque ce fut fini, je postai le tout.

Je prenais bien garde de tenir Pierre au courant de mes avancées. Il faisait semblant de s'intéresser à mon projet, je n'étais pas dupe. Plus aucun reproche ne sortait de ma bouche. Lorsqu'il rentrait tôt – c'était rare –, je l'accueillais avec le sourire. Ce n'était pas difficile, je me sentais libérée, je retrouvais l'énergie qui me faisait défaut depuis bien trop longtemps. J'espérais bien qu'il appréciait. Je camouflais mes angoisses face à l'attente qui n'en finissait pas et qui me paralysait. Pendant quinze jours, je cousis à peine, trop occupée à guetter le facteur. Je passais plus de temps dans le jardin qu'à l'intérieur. J'allais vérifier dix fois, vingt fois le matin s'il n'était pas passé. J'avais tout misé sur cette formation. N'était-ce pas prétentieux ? Si j'étais refusée, mon rêve s'envolerait en fumée. Pierre ne me laisserait pas retenter le coup ailleurs, et j'arrêterais ma pilule.

Le facteur me tendit le courrier, une seule enveloppe, la sentence que je guettais chaque jour. Fébrile, je la décachetai. Les yeux fermés, je sortis la lettre. J'inspirai et expirai profondément à plusieurs reprises. Sur un simple carton de couleur crème, la réponse, manuscrite, d'une écriture élégante à l'encre noire, était brève : « *Je vous attends le 10 janvier à l'Atelier.* » Je sautai partout dans la maison en poussant des cris de joie. Je fus ensuite saisie d'un fou rire incontrôlable. Et tout d'un coup, je me tétanisai : un détail loin d'être insignifiant venait de me revenir à l'esprit ; l'école était à Paris, à près de trois heures de train de chez nous.

— Paris, ce n'est pas la porte à côté, me dit Pierre.
— Tu as raison.
J'étais assise en tailleur sur le canapé à côté de lui, il était concentré et m'écoutait attentivement.
— Tu commencerais quand ?
— Dans un mois.
— Tu en penses quoi ? Tu as vraiment envie d'y aller ?
— Ça ne dure que six mois, ce n'est pas long. En juillet, je suis de retour. J'ai une chance folle d'être acceptée là-bas.

Je lui demandais encore la permission. Il soupira en me regardant. Puis il se leva.

— Où vas-tu habiter ? Tu ne connais personne !

— Je vais chercher une chambre de bonne.

Il leva les yeux au ciel.

— C'est censé me rassurer ?

— Je reviendrai tous les week-ends.

Il déambulait dans le salon.

— Ou pas. Tu auras beaucoup de travail… La maison va être vide sans toi.

— Réfléchis aux avantages, tu pourras rester à l'hôpital aussi tard que tu voudras, aucun risque pour toi de tomber sur ma sale tête le soir.

Il prit un instant de réflexion, et sourit. Je venais de sortir l'argument choc pour qu'il accepte.

— Et j'aurai plein de choses à te raconter. Tu connaîtras enfin le bonheur d'avoir une femme heureuse et épanouie.

Sans me lâcher du regard, il se rassit à côté de moi et me prit dans ses bras.

— Tu vas me manquer.

C'était presque trop facile. En tout cas, trop beau pour être vrai.

— Toi aussi, lui répondis-je. Tu pourras me rejoindre de temps en temps, et on se fera des soirées et des week-ends parisiens en amoureux.

— On verra.

Le mois de décembre défila à vitesse grand V avec les préparatifs des fêtes. Je surpris Pierre en acceptant sans rechigner d'aider ma belle-mère pour Noël.

37

Et pour son plus grand bonheur, j'enchaînai en invitant tous nos amis pour le réveillon, je gérai toute l'organisation. Ma belle-famille ainsi que nos amis reconnurent que j'avais un dynamisme inconnu au bataillon jusque-là, mais cela n'empêcha personne de me faire des remarques sur mon projet, ils restaient sceptiques : « Pourquoi t'embarques-tu dans une telle histoire ? », me répétaient-ils. Je crois surtout que cela les dépassait que je me sépare de Pierre toutes les semaines. Lui, durant toutes ces conversations, restait neutre.

Quant à mes parents, c'était une autre histoire. Je ne leur avais plus adressé la parole depuis le dimanche fatidique. Mes frères m'avaient téléphoné à plusieurs reprises. Chaque appel s'était soldé par un accrochage. Ils ne comprenaient pas que je ne passe pas au-dessus des torts de nos parents. Pour eux, j'étais responsable de l'éclatement de notre famille. Lorsqu'ils m'avaient traitée de fouteuse de merde, je leur avais demandé de ne plus se fatiguer à m'appeler. Ce qui me contrariait, c'était l'attitude de Pierre. Il faisait le relais entre eux et moi. Lui avait accepté de leur reparler. Je savais pertinemment qu'il les avait régulièrement au téléphone. Il n'aurait même pas été loin de se laisser tenter par un gigot en solo, « pour apaiser la situation », me disait-il pour se justifier. Et aussi parce que, finalement, j'avais trouvé le moyen de faire ce que je voulais. Son ironie était toujours perceptible.

À une semaine de mon départ pour Paris, je n'avais plus d'appétit, j'étais prise d'insomnie, je me réveillais en sursaut, et me collais à Pierre pour tenter de me rendormir. Chaque fois que j'essayais de coudre, c'était un échec, ça n'avait pas de forme, ma machine plantait ou je déchirais le patron. Mes beaux-parents avaient réussi à mettre leur grain de sel dans mon projet, ils s'étaient arrangés pour qu'un couple de leurs amis joue les chaperons et me prête une chambre de bonne près de la place de la Bastille. Impossible de faire mes valises, dès que j'essayais de choisir ce que je devais emporter, c'était la panique générale.

Je n'avais pas osé demander à Pierre de prendre une semaine de vacances, je le regrettais. Un soir, je fis ce que je ne faisais jamais, je me rendis à l'hôpital pour le récupérer à la sortie de ses consultations. La secrétaire m'accueillit avec tout le respect dû à l'épouse du médecin et m'informa qu'il était en plein rendez-vous. Je patientai dans la salle d'attente.

— Qu'est-ce que tu fais là ? me demanda-t-il en m'apercevant, quelques minutes plus tard.

Je me levai en entendant sa voix.

— Je voulais te voir.

— Suis-moi.

Comme à chaque fois que nous étions sur son lieu de travail, il conservait une distance entre nous.

— J'aurais préféré que tu me préviennes, me dit-il une fois la porte du bureau fermée. Mais bon… tu as de la chance, j'ai fini.

— Tant mieux, on va profiter de notre soirée.

Je baissai les yeux.

— Ça ne va pas ?

— Non ! Je réalise ce que je m'apprête à faire.

Il retira sa blouse et rangea ses dossiers qui traînaient. Je soupirai un grand coup.

— J'ai peur de ne pas être à la hauteur. Après tout, c'est peut-être mes parents qui ont raison, la couture, c'est un hobby, et je n'ai pas les capacités pour devenir professionnelle.

— Écoute, tu vas là-bas pour le savoir, c'est un test, si ça ne fonctionne pas, tu passeras à autre chose, au moins tu n'auras plus de regrets. Personne ne t'en voudra si tu échoues, pas moi en tout cas.

Il me prit dans ses bras.

— Il y a autre chose, Iris ?

— Je suis terrifiée à l'idée de ne pas te voir tous les jours. On n'a jamais été séparés. Comment va-t-on faire ?

Il soupira et frotta mon dos.

— Tu l'as dit toi-même, ça ne dure pas longtemps, ce n'est rien, six mois. Les semaines passeront vite, j'en suis sûr. On y va ?

Il enfila son manteau, m'ouvrit la porte et m'entraîna dans le dédale de couloirs. Je sentais son regard sur moi. J'aurais voulu sourire, être enthousiaste, mais je ne pensais qu'à notre séparation. Une fois sur le parking, Pierre me retint par le bras.

— Attends, j'ai oublié un truc, ne bouge pas, j'arrive.

Il repartit en courant vers l'hôpital.

Dix minutes plus tard, il revint le sourire aux lèvres.

— C'est bon, c'est réglé ?

— J'ai bataillé, mais j'ai obtenu ce que je voulais.
Je fronçai les sourcils.

— J'ai annulé tous mes rendez-vous après dix-huit
heures pour la fin de la semaine.

— Tu ne vas pas avoir de problèmes ?

— Ne t'inquiète pas.

Je me jetai dans ses bras, il me serra étroitement
contre lui.

L'entrée sur le périphérique mit une chape de plomb
dans la voiture. Jusque-là, l'ambiance était bonne.
Pierre cessa totalement de parler lorsqu'il se mit en
quête d'une place dans la rue de l'immeuble où j'allais
habiter. Et je n'essayais plus d'entretenir un semblant
de conversation lorsqu'on pénétra dans mon nouveau
chez-moi. Il déposa mes valises sur le lit et fit rapidement le tour du studio. Il regarda par la fenêtre,
vérifia la serrure de la porte d'entrée, passa la tête
dans la salle de bains, alluma les plaques électriques
de la kitchenette, renifla le frigo…

— Pierre, c'est bon !

— Je vois ça. Tu ne défais pas tes valises ?

— Je le ferai après ton départ, ça m'occupera, je
crois que je vais avoir du mal à trouver le sommeil.

Je m'approchai de lui et me glissai dans ses bras.

— On va se dénicher un endroit pour dîner avant
que tu ne reprennes la route.

Après trois bouchées, je repoussai mon assiette, rien
ne passait. Pierre fit de même. Il commanda un café,

demanda l'addition, et se perdit dans la contemplation de la rue. Je ne parlais pas, je savais qu'à l'instant où j'ouvrirais la bouche, je craquerais.

— C'est bizarre d'être là, dit-il sans me regarder.

J'attrapai sa main, il se tourna vers moi.

— Il faut que j'y aille… Le temps que je rentre…

Nous étions au pied de l'immeuble, il m'attira dans ses bras.

— Tu fais attention sur la route ?

— Je n'aime pas te savoir là toute seule.

— Que veux-tu qu'il m'arrive ?

— Une mauvaise rencontre, un accident. Fais attention à toi, s'il te plaît.

— Promis. (Je levai la tête vers lui.) C'est valable pour toi aussi. Ne te tue pas au travail sous prétexte que je ne suis pas là pour te râler dessus.

Il prit mon visage en coupe, repoussa les cheveux de mon front.

— Tu sais, je n'ai pas été très impliqué dans ton projet, mais je veux que tu saches que je suis fier de toi, n'en doute jamais.

Enfin il s'intéressait à moi, il était attentif.

— Serre-moi fort.

On resta de longues minutes collés l'un à l'autre. J'embrassai ses joues, ses lèvres, laissant enfin les larmes couler. Pierre m'essuya le visage et m'embrassa lentement. Il détacha légèrement ses lèvres des miennes.

— Je t'aime.

Des mois qu'il ne me l'avait pas dit.

— Je t'aime aussi.

Un dernier baiser, et il me lâcha.

— Rentre maintenant.

— Je te téléphone dès que je peux demain.

J'ouvris la porte de l'immeuble, et Pierre tourna les talons. Il me jeta un coup d'œil par-dessus son épaule, me sourit et me fit signe de rentrer, je lui obéis. En traversant la cour pour rejoindre mon escalier, je me dis qu'il retournait à la maison sans moi pour la première fois. Mais peut-être que cette séparation allait nous réunir et raviver la flamme.

Barricadée à double tour dans mon studio, je m'assis sur le lit et regardai autour de moi. Je découvrais la vie dans une chambre d'étudiante à trente et un ans. J'espérais que le week-end je n'aurais pas trop l'impression de rentrer chez mes parents dans l'unique but de faire mes lessives. Mon environnement en semaine se cantonnerait à vingt mètres carrés. Je ne pouvais pas dire que c'était sale ou vétuste, c'était correct. De toute manière, je n'avais pas le droit de faire la fine bouche, vu que je ne payais pas de loyer. Pour une des premières fois de ma vie, je regrettais de ne pas avoir la télévision. Je ne la regardais jamais, mais quelque chose me disait que sa compagnie n'aurait pas été de trop durant mes futures soirées en solitaire. N'avais-je pas fondé trop d'espoir dans cette reconversion et péché par excès de confiance en moi ?

3

J'avais une boule dans le ventre qui frôlait la taille d'un obus, les mains moites et les jambes flageolantes. La découverte de mon nouvel environnement de travail n'arrangeait pas mon état. J'étais au pied d'un immeuble haussmannien dans le quartier de la Madeleine. Je faisais ma rentrée. Nous étions le 10 janvier, et j'étais attendue. Et si je n'avais pas le niveau ? Et si je ne trouvais pas ma place ? C'était ma seule chance de réaliser mon rêve, et elle paraissait soudain si fragile ! Je me donnai du courage en secouant la tête et m'avançai enfin jusqu'à l'imposante porte cochère. Je n'eus pas le temps de la pousser, elle s'ouvrit sur deux hommes qui sortaient de l'immeuble. La mine sérieuse, en costume-cravate, attaché-case à la main, ils ne me remarquèrent pas, poursuivirent leur conversation et s'engouffrèrent à l'arrière d'une grosse berline noire qui démarra aussitôt. Je pénétrai dans un hall luxueux, avec moquette rouge dans l'escalier, boiseries, dorures et plantes vertes, sans oublier la loge du concierge. Aucune boîte aux lettres. Seulement des plaques fixées au mur. *Capital Risk Development*, pas pour moi, *J. Investissements*, non plus, *G&M Associés*, toujours pas. *L'Atelier, troisième étage.* J'y étais.

Dans l'ascenseur, je rencontrai mon reflet dans le miroir : ma tête me fit peur. J'avais des cernes, j'étais pâle comme la mort. Sur le palier du troisième étage, une seule double porte. Je sonnai. Une femme m'ouvrit.

— Iris, je présume, me dit-elle d'une voix grave et envoûtante.

— Oui, bonjour.

— Je suis Marthe. Je vous attendais. Entrez.

Cette femme âgée d'un peu plus de soixante ans était dotée d'une beauté et d'une élégance rares, d'un autre temps. Son carré brun et bouclé était laqué sans y paraître, et c'était beau. Son regard noisette ainsi que sa bouche rouge et généreuse donnaient de l'éclat à son teint de porcelaine. En la suivant dans un couloir, j'observai sa démarche, digne de celle d'un mannequin ; la tête haute, le dos cambré, les épaules en arrière, perchée sur de véritables talons aiguilles, elle dissimulait sa silhouette élancée sous une robe vaporeuse et sombre.

— Je vais vous faire visiter l'atelier.

D'un geste large, elle m'invita à la précéder. J'entrai par une grande porte vitrée dans ce qui devait être à l'origine une salle de réception. Mes pas faisaient lourdement craquer le parquet, alors que les aiguilles de cette femme le piquaient subtilement. La cheminée en marbre était encore là, surplombée d'un grand miroir, les moulures au plafond attirèrent brièvement mon regard. Une dizaine de machines à coudre professionnelles étaient disposées sur des tables de travail.

À côté de chacune d'elles, un mannequin en bois. Les nombreuses fenêtres baignaient la pièce de lumière. Un immense lustre devait compenser l'éclairage à la tombée de la nuit. Mon guide me fit signe de le suivre.

— Ici, ce sont les cabines d'essayage.

J'écarquillai les yeux. De grands rideaux de velours noir séparaient les cabines, un mur entier de miroirs, une méridienne et des poufs en velours pourpre meublaient cet étrange boudoir. Ensuite, je découvris le stock, une vraie caverne d'Ali Baba. Des rouleaux de soie, de coton, de satin, de brocart, de jersey, de lamé, de crêpe, de tissus tous plus soyeux les uns que les autres entraient en concurrence avec des boîtes débordant de boutons, de plumes, de dentelles, de perles, de rubans et de passementeries. Un salon attenant était dédié à la découpe. L'appartement avait été entièrement repensé pour l'atelier, tout en conservant son esprit typiquement parisien.

La femme m'entraîna vers un escalier en colimaçon.

— À cet étage, il y a une cuisine, une salle de bains et de quoi ranger vos effets personnels. Les pièces du fond sont inoccupées, pour l'instant. Avant de redescendre, nous avons quelques formalités à régler.

Elle entra dans une pièce et s'assit derrière un – son – bureau. Elle me tendit plusieurs feuillets, s'installa confortablement dans son fauteuil et saisit un porte-cigarette, qu'elle alluma. Elle soufflait sensuellement les volutes de fumée. Je pensai à Coco Chanel. Pendant que je remplissais le dossier, elle m'observait en silence, ce qui accentua mon malaise et ma panique. Une fois que j'eus tout complété, je pris mon courage à deux mains.

— Qui êtes-vous ?

Ma voix tremblante trahit mon émotion. La femme sourit. Elle semblait s'amuser de ma gêne.

— Mais, je suis Marthe, je vous l'ai dit.

— C'est vous qui dispensez les cours ?

Elle éclata de rire.

— Moi ? Je ne sais même pas tenir une aiguille. Considérez-moi plutôt comme la maîtresse de maison. Ou l'intendante, si vous préférez. Descendons maintenant, vos camarades doivent être arrivées. Encore un petit détail, qu'avez-vous comme matériel ?

— Euh… mes ciseaux, un mètre ruban, un dé, des aiguilles modes et des longues, et de quoi prendre des notes aussi.

Elle pencha la tête.

— Vous êtes sérieuse, Iris… et tétanisée.

C'était une affirmation à laquelle je n'avais rien à répondre. Elle m'accompagna à l'entrée de l'atelier. En effet, les autres élèves étaient là, discutant à mi-voix entre les tables. À notre arrivée, elles se turent et regagnèrent leur place.

— Mon rôle s'arrête là, me dit Marthe. Mesdemoiselles, faites bon accueil à Iris.

Mes épaules se relâchèrent tandis que je la regardais quitter les lieux. Un raclement de gorge me fit sursauter, j'étais attendue pour le premier cours de la journée. Je traversai la pièce sous le regard des autres filles, qui me gratifièrent d'un sourire en coin. Elles avaient toutes un style bien tranché, contrairement à moi, qui en réalité n'en avais aucun. Il y avait la fashion victime, la roots avec ses piercings et ses dreads, une qui avait opté pour la mode hip-hop, alors que la dernière était vintage jusqu'au bout des ongles. Leur point commun : une dizaine d'années de moins que moi.

Cette première journée fut une catastrophe. Il me fallut la matinée pour comprendre le fonctionnement de ma machine à coudre, rien à voir avec ma Singer. Toutes mes piqûres boulochaient sur l'envers du tissu. Je cassai un nombre incalculable d'aiguilles, et j'appuyais toujours sur le mauvais bouton. Je n'arrêtais pas de me piquer. Plus d'une fois, je tachai le tissu avec des gouttes de sang qui perlaient à mes doigts. Il y avait aussi la surfileuse, j'apprendrais à la manier un autre jour ; je ne voulais pas davantage me ridiculiser. J'avais le sentiment de ne pas savoir coudre, comme si j'avais été parachutée là par hasard, ou plutôt par erreur.

Au moment de la pause déjeuner, je déclinai l'invitation de mes petites camarades, et leurs gloussements me confortèrent dans mon choix. En grignotant une barre de céréales, je réglai mes comptes avec cette maudite machine et réussis enfin à la dompter. Je consacrai tout l'après-midi à tenter de rattraper mon retard. Pourtant, ce n'était pas comme si je n'avais jamais confectionné une jupe portefeuille. À la fin de la journée, je rentrai chez moi fourbue et totalement découragée. Mon moral s'effondra complètement lorsque je me retrouvai coincée entre les quatre murs de mon studio. Et pourtant, en mangeant une boîte de raviolis, je me promis de me ressaisir dès le lendemain. Hors de question de partir en courant, de fuir mes aspirations.

Le reste de la semaine passa à la vitesse de la lumière. À l'atelier, je ne me laissais pas distraire par le bavardage incessant des autres. J'avais besoin de concentration, du retard à rattraper parce que j'avais commencé en cours de route, et pas de temps à perdre. Et, surtout, je ne voulais pas manquer une miette de tout ce que je pouvais apprendre. Je n'étais pas là en touriste. Le formateur, Philippe de son prénom, avait travaillé pour les plus grands avant d'être fatigué par la folie et la pression des défilés. Il avait décidé de mettre à profit son savoir-faire auprès des plus jeunes. Et « la grande Marthe m'a proposé de travailler ici ! », m'avait-il dit. Il avait une cinquantaine d'années et en imposait avec son look travaillé à la finition près. Carrure de sportif, mains de pianiste, nœud papillon, chemise empesée, gilet sans manches, montre à gousset dans la poche, bague tête de mort et baskets customisées. Il portait toujours un grand tablier noué savamment autour de la ceinture. Lorsque je commettais une erreur, à travers ses grandes lunettes en Plexiglas transparent, il me transperçait de son regard bleu acier, et je savais que je devais tout recommencer. Toujours patient et bienveillant, il restait exigeant et rigoureux. Il attendait un travail propre, soigneux, précis tant au niveau du geste que du résultat. Aucune approximation n'était tolérée, j'appréciais. Mes perspectives d'avenir le laissèrent sans voix. Pour le moment, il ne me fournissait aucune appréciation sur la qualité de ma couture, s'efforçant dans un premier temps de corriger tous mes défauts, mes tics qui, à son sens, desservaient mon travail. À plusieurs reprises, je vis la femme qui m'avait accueillie passer à l'atelier. Lorsqu'elle arrivait, Philippe nous prévenait sur le ton de la confidence : « Les trésors, voilà la patronne. » Il cessait toute activité et allait la saluer avec un respect dépassant l'entendement. Elle s'arrêtait sur le seuil de notre salle de cours. Son regard nous passait en revue, je sentais une insistance sur moi. J'étais la petite nouvelle, je devais m'y faire.

Le vendredi après-midi, dans le train qui me ramenait vers Pierre, vers ma maison, je relus mes notes et repris mes croquis. Chaque soir de la semaine, j'avais dessiné des modèles, tentant de mettre en pratique les conseils de Philippe. C'était plus fort que moi. J'avais hâte de tout raconter à mon mari, de lui dire à quel point j'étais heureuse de coudre. Il fallait qu'il comprenne que ma vie prenait un tournant. Je voulais qu'il m'accompagne dans cette étape. En descendant du train, je fus surprise de ne pas le voir sur le quai. Je vérifiai mon téléphone, j'avais un message, « Ma chérie, je suis retenu à l'hôpital, je ne sais pas à quelle heure je rentre, désolé. »

J'eus le temps de faire un plein de courses, de lancer une tournée de lessive et de préparer à dîner avant d'entendre la porte d'entrée s'ouvrir. Je courus et sautai au cou de Pierre.

— Enfin !

— Pardon, je suis désolé, je ne pouvais pas…

— Tu es là maintenant, embrasse-moi plutôt.

Il s'exécuta et me serra dans ses bras en me disant que je lui avais manqué. Toujours blottie contre lui, je lui fis part de mes intentions pour le week-end.

— Si on allait au resto tous les deux, demain soir ? J'ai pensé à celui où on a fêté la fin de ton internat. Et dimanche, après un petit déjeuner au lit et une grasse matinée, je me suis dit qu'une balade à la campagne nous ferait du bien. Ni toi ni moi n'avons beaucoup pris l'air cette semaine.

— Ce sont de bonnes idées, je ne dis pas le contraire, mais…

— Tu nous as organisé un programme spécial ?

Je le regardai, un sourire gourmand aux lèvres.

— Oh, pas vraiment, alors d'accord, on va aller au resto, mais avec tout le monde, et j'ai eu ma mère au téléphone hier, ils nous attendent dimanche midi. Je ne pouvais refuser ni l'un ni l'autre.

Je me détachai de lui.

— Pierre, on ne s'est pas vus de la semaine. J'ai envie d'être avec toi.

— Mais, tu seras avec moi !

— Oui, mais avec tous les autres aussi, et c'est d'un tête-à-tête que j'ai envie. J'ai plein de choses à te raconter.

— Tu m'as déjà tout dit au téléphone. Et puis, ils veulent te voir pour que tu leur expliques ce que tu fais.

Jusqu'au dernier moment, je cherchai à convaincre Pierre d'annuler au moins la sortie avec toute la bande. Il finit par ne plus me répondre quand je lui en parlais. Et nous nous rendîmes finalement au restaurant avec tout le monde. Pierre avait prétendu que tous nos amis s'intéressaient à ma nouvelle activité, pourtant ils me posèrent le minimum syndical de questions sur la formation et sur ma vie parisienne. Ce fut le même scénario le lendemain chez mes beaux-parents. Pierre n'était jamais loin de moi, c'était déjà ça.

J'avais le cœur gros sur le quai de la gare en ce dimanche soir. Je tenais la main de Pierre en fixant l'horloge.

— Le week-end prochain, je ne prévois rien, on reste tous les deux, me dit-il. C'est toi qui avais raison.

Je me blottis dans ses bras.

— Tu rentres à la maison ?

— Non, je vais à l'hôpital.

— Pourquoi ?

— Parce que je n'aime pas être tout seul chez nous... Allez, monte, c'est l'heure.

Nous eûmes juste le temps d'échanger un baiser avant que je grimpe dans le train et que la porte se referme. Pierre n'attendit pas plus longtemps, il tourna aussitôt les talons, et sa silhouette disparut dans l'Escalator.

J'aurais dû prendre des cours particuliers pour avoir la paix. Voilà ce que je me dis en arrivant à l'atelier en ce début de semaine et en entendant caqueter les filles sur leur sortie en boîte du samedi soir et leur dernier petit copain. Je me fis peur. Étais-je devenue vieille au point de les blâmer d'avoir des préoccupations de leur âge ? Elles étaient si insouciantes, si pleines de vie, leur avenir devant elles, elles se moquaient du regard des autres. À leur âge, j'étais sur le point de me marier. Finalement, je n'avais jamais été libre. À présent, j'étais juste envieuse, et je détournai les yeux du spectacle d'une jeunesse que je ne connaîtrais jamais.

Durant toute cette deuxième semaine de cours, j'eus le sentiment que Philippe me consacrait l'essentiel de son temps et que je passais un test d'aptitude. Je n'avais pas les mêmes tâches à remplir que les autres filles, et son niveau d'exigence était monté d'un cran. Malgré la surprise et la pression, j'adorais cela. C'était une formation, mais je réclamais des heures supplémentaires.

Le lundi matin de la troisième semaine, lorsque Philippe arriva, il nous annonça sans préambule que nous avions une semaine pour confectionner un tailleur-pantalon pour femme. J'avais dû passer un cap, car je suivais à nouveau le même programme que les autres. Il distribua le patron et nous demanda de nous mettre au travail. En découvrant la photo du vêtement à réaliser, je sentis mes poils se hérisser. Je m'habillais comme ça à la banque, un uniforme passe-partout, fade et si peu féminin ! Philippe s'approcha de moi.

— Fais-toi plaisir, me dit-il.

— C'est-à-dire ?

Il leva les yeux au ciel en souriant.

— C'est un sac à patates qu'on vous demande de faire, à toi de voir, trésor…

Il tourna les talons et alla s'interposer entre les filles qui se battaient au sujet du choix du tissu. Après tout, personne ne nous avait interdit quelques petites fantaisies. Je crois même qu'on venait de me donner l'autorisation de me lâcher. Je sortis mon carnet de croquis, ramenai mes cheveux en arrière et me servis d'un crayon pour les maintenir en chignon. Je me lançai ensuite dans l'esquisse de ce tailleur-pantalon que je comptais bien revisiter. Le mien ne serait pas fait pour porter au travail, mais pour sortir et mettre la femme en valeur.

— Original, me dit une voix grave et traînante par-dessus mon épaule, tandis que j'affinais mon esquisse.

Je sursautai et levai la tête, mon crayon à papier resta suspendu en l'air. Les conversations avaient cessé et tous les regards étaient braqués sur moi. En particulier celui de la patronne.

— Iris, suis-moi dans mon bureau.

Mon expression effarée ne l'empêcha pas d'attraper mon croquis. Elle quitta la pièce, je la suivis sans attendre. Je venais de commettre une belle erreur en voulant m'éloigner du modèle. J'étais pourtant certaine que Philippe avait cherché à me faire passer un message. Tout en me dirigeant vers l'escalier, je le cherchai du regard, il était introuvable. Dans son bureau, Marthe s'assit et m'invita à en faire autant. Porte-cigarette aux lèvres, elle étudia mon dessin attentivement.

— Pourquoi as-tu fait ça ? finit-elle par me demander en me le rendant.

— Je vais revenir au modèle de base, je n'aurais pas dû…

— Ce n'est pas ce que je t'ai demandé. Peu importe. Enfin une stagiaire avec un coup de crayon et des idées !

— Je n'ai rien fait de spécial, madame.

Elle leva la main.

— Appelle-moi Marthe, jamais madame. Ta façon de dessiner et d'agrémenter ce tailleur parle d'elle-même. J'ai vu aussi la qualité de ton travail depuis ton arrivée. Tu sais coudre. Aussi bien le flou que du tailleur. As-tu déjà pensé à créer des modèles ?

— Je ne dirais pas que c'étaient des modèles, j'ai déjà fait quelques robes, des jupes, des vêtements basiques.

— Que comptes-tu faire après ton passage ici ?

— Je vais m'installer en tant que couturière à domicile. Je ferai un peu de tout : des retouches et quelques tenues de temps en temps, j'espère…

Ce qui me permettra d'être mère de famille à plein temps, pensai-je.

— C'est du gâchis. Je vais suivre de près ton travail cette semaine.

— Pourquoi ?

— Parce que tu m'intéresses. Fais ça ! (Elle pointa mon dessin) ! Retourne à ton poste maintenant.

Je lui obéis et regagnai l'atelier. Toutes les filles me sautèrent dessus à mon arrivée.

— Que te voulait Marthe ?

— Rien.

— C'est ça ! Continue à te mettre à l'écart, me dit l'une d'entre elles.

— On a l'impression que tu nous snobes ou qu'on te fait peur, renchérit une autre.

Je ne trouvai rien à répondre, encore paralysée par mon entretien avec Marthe. Elles reprirent toutes leur travail, me laissant à mon malaise grandissant.

Une heure plus tard, à la pause déjeuner, je leur demandai si je pouvais me joindre à elles. Ravies, elles me firent signe de les suivre. Installées dans un troquet, nous fîmes enfin connaissance, et je pus constater, soulagée, qu'elles étaient toutes assez sympathiques. Je réalisai en leur parlant que j'étais bourrée de préjugés et que j'avais perdu l'habitude de rencontrer de nouvelles têtes, ça ne me ressemblait en rien. Leur ambition était mature, contrairement à leur quotidien de jeunettes, et leur énergie avait un effet rafraîchissant sur moi. Sur le chemin du retour vers l'atelier, elles m'apprirent que Marthe possédait tout l'immeuble, qu'elle habitait les deux derniers étages et qu'elle donnait beaucoup de réceptions.

Je me remis au travail plus détendue que quelques heures auparavant. À la fin de la journée, j'avais pris un retard incroyable dans la confection, mais j'étais satisfaite de moi. Je quittai l'atelier au même moment que les filles.

Deux jours plus tard, je bâtissais le pantalon lorsque Marthe fit sa tournée de l'atelier. Elle jeta un coup d'œil au chantier de chacune et finit par le mien. Des épingles plein la bouche, je lui fis un signe de tête en guise de bonjour. Elle décortiqua à nouveau mon modèle dessiné avant de toucher le crêpe de soie noir que j'avais choisi pour mon tailleur et le satin bleu nuit pour les revers et tous les détails de finitions. Puis elle alla discuter avec Philippe en continuant à m'observer. C'était plus que désagréable et déstabilisant.

Elle revint l'après-midi même, au moment où je finissais le faufilage du gilet de serveur qui ferait office de veste. Je le posai sur le mannequin et me reculai pour traquer les défauts.

— Quand tu auras fini, je souhaiterais le montrer à une amie, me dit-elle.

— Ça ne mérite pas de sortir d'ici, c'est un simple devoir.

— C'est un péché que de gâcher autant de talent.

— Vous exagérez.

Elle me fixa de son regard noisette et sourit.

— On en reparlera.

Mes épaules se voûtèrent, et je soupirai. Elle éclata de rire et quitta la pièce.

Le lendemain, Philippe me donna à nouveau un cours particulier, il n'y avait pas d'autre mot. Après avoir vérifié que les filles pouvaient s'en sortir toutes seules, il se consacra à moi. Il avait remarqué la grande difficulté de la confection du gilet : des boutonnières passepoilées dans le bas du dos. C'était une technique que je n'avais jamais réussi à maîtriser. Nous y passâmes la journée entière et une partie de la soirée. Il ne compta pas son temps et m'imposa de recommencer autant de fois que nécessaire pour atteindre la perfection de la technique. Quand nous fûmes tous deux enfin satisfaits du résultat, je rentrai me coucher épuisée. Pourtant je vibrais encore d'excitation et le sommeil mit du temps à venir. Lorsque je fermais les yeux, je voyais des ciseaux, des porte-aiguilles, des points fins et en biais…

Le jeudi soir, je décidai de travailler tard : je voulais terminer tôt le lendemain pour rentrer le plus vite possible à la maison et retrouver Pierre. Tant que Marthe était là, je pouvais rester, m'avait précisé Philippe. Et elle était là à m'observer depuis le début de l'après-midi.

— Iris, tu viens prendre un verre avec nous ? me proposa une des filles.

Je levai la tête de mon ouvrage et les vis toutes prêtes à partir. Je leur souris.

— C'est gentil, mais je reste encore un peu, je veux avancer.

— Une prochaine fois ?

— Oui. Amusez-vous bien, à demain.

En les regardant partir, je me promis que la semaine suivante je sortirais avec elle. Je n'étais plus stressée par leur présence, mais bien par celle de la patronne. Je ne comprenais pas ce qu'elle me voulait. Je tentai de faire abstraction d'elle pour me concentrer sur ma tâche. Du coin de l'œil, je la vis se lever. Elle s'approcha de ma table.

— Tu aimes ce que tu fais, Iris ?

Je la regardai, ses yeux allaient de mon ouvrage à moi.

— Bien sûr.

— Pourquoi as-tu décidé de ne pas respecter le modèle imposé ?

— Je ne l'aimais pas. Tout juste bon pour passer inaperçu dans un bureau, ça me rappelait de mauvais souvenirs.

Je venais de parler trop vite. Elle sourit.

— Le tien pourrait servir dans un bureau. Si tu le portais pour te rendre à une négociation, tu le remporterais juste en traversant la pièce. Il va mettre ton corps en valeur.

Je rougis jusqu'à la racine des cheveux.

— Je ne l'ai pas fait pour moi.

Elle sourit.

— Jules aurait apprécié que je porte ça à une époque, murmura-t-elle.

Son regard se voila, et les traits de son visage reflétèrent une profonde tristesse. Elle glissa la main dans une minuscule poche, que je ne remarquai qu'à cet instant. Elle y prit quelque chose qu'elle porta à sa bouche et avala rapidement. Son geste fut à peine perceptible.

— Nous avons demandé de confectionner un basique parce que, justement, c'est la base. Les élèves capables de réaliser un travail d'une telle qualité et aussi élaboré sont rares, reprit-elle.

— Les autres n'ont pas eu l'idée, c'est tout, mais elles sont capables de le faire.

— Ta modestie est pathologique et devient franchement agaçante !

Son expression était très sérieuse. Elle m'affronta du regard, je baissai les yeux la première. Elle se rendit à l'étage, revint quelques minutes plus tard et posa des clés sur ma table.

— Reste travailler le temps que tu voudras, tu fermeras l'atelier. Je monte chez moi. À très bientôt, Iris.

— Euh… au revoir, et merci pour les clés.

Elle m'adressa un petit signe sans se retourner. Je la suivis dans le couloir. Qui était cette femme ? Une fois de plus, je notai son élégance. Sa démarche était souple en dépit de ses talons aiguilles. Elle avait enfilé sur sa robe chemise pourpre une redingote dont la ceinture pendait de chaque côté, tenait une paire de gants en peau à la main et portait un Kelly autour du poignet. Elle referma la porte. Je me retrouvais seule à l'atelier, et il n'y avait qu'elle et moi dans l'immeuble. À 20 heures passées, tout le monde était rentré chez soi.

Deux heures plus tard, je décidai de m'arrêter là. Le lendemain, je n'aurais plus qu'à donner un coup de fer à repasser, et couper les derniers fils. Je fis le tour des pièces et éteignis toutes les lumières. Malgré les bizarreries de Marthe, je me sentais bien dans cet endroit. Je vérifiai dix fois de suite que la porte était correctement fermée à clé. J'eus envie de me dégourdir les jambes et pris l'escalier. Arrivée au premier étage, quelle ne fut pas ma surprise en découvrant une femme qui sonnait à l'interphone des sociétés d'investissements. Elle se tourna et m'adressa un grand sourire. On aurait dit une poupée tout droit sortie d'un manga. Quel âge avait-elle ? Elle affichait un air de fausse ingénue loin d'être naturel.

— Bonsoir, lui dis-je par politesse.

— Salut ! Tu viens de l'école de couture ?

— Oui.

— Oh la chance ! J'adore les fringues. Je voulais faire du stylisme, mais mon père m'a envoyée dans une école de commerce, et je ne pige rien.

La porte s'ouvrit automatiquement.

— Vous êtes attendue, je crois ?

— Je prends des cours particuliers et j'apporte le dîner, gloussa-t-elle en brandissant des boîtes de sushis.

Depuis quand prenait-on des cours particuliers en manteau de fourrure à 22 heures ? Je passai à côté d'elle et suffoquai presque en respirant son parfum à la fraise.

— Travaillez bien.

— Oh oui, j'adore venir ici !

Je levai les yeux au ciel sans qu'elle me voie. Tout en continuant à descendre l'escalier, je me dis qu'au lieu de me harceler, Marthe ferait mieux de s'occuper des activités nocturnes de son immeuble... Du rez-de-chaussée, j'entendis l'étudiante livreuse de sushis éclater d'un rire bête, ensuite une porte claqua. De la rue, je ne pus m'empêcher de jeter un coup d'œil vers les fenêtres allumées au premier étage ; il n'allait pas être question de commerce international.

Pierre respecta sa promesse. On ne vit personne. Chacun vaquait à ses occupations. Pourtant, notre week-end ne fut pas dénué totalement de tendresse et j'eus le sentiment que mon mari me regardait un peu plus que d'habitude. En tout cas, il le montra dans ses actes, puisqu'il prit l'initiative – pour une fois – de me faire l'amour. Du coup, je repoussai au maximum le moment de lui parler de Marthe et de l'intérêt qu'elle me portait. Quelque chose me disait qu'il n'apprécierait pas vraiment. Je ne me trompais pas.

— Iris, méfie-toi de cette femme.

— Pourquoi ?

— Parce qu'elle évolue dans un milieu différent du nôtre et que vous n'êtes pas du même monde. Je te connais, tu vas t'attacher à elle sans raison et te faire des films. Mais elle, elle t'oubliera tout de suite après la formation.

— Tu as peut-être raison.

4

Une nouvelle semaine de cours s'achevait. Chaque jour, j'avais été soumise à l'observation silencieuse de Marthe. Elle apparaissait à l'atelier, s'installait dans un canapé en face de ma table de travail, croisait les jambes et me fixait. De temps à autre, elle faisait signe à Philippe – toujours au garde-à-vous. Il la rejoignait au pas de charge et répondait à ses questions. J'avais l'impression d'être un rat de laboratoire dont on étudiait le comportement, et je n'y pouvais pas grand-chose.

Le jeudi, de mon propre chef, je proposai aux filles d'aller boire un verre ensemble. Elles acceptèrent. Durant la soirée, je réalisai que je découvrais les sorties entre filles, et surtout avec des filles qui partageaient ma passion. Depuis ma rencontre avec Pierre – à vingt ans –, je n'avais côtoyé que des étudiants en médecine, puis des médecins diplômés. Et je n'avais jamais cherché à passer du temps avec les compagnes des uns et des autres : le shopping ne m'intéressait pas, je le faisais dans mon grenier et avec ma Singer. Nous n'avions pas les mêmes préoccupations ni les mêmes goûts vestimentaires. Elles suivaient le diktat des grandes enseignes et finalement après une compétition sans merci dans les magasins elles portaient le même uniforme. Alors qu'avec les filles de l'atelier et malgré nos dix ans d'écart, sans évoquer nos origines, nous nous comprenions. Je passai une superbe soirée en leur compagnie. Je rentrai chez moi par le dernier métro, et légèrement pompette. Si Pierre savait ça…

Le lendemain matin, l'absence de Marthe me rendit plus légère. Ce vent de liberté ne souffla pas longtemps. Un homme d'une cinquantaine d'années aux tempes grisonnantes arriva à l'atelier peu avant midi. Il était chic avec son pantalon de flanelle, sa chemise impeccable et son pull V en cachemire. Il salua Philippe, qui me désigna de la main. Qu'avais-je encore fait ? Il s'approcha de moi en me souriant.

— Vous êtes Iris ?

— Oui. Bonjour.

— Je suis Jacques, le majordome de Marthe, m'annonça-t-il en me tendant la main.

Un majordome ! Je n'étais pas surprise que Marthe ait du personnel à son service, mais un majordome ! Dans quel monde avais-je mis les pieds ?

— Marthe vous attend à cette adresse pour le déjeuner.

Il me tendit une carte.

— Présentez-vous à 13 heures, ne soyez pas en retard.

— Très bien.

Il me sourit gentiment et tourna les talons.

Une heure plus tard, je pénétrai dans un restaurant non loin de la place Vendôme. J'eus à peine le temps de chercher Marthe du regard qu'un serveur m'accueillit. Si je n'avais pas été aussi stressée, je crois que j'aurais éclaté de rire en le voyant faire une courbette.

— Madame.

— Bonjour, j'ai rendez-vous avec…

— Elle vous attend, suivez-moi.

O.K., Marthe était une cliente VIP. Il m'escorta jusqu'à sa table. Elle fixait la rue, comme hermétique à ce qui se passait autour d'elle. Le serveur décampa sitôt son colis livré.

— Bonjour, Marthe.

Sans m'accorder un regard, elle consulta sa montre.

— Tu es ponctuelle, j'apprécie. Assieds-toi.

J'adressai un merci par la pensée au majordome et obéis à Marthe. Ses yeux perçants me détaillèrent. Puis elle saisit sa serviette, la déplia et la posa sur ses genoux.

— Déjeunons, nous parlerons ensuite.

Comme par magie, alors que nous n'avions pas jeté un coup d'œil à la carte, nous fûmes servies par un jeune homme à peine sorti de l'adolescence et qui semblait monter à l'échafaud en s'approchant de notre table. Marthe avait déjà commandé pour moi.

Elle entama son repas. Je n'avais aucun appétit. Son regard se porta sur mes mains scotchées de chaque côté de mon assiette. Je pris sur moi et me forçai à manger. Que me voulait-elle à la fin ?

Lorsqu'elle posa ses couverts, j'en profitai pour laisser mon plat de côté.

— Tu retrouves ton mari ce soir ? me demanda-t-elle.

— Euh… oui, comment savez-vous que je suis mariée ?

— Ton dossier, ma chérie. Que pense-t-il de tes absences ?

— Il en fait son affaire, il travaille encore plus, et ce n'est pas pour lui déplaire.

Pourquoi est-ce que je lui racontais ça ? Je soupirai.

— Que fait-il ?

— Il est médecin hospitalier.

— Tu ne dois pas beaucoup le voir…

— C'est vrai, pas assez à mon goût.

J'ébauchai un sourire et me retins de pousser plus loin mes confidences, car je sentais que je finirais par révéler à Marthe jusqu'à la couleur de ma petite culotte.

— Et vous, Marthe ?

— J'ai été mariée pendant trente merveilleuses années avec Jules. Il est mort il y a trois ans.

— Je suis désolée.

Elle plongea son regard dans le mien, et sans savoir pourquoi je me sentis mal.

— C'était un bourreau de travail, mais je suis restée sa maîtresse, question de volonté.

En quoi cela me regardait-il ?

— C'était un financier, il a spéculé, joué en Bourse et fait fortune. Ensuite, il a fondé les sociétés du premier étage, il s'occupait de gestion de patrimoine, de placements, de fonds de pension, continua-t-elle. Il a tout dirigé jusqu'au bout.

— Et aujourd'hui, qui s'en occupe ?

— Son ancien bras droit. Il avait toute sa confiance, et il a la mienne.

Elle fit signe au jeune homme gracié de nous débarrasser et commanda deux cafés.

— Tu vas bientôt le rencontrer d'ailleurs... J'organise un cocktail le week-end prochain, tu y seras.

— Euh... c'est très gentil de penser à moi, mais...

— J'ai besoin de toi pour cette soirée, Iris.

— Moi ? Mais pour quoi faire ?

Je dissimulai mes mains tremblantes sous la table. La panique me gagnait.

— Tu vas me confectionner une robe, tu as carte blanche et tu te sers à l'atelier.

— Je ne crois pas que...

— Tu porteras ton tailleur, cela permettra d'exposer un maximum ton talent.

— Écoutez, Marthe, je ne comprends pas pourquoi vous pensez que...

— Tu n'as pas ton mot à dire. C'est une commande imposée par la directrice de ton école. Si tu refuses, ne reviens pas la semaine prochaine.

— Vous ne pouvez pas me faire ça, s'il vous plaît, Marthe.

— J'ai un rendez-vous, je passe après à l'atelier pour mes mesures.

Elle se leva. Le maître d'hôtel vint l'aider à enfiler son manteau, et elle partit, me laissant seule à table.

C'est dans un état second que je regagnai l'atelier. Philippe riait dans sa barbe, il savait très bien ce qui venait de me tomber dessus. Les filles remarquèrent que quelque chose n'allait pas.

— Qu'est-ce qui t'arrive ? T'as vu un fantôme ?

— Marthe… Marthe veut que je lui crée une robe.

— Bah, c'est génial !

— Non, ce n'est pas génial ! Si je refuse, je suis virée.

— La question ne se pose pas, tu vas réussir, donc tu restes avec nous.

— Arrêtez, je n'en suis pas capable.

— Iris, tu es la plus douée d'entre nous, tu vas tout déchirer. Et puis, attends, un truc comme ça, tu n'as pas le droit de le refuser. Tu vas te remuer et te préparer. Sinon, on te pourrit la vie.

Philippe leur accorda une pause plus longue pour qu'elles me coachent et surtout empêchent la panique de me gagner à nouveau.

Je pris sur moi pour paraître à peu près normale quand Marthe arriva dans l'après-midi. Sans un mot, elle se rendit dans la cabine d'essayage. Je respirai un grand coup en attachant mes cheveux puis, mon mètre et de quoi noter en main, je la rejoignis. Elle m'attendait au centre de la pièce. Je commençai à prendre ses mensurations – parfaites. Son corps était élancé, sa taille extrêmement fine, sa poitrine en parfaite harmonie avec sa minceur. Rien de pulpeux, mais elle était diablement féminine dans son pantalon cigarette bleu marine et son top en soie crème. Marthe était l'élégance française dans ce qu'il y a de plus pur. Tout le temps de l'opération, je sentis le poids de son regard sur moi. Elle savait ce qu'elle avait à faire, elle bougeait, levait les bras sans que j'aie besoin de le lui demander. Le silence et la proximité physique alourdissaient l'atmosphère de la pièce, cela en devenait insupportable.

— Donnez-moi au moins une indication sur vos goûts.

— Tu crées, Iris, c'est tout ce que je te demande. Je veux que tu essaies. Si tu échoues, ce n'est pas grave, tu pourras rester ici, et je te laisserai en paix, je m'y engage.

À cause de l'autorité qu'elle dégageait, et malgré ses méthodes, je décidai de lui faire confiance. Avais-je le choix ?

— Je vais essayer, d'accord. Mais prévoyez quand même une tenue de secours… Par contre, je ne viendrai pas à votre réception.

Elle prit mon menton entre ses doigts.

— Ma chérie, tout se passera bien, je serai avec toi.

Décidément, je n'avais le choix de rien. Qu'allait dire et penser Pierre de tout ça ? Pas du bien, je le sentais.

Je m'enfermai dans le stock. Je me mis à toucher les tissus, je les froissais, les pliais, je testais leur effet sur ma peau pour trouver celui qui me séduirait, qui pourrait convenir à Marthe. Il fallait que la matière et sa silhouette m'inspirent. Après plusieurs heures, je réussis à choisir mes échantillons. J'allais me lancer dans l'esquisse. Un coup d'œil à ma montre m'apprit que j'avais raté mon train, tant pis, je prendrais le suivant.

Je passai la journée du samedi terrée au grenier. Je compulsai frénétiquement tous mes livres sur la mode et sur les grands couturiers. Mon attention se focalisa sur le travail de Coco Chanel et d'Yves Saint Laurent. L'un et l'autre avaient mis en valeur les femmes, en les libérant de leur carcan, en les rendant indépendantes et sûres d'elles. Il me semblait que leurs inspirations conviendraient à ma patronne. Le papier roulé en boule et déchiré s'accumulait aux quatre coins de la pièce. Je me prenais la tête dans tous les sens du terme. Je n'aimais pas ce que je dessinais, et surtout je ne voyais pas Marthe porter ce que j'imaginais. Rien n'était à la hauteur.

Le soir, à reculons, j'accompagnai Pierre chez des amis qui nous avaient invités à dîner. Je l'écoutai leur expliquer, narquois, que je m'étais transformée en étudiante sérieuse. Je ne disais rien, mais son attitude me dérangeait et me peinait. Pour une fois qu'il évoquait ce que je faisais, c'était sur le ton de la dérision. Aurais-je un jour un réel soutien ? Les autres me raillèrent, ils n'auraient jamais cru que je puisse être une acharnée du travail. J'encaissai en souriant bêtement. Le reste de la soirée, je survolai les conversations, je ne pensais qu'à mes croquis.

De retour chez nous, je me couchai en même temps que Pierre. Mais je tournais et virais. Impossible de trouver le sommeil. Je me glissai hors du lit.

— Qu'est-ce que tu fais ?

— Je vais travailler, j'ai une idée.

Pierre alluma la lumière, il s'était redressé et tourné vers moi.

— Ça peut attendre demain, non ?

— Je préfère battre le fer tant qu'il est chaud.

Il leva les yeux au ciel et éteignit sa lampe de chevet.

— Ridicule, marmonna-t-il.

Je ne voulais pas déclencher de dispute nocturne, pourtant, j'aurais aimé lui dire que ce n'était qu'un léger aperçu de ce que j'endurais depuis des années. Je le laissai ronchonner sans scrupule pour aller poser sur le papier le modèle auquel je venais de penser.

Le lundi matin, je découvris que ma table de travail avait été déplacée durant le week-end. J'étais toujours avec les filles – transformées en pom-pom girls –, mais plus au calme et avec plus d'espace. Toute la semaine, je travaillai d'arrache-pied, ne quittant l'atelier que pour rentrer dormir quelques heures chez moi. Je me focalisai sur la tenue de Marthe. Après avoir été séduite par des couleurs chatoyantes, je revins sur mon choix et préférai une soie sauvage bleu roi, la couleur était profonde ; cela correspondait davantage à la personnalité énigmatique et troublante de

73

ma patronne. Contrairement à ses habitudes, Marthe mettrait sa taille de guêpe en valeur. Sa robe serait stricte, son corps galbé, les manches trois quarts. J'avais noté qu'elle portait toujours les mêmes bijoux, ils devraient aisément trouver leur place, particulièrement son collier dans le décolleté carré. Au cours de mes différentes observations, j'avais remarqué que chacun de ses vêtements avait une poche quasi invisible, j'en doterais donc sa robe. J'investis le salon de découpe pour tracer le patron à la craie et tailler avec précaution chaque pièce de la robe. Je suppliai Marthe de venir voir et d'essayer sa robe, elle refusa chaque fois que je le lui proposai. J'avais le soutien indéfectible de Philippe, qui canalisait mes élans de panique, fréquents. Pour me calmer, il me donnait des leçons, il me faisait recommencer des coutures qu'il jugeait faibles, pas assez parfaites : les fameuses poches. La discrétion semblait de mise, je n'avais pas le droit de les rater ; aucun pli ne devait être visible et le fond de poche parfaitement plat. Dans ces moments-là, j'oubliais l'enjeu de mon devoir... Mais pouvais-je qualifier la commande de Marthe de devoir ? J'en doutais.

— Tu n'as pas oublié que je ne rentrais pas demain soir, dis-je à Pierre au téléphone le jeudi soir.

— De quoi parles-tu ?

— Je t'ai expliqué le week-end dernier, et tu ne m'as pas écoutée. Je dois me rendre à une réception chez Marthe, elle veut que je sois là, et ne me demande pas pourquoi, je n'en sais rien.

74

— Tout ça commence à prendre une tournure que je n'apprécie pas. Tu devais faire une formation, pas bosser gratuitement et surtout pas aller à des cocktails mondains.

— Si je refusais, j'étais virée. C'est la dernière chose que je veux.

Je poussai un long soupir, il m'agaçait prodigieusement. Je n'avais aucune raison de camoufler mon entrain.

— Si ça t'intéresse, j'ai adoré ce que j'ai fait cette semaine.

Je venais de donner le dernier coup de fer à repasser. Il ne me restait plus qu'à livrer la robe chez Marthe. Je pris la housse et, pour la première fois, je montai jusqu'au cinquième étage. La porte était grande ouverte. J'assistai à un ballet de fleuristes, de traiteurs, de serveurs. Je repérai le majordome.

— Excusez-moi, bonjour, monsieur…

— Jacques, me coupa-t-il.

— Jacques, alors ! Marthe est là ?

— Non, mais je vous attendais. Elle m'a chargé de récupérer la robe et de vous dire qu'un taxi passera vous prendre en bas de chez vous à 19 h 30.

On m'envoyait un taxi, c'était de plus en plus hallucinant ! Quand il attrapa la housse, j'eus l'impression qu'il me l'arrachait des mains.

— Faites attention, c'est fragile, il faut tout de suite la pendre.

— J'ai l'habitude, ne vous inquiétez pas. À ce soir !

Il tourna les talons, je regardai ma robe s'éloigner. Comme une idiote, je m'y étais attachée, et je ne saurais pas avant le soir si elle convenait à Marthe. J'allais redescendre à l'atelier quand Jacques m'apostropha.

— Attendez, j'ai oublié de vous remettre ça !

Il me tendit une enveloppe.

— Qu'est-ce que c'est ?

— Votre salaire.

Je lui rendis l'enveloppe comme si elle me brûlait les doigts.

— Je n'en veux pas.

Visiblement, il fut déconcerté par mon refus. Je partis à toute vitesse vers l'escalier. En arrivant à l'atelier, mon comité d'accueil m'attendait, les filles et Philippe. Celui-ci avait pris le temps de vérifier mon tailleur, mes finitions étaient impeccables, je pouvais rentrer chez moi pour me préparer.

Je mettais beaucoup d'espoir dans ma douche, malgré l'étroitesse de la cabine. Après un mois de contorsions diverses et variées, j'arrivais à y pénétrer sans risque de lumbago. Il fallait que ce moment me détende, m'inspire des conversations intelligentes. J'aurais dû potasser *Le Cocktail mondain pour les nuls*. Je vidai le ballon d'eau chaude, sans me sentir mieux. Enroulée dans une serviette, je pris appui sur le lavabo – ou plutôt le lave-mains – et me regardai dans le miroir. Après tout, il y avait bien pire que d'être invitée à une soirée parisienne. Moi qui n'en pouvais plus des dîners de la petite bourgeoisie de province, j'étais servie. Autant jouer le jeu jusqu'au bout. Ça ne m'arriverait pas tous les jours. Je finis de me préparer avec plaisir : je nouai mes cheveux en chignon bas et me maquillai discrètement, tout en mettant mes yeux verts en valeur. J'enfilai le pantalon de smoking. Comme prévu, il était à ma taille, mais j'avais bien fait de sauter le déjeuner : sa ceinture plate ne tolérait aucun excès. Le tomber me remplit de satisfaction. Ensuite, j'attrapai le gilet dos nu. À quoi avais-je pensé en le dessinant ? J'aurais bien aimé le savoir. Pas à moi, c'était sûr ! Si ça avait été le cas, il aurait recouvert beaucoup plus de peau et j'aurais pu porter un soutien-gorge. Au lieu de ça, la totalité de mon dos serait à découvert, mes épaules dénudées et le décolleté, souligné par une bande de satin bleu nuit, tout simplement plongeant. Après un certain nombre de gesticulations, je réussis à boutonner le bas du dos et à mettre le crochet derrière le cou. Une fois perchée sur les escarpins achetés en quatrième vitesse – Pierre préférait les ballerines –, je me regardai enfin dans le miroir. Je mis du temps à me reconnaître, mais le résultat était plutôt pas mal. En revanche, mon mari ne m'aurait jamais laissée sortir comme ça.

En arrivant chez Marthe, je n'avais qu'une idée en tête : prendre mes jambes à mon cou. J'allais faire une apparition et m'éclipser dès que je le pourrais. Le fameux majordome m'ouvrit et me débarrassa de ma veste. Ensuite, il me gratifia d'un sourire encourageant et m'invita à le suivre dans le couloir. Celui-ci me parut immense, interminable… Le ronronnement des conversations me parvint enfin, et mon escorte disparut sur le seuil d'une salle de réception.

Une cinquantaine de convives conversaient, une flûte de champagne à la main ; des serveurs papillonnaient en proposant des petits-fours, et l'on distinguait un air de jazz en fond sonore. La décoration de l'appartement était à l'image de sa propriétaire, chic et sobre. Des tableaux d'art abstrait aux murs, des meubles sans fioritures de grande qualité et de lourds rideaux sombres aux fenêtres. Anxieuse, je cherchai Marthe du regard… Je la vis : elle portait ma robe. Un soupir de soulagement m'échappa, et l'émotion me fit monter les larmes aux yeux. Une femme dont j'admirais l'élégance portait une de mes créations ! Ma première véritable création.

Marthe me repéra et me fit signe de la rejoindre.

— Iris, ma chérie, me dit-elle en m'embrassant sur la joue, ta robe est magnifique, je n'en attendais pas moins de toi.

— Merci.

Elle me prit les mains, recula d'un pas et m'inspecta des pieds à la tête.

— J'avais raison, il te va à merveille, mais pour l'amour du ciel, les épaules en arrière, et tiens-toi droite.

Je me redressai en lui souriant timidement.

— C'est mieux, me dit-elle. Les hommes te regardent déjà.

Automatiquement, je me recroquevillai.

— Iris, gronda-t-elle gentiment. C'est comme ça que les femmes mènent le monde, je t'apprendrai à user et abuser de ton pouvoir.

Je n'étais pas certaine d'en avoir envie. Elle m'attrapa par le coude, puis elle me présenta à ses amis comme une jeune créatrice, et non comme une stagiaire de l'atelier. Sa main sur mon coude me forçait à me tenir droite et à engager la conversation, en particulier avec certaines femmes qui regardèrent à la loupe les détails de mon tailleur et de sa robe. Je n'en revenais pas de recevoir autant de compliments pour mon travail. Il fallait bien avouer que le plaisir et la fierté prenaient le pas sur la gêne. Et une certaine excitation aussi, surtout que chacune d'entre elles portait avec allure des vêtements griffés par des grands noms.

— J'ai besoin de plusieurs tenues, me dit une connaissance de Marthe. Avez-vous une carte de visite ?

— Iris n'en a pas encore, répondit Marthe à ma place. Passez par moi.

— Je n'y manquerai pas, faites-moi confiance, répondit la future « cliente » en s'éloignant.

Je me retournai vers Marthe, qui souriait, pensive.

— Nous parlerons de ton avenir la semaine prochaine. Profite de la soirée. Prends une coupe de champagne, ça te détendra.

Pour la première fois depuis mon arrivée, Marthe lâcha mon coude et me laissa seule.

Je sirotai du champagne en discutant assez facilement avec certains invités. La plupart étaient amateurs d'art contemporain. Pour la première fois, je me dis que les absences répétées de Pierre avaient du bon. Au fil des ans, cela m'avait permis de dévorer des livres d'art et des catalogues d'expositions, à défaut de m'y rendre. Moi qui craignais de passer pour une cruche inculte, je m'en sortais bien, et finalement je passais un bon moment. Je croisai régulièrement le regard de Marthe. Elle ne se faisait servir que par Jacques et ne buvait pas de champagne, uniquement du gin avec du Schweppes. Sa surveillance ne me dérangeait pas, au contraire, je crois bien que j'appréciais, et je lui souriais. Chaque invité semblait lui vouer un profond respect, de l'admiration, voire pour certains un véritable culte. Ils rôdaient autour d'elle, quémandant une miette de son attention. Je mesurais la chance et l'honneur que j'avais d'entretenir un rapport étroit avec elle.

Quelques instants plus tard, Marthe vint me chercher, elle souhaitait me présenter au successeur de son mari. Elle m'entraîna à l'autre bout de la pièce.

— Gabriel ! appela-t-elle.

Je m'attendais à rencontrer un vieux monsieur de la finance. Et c'est un homme d'une petite quarantaine d'années qui se dirigea vers nous. Loin d'être gringalet, la démarche assurée mais nonchalante, costume et cravate sombres, chemise avec col italien et boutons de manchette, des traits de canaille, rasé de près. En un mot, le genre de type sur lequel on se retourne dans la rue.

— Oui, Marthe, lui répondit-il sans me quitter des yeux.

— Je voulais enfin te présenter Iris. Iris, voici Gabriel.

— Enchantée, lui dis-je en lui tendant la main.

Il la tint quelques secondes dans la sienne. Lorsqu'il la lâcha, je me surpris à penser que j'aurais voulu qu'il la garde plus longtemps encore.

— La protégée de Marthe, me répondit-il d'une voix cassée. C'est un vrai plaisir de te rencontrer. Je commençais à penser que Marthe fantasmait ton existence, mais tu es bien réelle.

Il inclina légèrement la tête et ses yeux me parcoururent des pieds à la tête.

— J'espère avoir souvent l'occasion de te voir, reprit-il.

— Ne viens pas dissiper Iris pendant qu'elle travaille, intervint Marthe.

— Loin de moi cette idée, je pourrais juste venir la regarder… coudre.

Il me décocha un sourire ravageur qui me fit rougir jusqu'à la racine des cheveux.

— Depuis quand t'intéresses-tu à la mode ? lui demanda sèchement Marthe.

— Depuis une minute et quarante-cinq secondes.

En souriant, je baissai la tête. J'aurais voulu trouver un mot d'esprit, quelque chose à dire, n'importe quoi en fait, mais j'étais confuse et embrouillée par la simple présence de cet homme.

— Iris ? m'appela-t-il.

Je levai timidement les yeux vers lui.

— Je peux t'offrir une coupe de champagne ?

— Euh…

— Non ! décréta Marthe.

Elle me prit à nouveau par le coude, et m'entraîna dans son sillage. Je ne pus m'empêcher de me retourner, Gabriel ne me lâchait pas des yeux. Lorsque nos regards se croisèrent, il me fit un clin d'œil, et je rougis, encore. Je sentis la poigne de Marthe se raffermir sur mon coude, ce qui me ramena brusquement les pieds sur terre.

— Iris, si tu avais besoin d'une preuve de ton sex appeal, tu l'as. Cependant, méfie-toi de Gabriel.

— Mais… Marthe… je…

— Je l'aime comme mon fils, mais c'est un séducteur sans respect pour les femmes et tu es mariée. Je te dis cela pour ton bien.

Cette femme lisait en moi comme dans un livre ouvert.

— Ne vous inquiétez pas, lui répondis-je.

Jusqu'à la fin de la soirée, Marthe ne me quitta plus d'une semelle. Je souriais aux personnes qu'elle me présentait, je l'écoutais leur parler.

Discrètement, je cherchai Gabriel du regard. Ce furent des éclats de rire féminins qui me guidèrent jusqu'à lui. Il était entouré de plusieurs femmes. On aurait dit des mouches autour d'un pot de miel. J'étais même prête à parier que deux d'entre elles étaient mère et fille. Elles riaient toutes bêtement à ses blagues. Il avait un mot pour chacune, il leur parlait à l'oreille, elles rosissaient de plaisir et battaient des cils. Les mains de Gabriel étaient baladeuses, mais d'après ce que je voyais, il ne franchissait jamais la limite, se contentant d'émoustiller son auditoire. Marthe avait raison : un homme à femmes. Elle n'aurait pas été là, je me serais fait avoir par son charme. Alors que j'étais mariée, que j'aimais mon mari… C'est à ce stade de ma réflexion que je croisai son regard. Sans me quitter des yeux, il susurrait des mots doux à l'oreille d'une de ses groupies.

— Il est tard, me dit Marthe.

À regret et avec l'impression d'être prise en faute, je brisai la connexion visuelle avec ce don Juan. Marthe m'observait.

— Il y a des taxis en bas de l'immeuble, prends-en un et rentre chez toi. Reviens ici lundi soir.

— Merci, Marthe, pour la soirée… pour tout.

Sans lâcher mon coude, elle s'approcha de moi et frôla ma joue de ses lèvres.

— Tu as été parfaite, me dit-elle à l'oreille de sa voix ensorcelante.

Puis elle me regarda droit dans les yeux. Je baissai la tête. Sa main quitta ma peau, et elle retourna à ses invités.

J'allai directement dans le vestibule pour récupérer mon manteau. Le préposé au vestiaire s'apprêtait à m'aider à l'enfiler.

— Laissez, je m'en occupe.

Je me retournai. Gabriel était appuyé au chambranle de la porte, les bras croisés. Il s'empara de ma veste avec autorité tandis que je le regardais faire, pétrifiée.

— Tu pars déjà ? On n'a pas fait connaissance.

— Une prochaine fois… peut-être.

Il me fit un grand sourire et me présenta ma veste. Je n'eus d'autre choix que de me laisser faire. Il prit tout son temps pour la remonter jusqu'à mes épaules.

— Laisse-moi t'inviter à dîner, me dit-il à l'oreille. Juste toi et moi, sans ces vieux croûtons, et surtout sans Marthe.

Je me retournai vers lui, il ne bougea pas d'un pouce, si bien que nos corps se frôlaient. Il affichait un vrai sourire de play-boy.

— C'est très gentil, mais je dois refuser.

Il inclina la tête, et fronça les sourcils sans cesser de sourire.

— Je suis mariée.

Pourquoi avais-je la désagréable impression de servir ça comme une excuse minable ?

— Qui irait lui dire qu'on dîne ensemble ? Certainement pas moi. Un petit mensonge de temps en temps, c'est excitant.

Je lui souris et le regardai à travers mes cils.

— C'est non, désolée. Bonne fin de soirée.

Je tournai les talons pour camoufler mes bouffées de chaleur de plus en plus envahissantes, et donc visibles. Il passa devant moi et m'ouvrit la porte.

— Bonne nuit, Iris.

Le lendemain matin, je montai dans le train la tête encore dans les nuages et impatiente de raconter à Pierre que mes créations avaient remporté un vrai succès. Il m'attendait sur le quai de la gare. Après un baiser rapide, il m'entraîna vers la voiture.

— Je te dépose et je repars tout de suite, me dit-il une fois en route.

— Tu travailles aujourd'hui ?

— Je pensais te l'avoir dit pour l'astreinte. J'essaierai de ne pas rentrer tard ce soir.

Je me murai dans le silence pour ne pas lui balancer ma déception à la figure. En moins de dix minutes, nous fûmes devant la maison. Je décidai de ne pas mettre d'huile sur le feu.

— Je nous prépare un petit dîner sympa pour ce soir, lui proposai-je le sourire aux lèvres.

— Ne te casse pas la tête, je prendrai à emporter. De toute façon, je suis crevé, je ne ferai pas long feu.

Je détachai ma ceinture, m'approchai de lui, lui caressai la joue et l'embrassai.

— Je voudrais me faire pardonner de ne pas avoir été là hier soir.

— Y a rien à pardonner, ne t'en fais pas. Regarde, je bosse aujourd'hui. Je dois y aller.

À regret, je me détachai de lui et sortis de la voiture. Je lui jetai un dernier coup d'œil, attrapai mon sac à l'arrière et entrai dans la maison.

Vingt heures. Coiffée, maquillée, habillée avec l'envie de plaire à mon mari. J'allumai quelques bougies et lançai la musique. J'entendis la voiture de Pierre arriver. Je m'assis dans le canapé et pris un magazine. Il entra et se rendit directement dans la cuisine.

— Je suis passé chez le chinois, ça te va ?

— Bien sûr, lui répondis-je. Ç'a été ta journée ?

— Je vais me doucher.

Il ne passa pas me voir et monta l'escalier quatre à quatre. Ça commençait bien…

Un quart d'heure plus tard, j'étais dans la cuisine, préparant nos assiettes. Je tendis l'oreille ; la musique était coupée, la télé allumée.

— Tu as besoin d'aide ? me demanda Pierre du salon.

— Non, c'est bon, je crois que je vais m'en sortir !

Je le rejoignis, et ma soirée romantique se transforma en plateau télé. Pierre joua de la zapette et se décida pour un programme débile de télé-réalité. Il ne lui manquait plus que les grosses charentaises écossaises pour compléter le tableau. J'aurais pu être en jogging et tee-shirt informes, ça aurait eu le même effet : il finit par piquer du nez. Sa tête tomba sur mon épaule. J'étais partagée. Comment lui en vouloir d'être épuisé après sa semaine de boulot à l'hôpital ? Et pourtant, j'attendais qu'il s'occupe un peu de moi, qu'il me pose des questions. Qu'il me remarque ? Ce ne serait pas pour ce week-end. Mes pensées dévièrent vers Gabriel, je secouai la tête pour les chasser et réveillai Pierre pour aller nous coucher.

5

Le lundi soir, comme Marthe me l'avait demandé, je montai chez elle après mes cours. C'était plus impressionnant, finalement, de m'y rendre pour un tête-à-tête que pour une grande soirée. Je sonnai, le majordome m'ouvrit. Et, alors que j'étais déjà venue, j'eus le sentiment de découvrir un nouvel appartement. Le silence régnait en maître. La salle de réception s'était transformée en un séjour qui me parut démesuré, les meubles avaient retrouvé leur place. La pièce nue de ses invités, la sobriété et l'ordre qui y régnaient n'en étaient que plus frappants. Trois couleurs dominaient la décoration, le noir, le rouge et le blanc. Les œuvres d'art apparaissaient dans toute leur splendeur, les concepts de bien et de mal semblaient se disputer la place sur les toiles et dans les formes des sculptures. Marthe m'accueillit un grand sourire aux lèvres et m'invita à m'asseoir. Jacques lui servit un verre de gin avec une goutte de Schweppes, sa boisson fétiche semblait-il. Il me proposa un verre de vin. Je déclinai son offre. Il nous laissa seules. Sur la table basse, je crus reconnaître l'enveloppe que j'avais refusée le jour du cocktail.

— Iris, prends cette enveloppe. Et que je ne te voie plus refuser un salaire, c'est compris ?

— Merci, lui répondis-je simplement en m'en emparant.

— Maintenant, nous devons parler sérieusement de ton avenir.

— Je ne vois pas de quoi vous voulez parler. Je croyais vous l'avoir dit : après la formation, je m'installe chez moi...

Elle balaya mes propos d'un geste de la main, croisa les jambes et me fixa.

— Écoute-moi sans m'interrompre.

Je hochai la tête.

— Cela fait plus d'un mois que tu es là. J'ai fait le bilan avec Philippe, il est d'accord pour dire qu'il n'a plus rien à t'apprendre ou si peu...

— C'est faux !

— Maintenant ça suffit, Iris ! Être autodidacte n'est pas une tare, au contraire ! Si tu savais d'où je viens...

— D'où venez-vous, Marthe ?

C'était sorti tout seul. Je regrettai immédiatement ma question.

— De la rue.

Elle me laissa le temps d'assimiler l'information avant de poursuivre.

— Mais nous ne sommes pas là pour parler de moi, un autre jour, peut-être... Je ne veux plus une seule fois t'entendre dire que tu n'as pas de talent. C'est ridicule, et tu le sais.

— Vous êtes la première à me dire que je vaux quelque chose, je ne suis pas sûre de...

— Tu vas te mettre à ton compte comme créatrice, ici même. Tu créeras tes propres collections. Je te guiderai, j'ai largement les moyens de te soutenir. Je mets à ta disposition une des pièces à l'étage de l'atelier. Philippe sera toujours là pour t'épauler en cas de besoin. J'ai un réseau. Toutes les femmes, sans oublier les hommes, vous ont remarqués, toi et ton travail, l'autre soir.

— Je suis extrêmement flattée de l'intérêt que vous me portez. C'est un rêve que vous m'offrez, mais je ne peux pas accepter.

Elle se leva et se mit à déambuler gracieusement dans la pièce. Sa main caressa le dossier du canapé d'un bout à l'autre. Hypnotisée par son aura, je la suivais du regard.

— Penses-tu sincèrement t'épanouir en faisant des ourlets et des jupes droites pour le troisième âge toute ta vie ?

Je venais de perdre ma langue.

— Si tu refuses, ne reste pas à l'atelier, tu perdrais ton temps, et moi le mien.

— Vous me renvoyez ?

— Tu n'as qu'un mot à dire, ma chérie.

— Où est votre intérêt dans cette affaire ?

Elle s'approcha de moi. Je fus incapable de soutenir son regard.

— Tu me plais, Iris. Fais-moi plaisir, réfléchis-y.

Que répondre ? Je devais déjà énormément à cette femme. La moindre des choses était de peser le pour et le contre, et ça ne me coûtait pas grand-chose d'en parler à Pierre, au pire une simple dispute, une de plus. Au moins, j'aurais essayé. Au moins, j'aurais touché du bout des doigts mon rêve inaccessible. Flirter avec l'excellence n'était pas donné à tout le monde, je pouvais en profiter quelques semaines, me prendre pour une autre. Je levai la tête vers elle, lorsque la porte d'entrée claqua.

— Marthe ? Tu es prête ? s'exclama une voix masculine.

C'était Gabriel. Je les avais oubliés, lui et son charme. Le visage de Marthe se crispa imperceptiblement. Puis elle afficha un magnifique sourire et se tourna vers l'entrée du séjour.

— Gabriel, mon chéri, toujours à l'heure.

— Tu m'as bien… éduqué, lui répondit-il tout en me remarquant. Iris, quelle surprise !

— Bonsoir, Gabriel, lui dis-je en me levant.

Le regard que Marthe me lança m'encouragea à tendre la main, et pas la joue. Il dégaina un petit sourire en coin. Puis il nous observa toutes les deux.

— Que complotiez-vous ?

— J'ai fait une proposition à Iris, lui répondit Marthe. Je veux l'aider pour qu'elle puisse créer.

— La générosité de Marthe n'a pas de limites en ce qui concerne l'art, me dit-il avant de se tourner vers elle. Nous allons être en retard, va te préparer. Laisse donc Iris m'expliquer en quoi consiste votre partenariat.

Il alla s'asseoir dans un fauteuil et appuya la tête sur une de ses mains tout en nous regardant. Marthe s'avança lentement vers lui et se pencha pour lui murmurer quelque chose à l'oreille. À aucun moment

Gabriel ne cessa de sourire ni de me fixer. Marthe quitta la pièce.

— Alors, dis-moi tout. Qu'attend-elle de toi ?

— Elle veut que je me mette à mon compte, lui répondis-je de but en blanc.

Je soupirai et m'écroulai dans le canapé. En entendant Gabriel rire, je me redressai et fronçai les sourcils.

— Qu'est-ce qu'il y a de drôle ?

— Tu es jolie quand tu boudes.

La pivoine était de retour.

— Sérieusement, Iris, qu'est-ce qui te gêne dans le fait que Marthe veuille t'aider ? Tu es douée à ce qu'il paraît. Tu n'as pas d'ambition ?

Je pris ma tête entre mes mains. Incapable de rester en place, je me levai et allai regarder par la fenêtre. Gabriel vint se poster derrière moi. Ce n'était plus la proposition de Marthe qui me faisait trembler. Deux fois de suite qu'en présence de cet homme je n'étais plus maîtresse de mes émotions.

— Qu'est-ce qui te retient ? me demanda-t-il.

— À ton avis ? lui répondis-je en me tournant vers lui.

— Je suis un peu con sur les bords, il faut m'expliquer.

Je ris et préférai m'éloigner.

— Je ne veux pas décevoir Marthe.

— Crois-moi, je la connais, c'est en refusant que tu la décevras. Profites-en, lance-toi. Si tu échoues, ce n'est pas grave.

— Ce que tout le monde oublie, c'est que je ne suis là que pour six mois. Ensuite je rentre chez moi.

— C'est où chez toi ?

— Chez mon mari.

— J'ai toujours tendance à oublier ce genre de détail…

J'eus envie de rire et levai les yeux au ciel.

— Il peut se passer beaucoup de choses en six mois, reprit Gabriel en s'approchant de moi. Dîne avec moi, Iris.

— Non, je ne peux pas.

Nous nous regardâmes. Il souriait, et moi, je respirais plus vite.

— Je te fais peur ?

— Pourquoi lui ferais-tu peur ? intervint Marthe.

— Tu ne me diras pas non éternellement, chuchota-t-il.

Puis il se dirigea vers Marthe et embrassa sa joue.

— Magnifique, comme toujours, lui dit-il. Ne t'inquiète pas, j'ai œuvré en ta faveur. J'essayais de convaincre Iris d'accepter ton offre. Elle me disait qu'elle allait en parler à son mari avant de te donner une réponse.

Il me sembla qu'ils s'affrontaient du regard. Puis je vis l'esquisse d'un sourire sur le visage de Marthe.

— Toutes tes maîtresses pourraient étoffer la clientèle d'Iris.

Gabriel éclata de rire. Marthe se dirigea vers moi, la mine sérieuse.

— Tu as une semaine pour prendre ta décision, ma chérie.

— Marthe… je…

Un simple haussement de sourcils me fit taire. J'attrapai mon sac, mon manteau.

— Au revoir, murmurai-je.

Avant de quitter la pièce, je ne pus m'empêcher de me retourner. Ils m'observaient. Marthe, le regard mystérieux, Gabriel, le regard prédateur. Chacun son style. J'accélérai le mouvement pour sortir au plus vite de cet appartement.

Il ne me restait plus que deux jours pour donner ma réponse à Marthe. Je n'avais toujours pas parlé à Pierre. Évidemment.

En ce samedi soir, nous recevions. Après avoir joué à bobonne derrière les fourneaux toute la journée, je me plongeai dans un bon bain. Je marinai dans l'eau plus d'une demi-heure, en cogitant sur ma tactique d'approche. Quels arguments présenter à Pierre pour qu'il puisse considérer la proposition de Marthe ? C'était le moment d'essayer : il était détendu, ravi d'avoir du monde à la maison. Tout était prêt. Sauf moi, qui ne savais toujours pas ce que j'allais mettre, c'était le comble. Je sortis de la baignoire, me séchai et enfilai ma lingerie en dentelle noire avant de me poster devant mon dressing. Je me décidai pour la robe qui avait déclenché l'éclatement familial. Je lorgnais aussi sur mon tailleur, que j'avais ramené sans trop savoir pourquoi. Impossible de le porter ici. Cependant, profiter de la bonne humeur de Pierre était l'occasion de lui montrer mon travail.

— Pierre, tu peux monter s'il te plaît ? criai-je.

— Que se passe-t-il ? me demanda-t-il en pénétrant dans notre chambre. Qu'est-ce que tu fabriques ? Tu n'es pas encore prête ?

— C'est bon, ne t'inquiète pas, il faut juste que je m'habille. J'ai besoin de te montrer quelque chose.

— Écoute, on n'a pas le temps, là. Ils vont bientôt arriver.

— Accorde-moi deux minutes.

Je m'approchai de lui et me glissai dans ses bras. Il posa ses mains sur moi, il n'avait pas le choix. Et ça me rappelait la sensation de sa peau contre la mienne.

— S'il te plaît…

Il soupira.

— O.K., qu'est-ce que tu veux que je voie ?

— Mon tailleur, tu sais, celui que j'ai créé et qui a plu à Marthe.

Il fronça les sourcils, me regarda et me lâcha.

— Tu as une idée derrière la tête, Iris ?

Je devais bien choisir mes mots pour ne pas lui faire peur.

— Marthe souhaiterait que le temps de ma formation je confectionne mes propres modèles.

— À quoi ça te servirait ? Aux dernières nouvelles, nous n'avons pas l'intention de déménager pour Paris.

— Ce n'est pas ce que je te demande, ne t'inquiète pas. C'est juste une opportunité en or.

— Je ne savais pas que tu voulais être styliste.

— Elle me dit que j'ai du talent. C'est pour ça que je voulais te montrer mon tailleur. Je ne m'attendais pas à ça, je te promets. Mais Marthe croit en moi, certaines de ses amies veulent déjà passer commande. Et Gabriel me dit que j'aurais tort de rater une occasion pareille.

Il soupira.

— Vas-y.

— Merci.

Mon temps était compté. Je me précipitai dans la salle de bains.

— C'est qui Gabriel ?

J'eus chaud tout d'un coup. Une idée germa dans ma petite tête.

— Je ne t'ai pas parlé de Gabriel ? C'est lui qui dirige les fonds d'investissement du premier. Un séducteur dans l'âme.

— Un vieux beau ?

— Non, tu te trompes, il a juste quelques années de plus que nous. Il est très sympa (*charmant*), il a l'air d'avoir beaucoup d'humour (*surtout quand il est question de toi*)…

— Tu as bientôt fini ?

— Oui, presque. Ça te dérangerait si je dînais avec lui ? Il m'a invitée…

— Pourquoi voudrais-tu que ça me dérange ? Tu viens oui ou non ?

Quand je sortis de la salle de bains, Pierre pâlit et me regarda des pieds à la tête. Je tournai sur moi-même.

— Alors ?

— Tu sais, moi et la mode…

— Bah… je suis jolie au moins ?

— Pas plus que d'habitude, et ça ne te ressemble pas trop en fait… je ne vois pas quand tu aurais l'occasion de porter un truc pareil, surtout quand tu travailleras à la maison. Personne ne voudra acheter ça, c'est importable.

— Mais…

La sonnette retentit.

— Les voilà, me dit Pierre. Change-toi vite.

— Attends !

— Quoi ?

— Je dois répondre à Marthe lundi…

Il haussa les épaules.

— Je ne sais pas, je ne vois pas trop l'intérêt… Réfléchis bien à quoi ça va te servir… pas à grand-chose à mon sens.

Il quitta la pièce. Je l'entendis dévaler les marches puis accueillir nos invités. Des larmes me montèrent aux yeux, je regardai en l'air pour tenter de les chasser et soupirai. Ça avait le mérite d'être clair : Pierre ne voyait absolument pas l'opportunité que représentait la proposition de Marthe. Quant au soupçon de jalousie que je croyais éveiller en évoquant Gabriel… Ça ne lui venait même pas à l'esprit que je puisse plaire à un homme – à se demander si je lui plaisais encore –, ni même que je puisse être attirée par un autre que lui.

Ma dernière journée à l'atelier prenait fin. Je m'apprêtais à monter dans le bureau de Marthe pour lui annoncer que j'arrêtais. J'avais réfléchi, je n'y arriverais pas sans le soutien de Pierre. Ça avait été bien de rêver quelques jours. Je frappai à sa porte.

— Entrez, dit-elle de sa voix troublante.

Elle était assise derrière son bureau, penchée sur des documents.

— Bonsoir, Marthe.

— Je t'attendais. Tu as des rendez-vous demain pour des prises de mesures. Les commandes tombent déjà et elles sont urgentes.

Muette, j'étais muette.

— Tu dois prendre le rythme rapidement, c'est un gage de confiance et de qualité pour tes clientes. Après, tu travailleras pour moi, je souhaite renouveler ma garde-robe avec tes créations. Tu n'as rien à dire ?

Elle me toisa.

— Quel est le problème ?

— Mon mari.

— Explique-moi.

— Il n'est pas intéressé par votre proposition.

— Serait-il devenu couturier durant le week-end ?

— Je préférerais.

— Dis-moi, serait-ce lui qui décide à ta place ? Serais-tu ce genre de femme, soumise à son mari ?

— Non... euh... je me suis mal exprimée, en fait, il... il ne voit pas l'intérêt pour quelques mois, et je crois que...

— Que ?

— Qu'il ne me prend pas au sérieux avec la couture.

— Prouve-lui le contraire. Travaille. Existe pour et par toi-même. Ta réussite lui fera comprendre à quel point il a de la chance de t'avoir, et comme par magie, il s'occupera de toi. C'est ce que tu attends de lui, je ne me trompe pas ?

J'acquiesçai.

— Alors, que décides-tu ?

Elle captura mon regard, impossible de lui échapper. Comment, en si peu de temps, cette femme pouvait-elle avoir pris autant d'influence sur moi ? Marthe était fascinante, troublante, je voulais apprendre d'elle, je voulais profiter de son expérience de femme, je voulais qu'elle soit mon guide. J'avais une chance incroyable de l'avoir rencontrée et qu'elle me fasse confiance. Pierre ne pouvait pas le comprendre, pas pour le moment. Moi, je le comprenais et je ne pouvais pas passer à côté de cette chance, même pour quelques mois. Au moins, je l'aurais vécu.

— Vous me disiez que j'avais des rendez-vous demain. Je peux en savoir plus sur les commandes ?

Elle se leva et s'approcha de moi.

— Ma chérie… Nous allons faire de grandes choses toutes les deux !

Pour la première fois, je perçus de l'émotion dans sa voix. Soudain, les traits de son visage se tendirent, elle plissa les yeux.

— Je dois monter. Rejoins-moi pour dîner, ma chérie.

Elle me sourit et quitta précipitamment son bureau, me laissant seule pour réaliser l'ampleur de ma décision, un peu déstabilisée par son départ subit.

Je rejoignis l'atelier où j'allais bientôt accueillir mes clientes. *Mes clientes !* Des femmes viendraient ici pour mes créations, pour mon savoir-faire. Marthe croyait en moi. Jamais je n'aurais osé rêver à un pareil retournement de situation. Le destin, le hasard avaient mis sur ma route une femme exceptionnelle qui avait vu en moi ce que personne n'avait jamais remarqué, ce que ni mes parents ni même Pierre n'avaient voulu accepter. Avec Marthe, j'allais pouvoir exprimer ma vraie personnalité, trouver celle que j'étais. Marthe semblait mieux me connaître que moi-même. C'était déroutant, mais fascinant.

Le soir même, toujours à mon bonheur et mon excitation, je retouchai mon maquillage avant de prendre la direction du cinquième étage. Jacques m'ouvrit, la mine soucieuse.

— Bonsoir, lui dis-je. Je suis attendue…

— Bonsoir, Iris. Oui, je sais… mais… elle… Marthe est sujette aux migraines…

— Je m'en vais dans ce cas, elle doit se reposer.

— Surtout pas ! Elle vous veut ce soir auprès d'elle, il ne lui faut aucune contrariété. Vous allez patienter au salon. Entrez.

Jacques s'effaça et me suivit jusqu'au séjour. Puis il me proposa un verre ; je déclinai son offre. Il s'apprêtait à quitter la pièce mais se ravisa et se tourna vers moi.

— J'ai cru comprendre que vous alliez travailler pour Marthe ?

— Oui ! m'exclamai-je un grand sourire aux lèvres.

— Nous serons amenés à nous croiser fréquemment, n'hésitez pas à faire appel à moi pour quoi que ce soit. C'est d'accord ?

— Euh… promis… je m'en souviendrai.

— Elle ne devrait pas tarder à vous rejoindre.

Je le remerciai et il me laissa seule. J'osai déambuler dans la pièce. J'admirais une sculpture – un nu de femme à la pose impudique – lorsqu'une photo encadrée posée sur une commode accrocha mon regard. Je m'approchai, mue par la curiosité. C'était un portrait en noir et blanc, le modèle n'était autre que Marthe, avec une trentaine d'années de moins. Un cliché de professionnel : le travail de la luminosité, les contrastes d'ombre et de lumière ne pouvaient avoir été traités que par un grand photographe. On la devinait nue sous le voilage blanc qui la recouvrait. L'âge n'avait pas entamé sa beauté, mais plus jeune elle dégageait un magnétisme animal et une puissante sensualité. Aucun homme ne devait lui résister. Son port altier, fier, arrogant, lui donnait l'air d'avoir le monde à ses pieds, qu'elle contemplait de haut.

— C'est la séance qui a signé la fin de ma carrière, me dit Marthe, que je n'avais pas entendue arriver derrière moi.

Je me tournai vers elle et fus frappée par la fatigue extrême qui se lisait sur son visage. En l'espace d'une demi-heure, des cernes étaient apparus sous ses yeux, ses traits portaient la trace de la douleur.

— Si vous ne vous sentez pas bien, je peux m'en aller.

— Non, ma chérie, je te garde avec moi.

Elle me prit le cadre des mains et le reposa à sa place avant d'aller s'asseoir dans le canapé. Elle attrapa un tube de comprimés sur une petite table d'appoint et en avala un. Je m'installai en face d'elle et m'excusai d'avoir touché à sa photo.

— Je ne t'en veux pas, me répondit-elle avec un sourire énigmatique.

— Vous étiez mannequin ?

— Je ne savais rien faire de mes dix doigts, mais j'avais un cerveau et une plastique. Alors, j'ai utilisé mon corps pour sortir de la rue et gravir l'échelle sociale. C'est là qu'est née ma passion pour la mode, les tissus, la couture, le travail des gens de l'ombre.

J'ai défilé pour les plus grands et servi de modèle à de nombreux peintres et sculpteurs.

Mes yeux se posèrent sur le nu que j'avais observé un peu plus tôt.

— C'est moi, répondit-elle à ma question muette. Mais je ne supportais pas d'être prise pour une écervelée. J'ai été très vite connue pour mes charmes, mais aussi pour ma repartie. Je n'ai jamais eu peur de rien, ni de personne. Mon plaisir : écraser un homme qui sous prétexte de vouloir me mettre dans son lit se comportait comme un goujat.

— Vous me disiez que cette photo a marqué la fin de votre carrière. Pourtant, vous étiez encore jeune…

— Justement ! J'ai voulu quitter le métier au sommet de la gloire. Hors de question de faner à côté de gamines. Et j'avais ce que je voulais. Mon réseau n'était constitué que d'artistes de renom et d'hommes d'affaires. J'avais tout ce qu'il me fallait pour atteindre mon objectif. Ne me restait plus qu'à rassembler les fonds nécessaires.

— C'était l'atelier ?

— Oui, ma chérie. Je voulais créer un endroit pour des jeunes qui avaient de l'or dans les mains mais que personne n'aidait et pour qui les maîtres mots étaient excellence, rigueur et travail. Mon rêve s'est exaucé avec toi. Depuis l'ouverture, j'attends le jour où une véritable artiste franchira le seuil de l'atelier. Avec mes relations, je pourrais te placer dans les plus belles maisons, comme tous ceux qui sont passés entre mes murs… Mais je te garde pour moi. Tu vaux mieux que cet aspect commercial et vulgaire qui sévit de plus en plus aujourd'hui dans la mode. Tu deviendras une grande créatrice. Tu es précieuse, tu dois rester rare.

— Marthe, ne fondez pas trop d'espoir sur moi.

Avait-elle bien compris qu'un jour je rentrerais chez moi ?

— Qu'ai-je dit, Iris ?

Son regard se fit noir.

— Pardonnez-moi…. Comment avez-vous fait pour ouvrir l'atelier ?

Elle me sourit, satisfaite de ma docilité.

— Je connaissais Jules de réputation. Il était le meilleur, un requin de la finance. Je voulais qu'il fasse fructifier mon argent. Je suis venue au premier étage de cet immeuble… sans y être invitée. Jules a refusé de me recevoir, je n'avais pas de rendez-vous. Pour la première fois de ma vie, on me disait non. Il n'a plus jamais recommencé. Et, pour se faire pardonner cet affront, il m'a offert l'atelier, et nous ne nous sommes plus jamais quittés.

Un seul mot me vint à l'esprit pour qualifier Marthe : inspirante.

Je téléphonai à Pierre dans la soirée.

— Tu m'appelles tard ! Tu étais où ?

— Chez Marthe, j'ai dîné avec elle.

— C'était bien ?

— Intéressant, motivant, passionnant, serait plus juste.

— Pourquoi ?

— Si tu savais ! Elle m'a raconté sa vie, elle est… extraordinaire et tellement fascinante, si intelligente, tu n'imagines pas… Par contre, j'ai dit oui. Je me lance, je n'avais pas le choix, j'ai déjà des commandes. Tu te rends compte ?

— Pas vraiment. Enfin, ne te monte pas la tête, ça ne va pas durer longtemps. Tu te souviens de ce qu'on est convenu ? Nos projets après ta formation ?

— Ne t'inquiète pas, je n'ai pas oublié.

— On va dire que ça te fait de l'expérience. Mais, s'il te plaît, ma chérie, évite de te faire retourner la tête par cette femme. Fais attention à toi, ce milieu me dérange.

— Pierre, rassure-toi, ça n'a rien à voir avec sexe, drogue et rock 'n' roll.

Il bâilla bruyamment.

— Je vais essayer de te croire… J'ai eu une grosse journée, je vais dormir. Appelle-moi plus tôt demain.

— Je t'… je t'embrasse.

— O.K. Bonne nuit.

6

Deux semaines que j'avais accepté la proposition de Marthe. Deux semaines que je ne faisais que travailler. Son vœu le plus cher étant que je me consacre totalement à la création et à la couture, elle avait pris en charge le côté financier, les transactions avec les clientes. Avec son accord, j'étais restée au rez-de-chaussée de l'atelier ; je ne voulais pas me retrouver isolée à l'étage comme elle me l'avait proposé. La journée, je travaillais dans le joyeux brouhaha des filles et je déjeunais avec elles. J'avais aussi souvent besoin que Philippe me rassure. Dès que je le pouvais, je lui demandais de me faire travailler, particulièrement les incrustations de perles, plumes et autres bijoux. Le soir cependant, je profitais du calme, cherchant par tous les moyens à me perfectionner. Je quittais l'atelier de plus en plus tard. Je glissais mes écouteurs dans mes oreilles et lançais ma playlist du moment. Je m'enfermais dans ma bulle, j'étais bien, j'oubliais parfois de dîner, et il fallait souvent un appel ou un SMS de Pierre pour me rappeler qu'il était temps d'aller me coucher.

C'était le cas ce soir-là. Il n'était pas loin de 22 heures et j'étais toujours derrière ma machine à coudre, enivrée par la chanteuse des K's Choice et leur *Not an Addict*. Soudain, j'eus la sensation d'être observée.

— Y a quelqu'un ? couinai-je en retirant un écouteur.

— Marthe serait-elle devenue une tortionnaire pour que tu bosses encore à cette heure-là ? me demanda la voix si reconnaissable de Gabriel.

— Que fais-tu ici ? lui répondis-je en me levant et en coupant la musique.

Il sortit de l'obscurité et fit quelques pas dans ma direction.

— Chaque soir, j'entends le bruit de ta machine à coudre, et après, celui de tes talons sur le parquet lorsque tu t'en vas. Ce soir, je n'ai pas résisté…

Ses yeux me parcoururent de la tête aux pieds.

— Excuse-moi pour le bruit, j'ai bientôt fini. Je ne vais pas te déranger plus longtemps.

Je me rassis et tentai de reprendre le fil de mon ouvrage. Je le sentis s'approcher de moi, pencher la tête par-dessus mon épaule. Son parfum – Eau Sauvage, logique – investit mes narines.

— Ne t'excuse surtout pas, j'aime te savoir au-dessus de moi. Tu as dîné ?

— Non.

J'aurais dû dire oui.

— Moi non plus. Et, comme c'est étrange, je vais être livré d'ici un petit quart d'heure dans mon bureau.

— Je ne voudrais pas te priver de ta part.

— J'ai commandé pour deux.

Je tournai le visage vers lui, il me fixait.

— Tu as toujours réponse à tout ?

— La plupart du temps, oui. Ferme l'atelier et rejoins-moi.

Il prit la direction de la sortie.

— Gabriel ! Je vais rentrer chez moi, je te remercie, mais…

— On dîne. C'est tout, n'y vois rien de plus. O.K. ?

— Très bien, capitulai-je.

Il quitta la pièce, je m'avachis dans ma chaise. J'allais être en tête à tête avec Gabriel, c'était dangereux pour ma tranquillité d'esprit. J'attrapai mon téléphone et envoyai un SMS à Pierre : « Viens d'arrêter de bosser, mange un morceau avec Gabriel et rentre, bonne nuit, à demain, je t'embrasse fort. » La réponse arriva presque instantanément : « Bon appétit, attention à toi en rentrant en métro, de garde demain soir, tél. dans la journée. » Pour repousser le moment de descendre, je fis le tour de l'atelier, éteignis les lumières et ma machine à coudre, jetai un coup d'œil à mon visage dans un miroir et me retins de rectifier mon maquillage. Visiblement, je n'avais plus rien à faire. J'attrapai mon sac à main, mon manteau, et fermai la porte en me promettant d'abréger le dîner. Je descendis fébrilement les marches jusqu'au premier. La porte s'ouvrit automatiquement. Je pénétrai dans l'appartement et restai plantée dans l'entrée. Celle-ci donnait sur plusieurs bureaux, séparés par des cloisons vitrées et tous plongés dans l'obscurité, en dehors des écrans de veille des ordinateurs.

— Viens, me dit Gabriel du fond du couloir.

J'avançai vers son antre et m'immobilisai sur le seuil. Un petit rictus aux lèvres, Gabriel servait du vin dans des verres à pied. Le couvert était dressé sur une table de réunion, des bougies allumées disposées entre les assiettes. Au menu : plateau d'un traiteur chic du quartier. J'eus le sentiment d'être prise au piège. Gabriel reposa la bouteille et vint vers moi.

— Installe-toi.

J'esquivai sa main qui s'apprêtait à se poser dans le creux de mes reins. Je m'assis et examinai la pièce autour de moi. Le bureau de Gabriel était encombré de dossiers et de paperasses qui menaçaient de s'écrouler à tout instant. Plusieurs écrans, dont le son était coupé, diffusaient en boucle les cours de la Bourse et les actualités. Il s'assit en face de moi, et me fit signe de manger. Il attaqua son repas sans un mot, et sans me quitter des yeux. De temps à autre, il souriait, pas véritablement à moi, plutôt en écho à ce qui devait lui passer par la tête. Ne surtout pas en connaître la teneur.

— Marthe est ravie que tu aies accepté sa proposition, me dit-il après avoir repoussé son assiette. Et toi, tu ne regrettes pas ?

— Non, franchement, pour la première fois de ma vie, je fais ce que j'aime. Enfin… on ne peut pas dire que Marthe m'ait laissé le choix.

Il éclata de rire.

— C'est tout elle.

— Tu la connais depuis longtemps ?

Il but une gorgée de vin.

— Vingt ans.

— Comment les as-tu rencontrés, elle et son mari ?

— En essayant de piquer la bagnole de Jules, me répondit-il le plus naturellement du monde.

— Quoi ?

Il arqua un sourcil.

— Tu as envie de connaître mes petits secrets ?

— Tu voulais qu'on fasse connaissance, je crois ?

Il afficha un air victorieux, desserra sa cravate et défit le premier bouton de sa chemise.

— O.K., c'est parti ! À dix-huit ans, j'étais un vrai p'tit caïd. Mon père m'a mis à la porte à ma majorité.

— Pourquoi ?

— Il en a eu marre, à juste titre. Je foutais le bronx partout où je passais et je ne fichais rien à l'école. Pourtant, j'avais d'autres ambitions que de finir ouvrier à la chaîne. Du coup, j'enchaînais les conneries. Je suis monté à Paris, je me suis fait des potes, j'ai squatté à droite et à gauche, et je me suis mis à vivre de trafics pas catholiques pour un sou. J'avais une sacrée réputation avec mon bagout.

— Pourquoi ça ne m'étonne pas ?

— À l'époque, c'était plutôt la version camelot, c'est là que j'ai rencontré Jules. Un jour, j'ai voulu agrandir mon terrain de jeu, je suis venu dans les quartiers de riches pour m'amuser et j'ai vu la Jag'. Elle me tendait les bras. J'allais forcer la serrure quand je me suis fait tirer l'oreille comme un sale gosse. C'était Jules. Impossible de l'embobiner malgré toutes mes combines. Il m'a donné le choix : soit je le suivais chez lui, soit c'était les flics. Je ne suis jamais reparti de chez Jules et Marthe. Et aujourd'hui, je dirige leurs sociétés.

— Attends, il y a un écart énorme entre voler une voiture et être patron de ça ! lui dis-je en désignant son bureau d'un geste de la main.

— Il faut croire que j'étais mignon, ou que je faisais pitié.

Son air de premier communiant m'amusa.

— En fait, ils n'ont pas eu d'enfants à cause de leurs vingt ans d'écart, reprit-il. Ils avaient envie d'avoir un p'tit jeune chez eux.

— Et Marthe, elle a joué quel rôle pour toi, celui de mère ?

— Elle est ce qui se rapproche le plus d'une famille. Mais assez parlé de moi, à ton tour !

Il s'enfonça dans sa chaise, croisa les mains et posa son menton dessus.

— Que veux-tu que je te raconte ?

— Ton mari sait que tu es là avec moi ?

— Oui.

— Et ça ne lui pose pas de problème ?

— Non.

— C'est parce qu'il ne me connaît pas, me dit-il un sourire carnassier aux lèvres.

— Prétentieux.

— Réaliste, je sais reconnaître une belle femme, et en général, je ne résiste pas.

Ses yeux parcoururent mon visage, mon cou, mon décolleté.

— Et ton mari… comment s'appelle-t-il déjà ?

— Pierre.

— Pierre, donc, ne doit pas te regarder très souvent, sinon, il t'aurait mise en laisse, pour qu'aucun homme digne de ce nom ne s'approche de toi.

Je sentis des picotements sur ma peau, et alors que j'avais réussi à me détendre, je n'aimais pas la tournure que prenait notre conversation, trop tendancieuse, trop risquée. J'aimais l'idée que je puisse lui plaire. Machinalement, je remis mes cheveux en place.

— Merci pour le dîner, il est temps que je rentre maintenant.

Tout en soufflant sur les bougies, il planta ses yeux dans les miens.

— Tu lis dans mes pensées, allons nous coucher.

— Tu ne t'arrêtes donc jamais ? marmonnai-je en me levant.

— Attends, je pars en même temps que toi. Je te ramène.

— Pas la peine, je rentre en métro.

— Tu rigoles ou quoi ? Je vais te reconduire chez toi.

Il ouvrit un placard et en sortit deux casques.

— Je t'arrête tout de suite, je ne monterai pas sur une moto.

— Pourquoi ?

— Parce que j'ai peur !

Il s'approcha de moi, je reculai et me cognai contre la porte.

— De quoi ? De moi ou de la moto ?

De toi, pensai-je. Je tâtonnai dans mon dos à la recherche de la poignée et réussis à la tourner.

— De la moto, lui répondis-je en me précipitant dans le couloir.

Il rit et me suivit. Une fois sur le palier, je décidai d'emprunter l'escalier. Hors de question de me retrouver avec lui dans l'espace exigu de l'ascenseur.

En sortant de l'immeuble, je remarquai la grosse cylindrée noire. Jamais de la vie je ne grimperais sur un tel engin. Gabriel pencha la tête vers moi.

— Toujours pas décidée ?

— Non, merci encore pour ce soir. À bientôt.

Je lui souris et pris la direction de la station de métro. Je marchai en me répétant « Ne te retourne pas, ne te retourne pas. » Avant de descendre les marches, je craquai. Gabriel ne me lâchait pas des yeux. Je secouai la tête et m'engouffrai dans les couloirs souterrains. Au loin, j'entendis le vrombissement d'une moto.

Dans le wagon, assise sur un strapontin, la tête appuyée sur la vitre, je me promis de rester le plus loin possible de Gabriel. Pourquoi avait-il fallu qu'il vise si juste quant à l'attitude de Pierre ? Pourquoi fallait-il qu'il soit si attirant, avec son côté propre sur lui mais dangereux, mauvais garçon sur les bords ? Perdue dans mes pensées, je faillis louper mon arrêt.

Le froid me saisit lorsque je ressortis à l'air libre, et j'accélérai le pas pour rentrer plus vite chez moi. Le ronronnement d'un moteur attira soudain mon attention ; je tournai la tête et reconnus la moto de Gabriel, qui me suivait au pas. Comment diable avait-il fait pour me retrouver ? Il partit à toute allure une fois que j'eus fermé la porte de l'immeuble. Décidément, je devais éviter le moindre contact avec cet homme. Et pourtant, c'est avec des images de lui en tête que je m'endormis.

Le lendemain matin, en pénétrant dans le hall de l'immeuble de l'atelier, je percutai Gabriel qui en sortait au même moment.

— Elle me tombe dans les bras dès le matin !

— Bonjour, lui répondis-je en souriant de toutes mes dents malgré moi.

— Tu as bien dormi ?

— Oui. Merci pour l'escorte hier soir.

— La prochaine fois, tu seras derrière moi.

Je soupirai.

— Il n'y aura pas de prochaine fois.

— Tu as peur de ne pas résister.

Je le foudroyai gentiment du regard.

— J'adore les défis, Iris. Et je n'abandonne jamais.

Il s'approcha de moi et m'embrassa sur la joue tout en effleurant ma taille de sa main. Je me dis que j'en voulais plus.

— J'aime ton parfum, susurra-t-il. À très vite.

Il partit et je rentrai précipitamment. Par bonheur, l'ascenseur était disponible. Je m'enfermai dedans et m'observai dans le miroir. J'avais les joues rouges et les yeux brillants, et ce n'était pas dû au froid mordant du jour. Pourquoi cela m'arrivait-il ? Comment avais-je pu penser à ça ? Je devais être raisonnable, garder une distance respectable avec lui ; il éveillait en moi un truc qui me dépassait. J'avais envie de plaire, de séduire, de deviner le désir dans les yeux d'un homme. Et de cet homme, précisément. Mais j'avais Pierre, je l'aimais, je ne pouvais pas être troublée par la présence d'un autre, si séduisant fût-il.

Les deux semaines suivantes, mon rythme fut infernal. Mon téléphone n'arrêtait pas de sonner. Les commandes s'accumulaient. Je découvrais l'addiction au travail. Pierre assistait à mon épanouissement professionnel de loin, sans faire de commentaires. Marthe me donnait des conseils vestimentaires. Si je voulais vendre mes créations, je me devais d'être irréprochable et ultraféminine dans mes propres tenues. Au bout du compte, elle ne me transforma pas en fashionista, elle me modela à son image. Cela me convenait et me flattait.

Ma clientèle était composée de deux types de femmes : les relations de Marthe et les maîtresses de Gabriel. Les premières, d'une classe folle, cherchaient des vêtements dans l'esprit de la nouvelle garde-robe de Marthe. Quant aux secondes, elles souhaitaient surtout se faire très vite enlever leurs robes par leur amant, peu importait le modèle. Malgré leur insistance à se dénuder et à raccourcir leur jupon, je ne cédais pas à la vulgarité : suggérer plutôt qu'exhiber. Chaque fois que j'en avais une au téléphone, je me demandais comment une femme au premier abord si distinguée pouvait se mettre à glousser dès l'instant où le prénom Gabriel était prononcé. La première fois que je m'entendis glousser devant lui à mon tour, je cessai de m'interroger. Je le croisais presque chaque jour. J'étais dans l'attente de ces rencontres furtives, tout en les redoutant. Évidemment, il trouvait toujours le moyen de glisser un sous-entendu, une flatterie, invariablement accompagnés d'un sourire enjôleur.

Un soir, Marthe voulut que je l'accompagne au vernissage d'un artiste qu'elle soutenait. Je me préparai à l'atelier, elle devait passer me chercher. En l'attendant, j'en profitai pour téléphoner à Pierre.

— Ça va ? me demanda-t-il.

— Oui. Tu ne voudrais pas venir à Paris ? Ça fait deux mois que j'y suis, et on ne s'est toujours pas fait de week-end en amoureux.

— J'ai la flemme.

— S'il te plaît, ça serait sympa. On se baladerait, on flânerait, on prendrait le temps... de ne rien faire.

— Écoute, j'ai une semaine effrayante, alors rien qu'à l'idée d'être coincé dans les bouchons vendredi soir... Non franchement, je n'ai pas le courage.

— Tu pourrais faire un effort. Je ne sais pas moi, tu n'as pas l'impression qu'on ne fait plus rien ensemble ? Changer d'air pourrait te détendre, te permettre d'oublier le boulot, te donner envie de... de...

— De quoi, Iris ?

Je serrai les poings.

— De...

— En fait, non, ne réponds pas, hors de question d'avoir cette conversation.

— C'est toujours pareil, tu refuses de parler. À croire que c'est tabou !

— Et toi, tu vois des problèmes où il n'y en a pas. Je n'en peux plus de la pression que tu me mets sur les épaules.

— Quelle pression !? J'ai juste envie de te retrouver, j'ai envie de sentir que tu m'aimes, et de te montrer que je t'aime. Je ne te demande pas la lune !

— Accepte un peu de grandir, nous ne sommes plus un jeune couple. Tu lis trop de romans à l'eau de rose. J'ai un travail qui me prend beaucoup d'énergie et qui ne me permet pas de jouer la sérénade à longueur de temps. Et dis-toi une chose : je fais ça pour nous !

— Tu ne comprends rien, soupirai-je.

J'entendis Marthe m'appeler.

— Je dois y aller, Pierre. Bonne soirée.

— Toi aussi.

Il raccrocha. Je fixai mon portable de longues secondes avant de le fourrer dans mon sac. Je soupirai, j'étais épuisée. Marthe m'appela à nouveau, je descendis la rejoindre.

Le vernissage, dans une galerie au cœur de Saint-Germain-des-Prés, était une nouvelle occasion pour Marthe de me présenter au monde. Comme à son habitude, elle me tenait par le coude tandis que nous naviguions de groupe en groupe. Je ne m'en formalisais plus. J'aimais sa présence à mes côtés. J'avais mon mentor. Elle m'apprenait, je l'écoutais, je suivais ses règles et ses conseils. Elle me faisait découvrir un monde certes superficiel, mais ô combien fascinant et attirant. Je sentis sa main se serrer sur ma peau nue avec force. Je tournai le visage vers elle. Que scrutait-elle de cette façon ? L'entrée en scène de Gabriel. Fidèle à sa légende, il arrivait comme un cador. Une main dans la poche, il parlait avec les hommes sans oublier de distribuer compliments et baisers aux femmes. Tout le monde semblait le connaître.

Il acheva son parcours mondain devant nous. Il nous embrassa l'une après l'autre, et recula d'un pas.

— Le maître et l'élève, fatales... Vous ne laissez aucune chance aux autres.

— Gabriel, tu ne peux vraiment pas t'en empêcher, lui dit Marthe d'une voix presque menaçante.

— La faute à qui ? lui répondit-il totalement décontracté. J'imagine que si je te demande la permission d'offrir un verre à Iris, tu vas me la refuser.

— Tu imagines très bien, mon chéri. Ce soir, nous devons conclure des affaires, contrairement à toi, qui ne penseras qu'à t'amuser. Sur qui as-tu jeté ton dévolu ?

Le coup d'œil que Gabriel me lança ne pouvait pas avoir échappé à Marthe.

— Je réfléchis encore... Mesdames, je vous laisse travailler.

Marthe m'entraîna. Ce fut plus fort que moi, je me tournai vers lui une dernière fois.

— Iris, ne t'ai-je pas prévenue à son sujet ?

Le ton cinglant de Marthe me ramena brutalement sur terre.

— Si.

— Pourquoi agis-tu de cette façon ? On dirait qu'il te fascine.

— Il n'est pas bien méchant, c'est un beau parleur, je le trouve drôle même.

— N'as-tu donc aucune jugeote ? Ressaisis-toi, ma chérie, ne le laissons pas nous gâcher la soirée.

— Vous avez raison, je sais.

Après plus d'une heure de mondanités passionnantes, je réussis à m'échapper sous le prétexte d'aller me rafraîchir. J'avais besoin de souffler. Je passai plus de cinq minutes assise sur la lunette des toilettes, la tête entre les mains. En revenant dans la galerie, je fis comprendre de loin à Marthe que j'allais jeter un coup d'œil aux œuvres de l'artiste. Nous étions aussi là pour ça, me semblait-il.

Clouée devant un tableau, j'étais rongée par la colère. Colère contre Pierre et son attitude au téléphone plus tôt dans la soirée. Je n'en revenais pas ! Il n'était prêt à rien, il ne voyait rien. À croire qu'il faisait tout pour que je me jette dans les bras du premier venu. Mon esprit dériva automatiquement vers Gabriel, dont la présence n'arrangeait pas mon état de nerfs. Je n'avais plus aucun contrôle sur mon corps lorsqu'il était dans la même pièce que moi. La menace de Marthe n'y avait rien changé, et c'était un mauvais point. Je ne l'entendis pas arriver derrière moi.

— Je n'ai jamais rien compris à l'art abstrait, me dit-il.

— Marthe ne t'a pas initié ?

— Je suis resté hermétique.

Je lui fis face et lui souris. J'avais envie moi aussi de m'amuser et d'oublier l'espace de quelques instants les mises en garde. Il pencha la tête, comme étonné.

— Tu as échappé à sa surveillance ?

— Oui, pour le moment.

— Tu restes avec moi ?

— Un petit peu.

— Champagne ?

— Pourquoi pas !

Il afficha un air satisfait et adressa un signe au serveur. Celui-ci arriva instantanément avec un plateau, Gabriel saisit deux coupes, m'en tendit une et fourra un billet dans la poche de l'homme en le gratifiant d'un clin d'œil et d'une tape complice dans le dos. J'éclatai de rire.

— N'aurais-tu pas envie de t'amuser ce soir ? me demanda-t-il en faisant tinter sa coupe contre la mienne.

Il lisait dans mes pensées. Je bus une gorgée sans le lâcher des yeux.

— Je réfléchis encore, lui répondis-je. Comme toi tout à l'heure... As-tu trouvé ta proie ?

— Tu joues avec le feu.

— Peut-être...

Mon sourire se figea. Dans ma vision périphérique, j'aperçus mon chaperon.

— Marthe me cherche, lui annonçai-je. Je dois y aller.

— Va la retrouver (il s'approcha de moi), tiens ton rôle. Ne t'attire pas ses foudres. Et pour répondre à ta question, je sais qui je veux. Mais je ne sais pas si elle est prête à jouer, et moi, je préfère jouer à deux.

Ses yeux s'attardèrent une dernière fois sur mon décolleté, et il s'éloigna. Je partis rejoindre Marthe. En cours de route, je voulus savoir jusqu'à quel point je pouvais me sentir sûre de moi, perchée sur mes stilettos, avec une démarche qui n'était pas la mienne. Je me retournai pour jeter un coup d'œil à Gabriel. Il me fixait comme si j'étais une friandise. Pourquoi Pierre ne me regardait-il jamais comme ça ?

Marthe décida qu'il était temps de partir. Nous récupérions nos manteaux lorsque Gabriel apparut.

— Les reines de la soirée s'en vont déjà ?

— Oui. Je suis fatiguée, lui répondit Marthe.

— Accepterais-tu de laisser Iris sous ma protection ?

Le sol se déroba sous mes pieds.

— Je te demande pardon ? s'insurgea mon chaperon.

— Ça concerne votre partenariat, j'ai déniché des clientes potentielles. Fais-moi confiance, je connais tes méthodes, je sais ce que tu attends d'Iris. Ensuite, je la mets dans un taxi.

Marthe m'observa, hésitante.

— *Business is business !* renchérit Gabriel.

— Laisse-nous, tu veux bien, lui répondit-elle.

J'attendis qu'il se soit éloigné pour prendre la parole.

— Je vous promets d'être sage ; le temps de donner ma carte et je rentre chez moi. J'ai trop mal aux pieds pour tenir une heure de plus debout.

Elle prit délicatement mon menton entre ses doigts.

— Je t'attends demain matin à l'atelier. Si Gabriel a le moindre geste déplacé envers toi…

— Ça n'arrivera pas, lui promis-je en la regardant dans les yeux.

Je l'accompagnai jusqu'à son taxi. Lorsque je revins dans la galerie, j'eus le sentiment de me jeter dans la fosse aux lions. Gabriel était en pleine conversation avec plusieurs femmes, qui ne se gênaient pas pour roucouler avec lui. Pourquoi n'en ferais-je pas autant ? Un rôle de composition. J'attrapai un verre sur le plateau d'un serveur qui passait. Je bus une première gorgée, une deuxième, une troisième, pour me donner du courage, ou plutôt le grain de folie nécessaire à ce que je m'apprêtais à faire. Puis je m'avançai d'une démarche assurée, les yeux braqués sur lui. Il cessa de parler avec ses fans, qui se tournèrent vers moi. Gabriel se reprit au moment où j'arrivai. Il me présenta et nous laissa parler chiffons entre filles, nous dit-il.

Marthe serait satisfaite : j'avais de nouvelles commandes. Je sentis une main se glisser autour de ma taille. Gabriel enclenchait la vitesse supérieure, j'eus l'impression d'être sa propriété. Ça allait peut-être un peu trop vite.

— Les affaires tournent, me murmura-t-il à l'oreille.

— Grâce à toi.

— Mon seul but était de nous débarrasser de Marthe.

— Je lui ai promis d'être sage et de rentrer chez moi.

— Quel programme !

— Rassure-toi, j'ai croisé les doigts dans le dos, lui dis-je en inclinant la tête vers lui.

Je ne maîtrisais plus du tout la situation. Et encore moins les mots qui sortaient de ma bouche.

— Coquine, ronronna-t-il.

Il me serra contre lui, nous excusa auprès de ces dames et nous entraîna vers la sortie.

— On s'en va ? lui demandai-je en freinant notre progression.

— Tu n'en as pas marre, toi, de ces vieux beaux et des rombières qui réfléchissent au sens philosophique d'un pot de yaourt écrasé sur une toile ?

Mon éclat de rire dut s'entendre dans toute la galerie.

— Iris, tu sais ce qu'on dit : « Femme qui rit… »

J'écarquillai les yeux. Gabriel me poussa fermement vers la rue. Un taxi attendait. Il m'ouvrit la portière et m'invita à m'installer dans la voiture. Puis il fit le tour et me rejoignit sur la banquette arrière. Je l'entendis donner une adresse au chauffeur.

Durant le trajet, je contemplai les rues parisiennes. C'était beau. Je n'avais pas envie de parler. Je n'avais pas envie que la soirée s'arrête, je me sentais si libre ! J'aimais le regard que Gabriel portait sur moi, même si c'était éphémère. J'étais celle qu'il avait choisie parmi toutes les femmes de la soirée. Un homme voulait de moi. Pourtant, mes mains commençaient à trembler, mon ventre se tordait d'angoisse, je n'arrêtais pas de remettre mes cheveux en place, et si je fermais les yeux, des images de Pierre et moi se télescopaient dans mon esprit. Fébrilement, j'attrapai mon téléphone dans mon sac. Pas le moindre message ni appel de sa part. Cependant, j'en avais un de Marthe. Je n'avais pas besoin de l'écouter. Elle avait toujours raison et savait ce qui était bon pour moi. Je tombai de mon nuage et revins sur terre.

Le taxi ralentit, et s'arrêta devant un immeuble cossu à Richelieu-Drouot.

— Pour y mettre les formes, je te propose un dernier verre chez moi ?

Je soupirai sans savoir si c'était de déception ou de soulagement.

— O.K., j'ai compris, Iris, tu rentres chez toi.

— Oui, lui répondis-je en levant les yeux.

Il sortit plusieurs billets de sa poche et les passa par-dessus l'épaule du chauffeur en lui demandant de conduire « la demoiselle où elle voulait ». Il me regarda sans animosité ni rancœur, sourit et s'approcha de moi.

— Bonne nuit, me dit-il de sa voix éraillée.

— Merci… toi aussi.

— Ce n'est pas gagné pour moi.

Il embrassa ma joue et sortit de la voiture. Il tapota le capot avant de s'écarter. Le taxi démarra, je me tordis le cou pour le voir pénétrer chez lui.

Dans mon lit, les yeux braqués vers le plafond, je cherchais le sommeil. Je me tournai et me retournai, fermai les yeux de toutes mes forces, puis les ouvris en grand. J'aurais voulu rembobiner. Je me repassais le film de la soirée. Je m'observais, comme extérieure à mon propre corps, et je voyais une étrangère. Ce n'était pas moi, cette femme qui avait mangé des yeux Gabriel, qui l'avait provoqué, qui avait ri à ses plaisanteries, qui lui avait donné son numéro de portable et avait failli commettre l'irréparable. Je devais revenir sur la planète Fidélité, écouter Marthe, me concentrer sur la couture… Mais comment pouvais-je y arriver alors que Gabriel semblait lire dans mes pensées ?

J'étais devant la porte du bureau de Marthe, tirée à quatre épingles. J'avais forcé sur le fond de teint pour camoufler mes cernes. Et j'avais peur. De toute façon, je devais lui mentir. Pourquoi n'étais-je pas partie en même temps qu'elle hier soir ? Je m'étais mise en danger. Je me cramponnai désespérément aux commandes que j'avais décrochées la veille, grâce à… Gabriel. Je frappai et entrai directement. Marthe n'était pas assise à son bureau, mais installée dans le canapé, pensive. Étrange.

— Bonjour, Marthe.

— Je ne m'attendais pas à te voir aussi tôt ce matin.

Elle se leva, me tourna autour et examina ma tenue.

— Je n'ai pas traîné après votre départ.

— Qu'ont donné les contacts de Gabriel ?

— Des commandes intéressantes, je pense que cela peut déboucher sur des clientes régulières. Je leur ai laissé ma carte, elles doivent prendre rendez-vous dans les jours prochains.

— Très bien. Et Gabriel ?

Elle vrilla son regard au mien.

— Il a amusé la galerie, et… il est parti en charmante compagnie pendant que j'attendais un taxi.

Elle releva mon menton avec un doigt.

— Tu ne me mens pas ?

— Non Marthe, bien sûr que non !

— Parce que je ne le tolérerais pas ! me dit-elle sèchement.

Je me sentis mal. Elle ferma les yeux, secoua la tête et finit par me regarder à nouveau.

— Je suis étonnée qu'il n'ait rien essayé. Je le connais, quand il désire une femme, rien ne l'arrête.

— Je lui ai fait comprendre qu'il perdait son temps avec moi.

Elle me sourit, visiblement satisfaite de ma réaction. Mon don pour le mensonge m'époustouflait ! Pour autant, il valait mieux que je ne m'attarde pas davantage.

— J'ai du travail qui m'attend.

Je pris la direction de la sortie.

— Iris…

— Oui ?

Je déglutis.

— Approche-toi.

Je lui obéis. Elle inspecta à nouveau ma silhouette. J'avais volontairement revêtu une tenue de *working girl* sérieuse. Marthe défit les premiers boutons de mon chemisier cintré. Je fixai ses doigts fins, délicats, leurs gestes fluides.

— C'est très bien de jouer à la femme sage, mais n'exagère pas. Et pense à des talons beaucoup plus hauts la prochaine fois.

— Très bien. Bonne journée.

Je sentis ses yeux sur moi jusqu'à ce que je referme la porte de son bureau.

Les jours suivants, Gabriel se livra à un véritable harcèlement téléphonique. À mon grand soulagement, Marthe était toujours en ma compagnie, elle était mon garde-fou. Je ne céderais pas à la tentation, je n'étais pas là pour ça. Systématiquement, j'effaçais ses messages sans les écouter, je refusais d'entendre sa voix me susurrer je ne sais quelle ânerie.

Le vendredi midi, je bouclai ma semaine en compagnie de Marthe dans son bureau, comme d'habitude.

— Profite bien de ton mari, parce que je te garde avec moi le week-end prochain, me dit-elle pour conclure.

— Pourquoi ?

— Nous irons t'acheter tout ce que tu ne couds pas pour parfaire ton image, et ta garde-robe.

— Marthe, vous êtes… Je n'ai besoin de rien.

Elle me gratifia à la fois de son air mystérieux et de son regard qui ne tolérait aucun refus, puis elle se leva. Je la raccompagnai à la porte.

— Continue ainsi, Iris, tu iras loin. Écoute-moi, toujours.

Je baissai les yeux tandis qu'elle pénétrait dans l'ascenseur. Ce fut plus fort que moi, je me postai à la fenêtre pour observer son départ. Quelques minutes passèrent avant qu'elle sorte de l'immeuble. Elle marcha lentement jusqu'à un taxi, le chauffeur lui ouvrit la porte, elle disparut.

— Iris ! Téléphone ! me cria une des filles.

Je courus.

— Allô ! dis-je sans vérifier le nom de mon interlocuteur.

— Bonjour, toi, ronronna Gabriel. Tu sais te faire désirer.

— Marthe…

— Vient de partir, elle a un rendez-vous avec son notaire, c'est moi qui l'ai programmé.

— Pourquoi…

— Je t'attends dans mon bureau.

— Mais…

— Si tu n'es pas avec moi dans dix minutes, je viens te chercher à l'atelier.

Il raccrocha. Pas de doute, il avait pris des cours d'autorité avec Marthe. Sous le regard curieux des filles, je quittai l'atelier le plus naturellement possible et descendis au premier. Je sonnai, la porte s'ouvrit et je me figeai dans l'entrée. Les bureaux étaient tous occupés par les collaborateurs de Gabriel, golden boys en puissance. Ils échangèrent des regards de connivence en me voyant. L'un d'eux s'avança vers moi, un mini-Gabriel en formation. Je pris les devants en me dirigeant le plus dignement possible vers le bureau de son patron.

— Je viens voir Gabriel, je connais le chemin.

Je passai devant lui et ceux qui l'avaient rejoint. Je crus entendre un sifflement et me raidis. Résultat des courses, je me jetai dans la gueule du loup sans préparer ma défense.

Mon démon personnel était au téléphone, braillant à pleins poumons ; je n'aurais pas aimé être à la place de son interlocuteur. Pour la première fois, je voyais Gabriel dans son monde professionnel : puissant, sérieux, hargneux. Il me sourit tout en crachant des ordres. Puis il s'approcha et ferma la porte que j'avais laissée ouverte, sans oublier de lancer un coup d'œil peu amène en direction du couloir. Sa proximité fit battre mon cœur plus vite. De son bras libre, il tenta de me bloquer contre le mur, je lui échappai en passant par-dessous. C'est là qu'il abrégea sa conversation en prétextant un rendez-vous de la plus haute importance.

— Aurais-tu des problèmes de téléphone ? me demanda-t-il en arquant un sourcil.

— Non.

Il s'avança vers moi. Je reculai.

— Me fuis-tu ?

J'étais coincée contre son bureau.

— Euh… non.

— Dans ce cas, je t'invite demain soir. Un vrai dîner digne de ce nom, et en tête à tête.

Il avait prononcé sa dernière phrase en mettant son visage à ma hauteur, pour bien capter mon regard. Il me sourit, je fis de même. C'était plus fort que moi, je jouais la carte de la provocation, et j'y prenais un malin plaisir.

— Une fois de plus, je vais refuser.

— Et en quel honneur ?

— Je passe le week-end avec mon mari.

— Merde, je n'arrive pas à imprimer ton seul défaut.

Je réussis à longer le bureau et à mettre de la distance entre nous. Il fallait que je sorte d'ici.

— Tu es pressée ?

— Il me reste un peu de travail avant de partir. Passe un bon week-end.

Je tournai les talons et commençais à ouvrir la porte lorsque Gabriel la referma en passant un bras par-dessus mon épaule. Il se tint là, presque collé à mon dos. Il ne me touchait pas, pourtant je sentais son souffle sur ma peau. Je fermai les yeux.

— Où est passée ton assurance de l'autre soir ? me murmura-t-il à l'oreille.

Je devais calmer le jeu. Je ne connaissais pas ces codes.

— Je suis désolée, si je… mais j'avais trop bu… Ce n'était pas moi.

— Oh si ! Moi je crois bien que tu n'as jamais été plus toi qu'à ce moment.

— Tu te trompes, je suis une fille banale, sage et…

— Fidèle, je sais. Et c'est toi qui te trompes lourdement.

Il m'énervait, j'aimais ça. N'y avait-il pas une part de vérité dans ce qu'il affirmait ? Je lui fis face et plantai mes yeux dans les siens.

— J'ai plus d'ambition que de gonfler le rang de tes maîtresses. Voilà tout.

— Souhaiterais-tu m'enchaîner ?

— J'ai déjà un défaut, je ne compte pas m'encombrer d'un second.

— Tu deviens mordante… J'adore ! Tu me plais de plus en plus.

— J'aurai beau te supplier, invoquer mon mariage, Marthe, tu ne me laisseras pas tranquille ?

— On va vraiment bien s'amuser, fais-moi confiance…

Gabriel me raccompagna jusqu'à la porte de ses locaux, une main dans mon dos, un sourire satisfait aux lèvres. Il ne s'était rien passé, pourtant, j'étais rongée par la honte et la gêne. Facile d'imaginer ce que les employés devaient penser. Qui étais-je en train de devenir ? Gabriel me fit une bise et me souhaita un bon week-end avec mon mari.

Pierre m'attendait sur le quai de la gare. Heureusement que les trois heures de train m'avaient permis de masquer mon trouble. Il m'embrassa distraitement en prenant mon sac.

— C'est gentil d'être venu me chercher.

— Je voulais rattraper ma désertion parisienne et me faire pardonner à l'avance de la garde du week-end prochain.

Pour une fois, nous étions synchrones.

— Je ne ferai pas d'histoire, je ne serai pas là.

— Pourquoi ?

— Marthe souhaite que je reste pour… le travail.

— Ah bon… On rentre ?

Volontairement, la journée du lendemain, je ne revins pas sur notre dispute au téléphone ni sur mes attentes le concernant. Je jouai à la parfaite petite femme. Il partit faire un tennis avec des amis et lorsqu'il revint, il semblait détendu. Peut-être allions-nous passer une bonne soirée ?

Je préparais le dîner lorsqu'il me rejoignit dans la cuisine.

— Tu as eu un texto, me dit-il en me tendant mon téléphone.

Je le pris, saisie d'une légère panique combinée à de l'envie. À juste titre. Gabriel m'écrivait : « Tu rentres quand ? »

— C'est qui ? interrogea Pierre.

Je levai la tête.

— Euh... une cliente... Elle s'inquiète de savoir quand je rentre.

— Un samedi soir ? s'étrangla-t-il.

Je n'eus pas le temps de lui répondre, un nouveau bip se fit entendre. Pierre soupira d'énervement.

— Tu sais quoi ? Je vais éteindre mon téléphone, elle attendra lundi.

Je m'exécutai, posai mon portable sur la table et me glissai dans ses bras.

— Je suis tout à toi, lui dis-je en nichant mon nez dans son cou.

Je serrai mes bras autour de sa taille, quémandant de la tendresse. Il me prit mollement contre lui, mais je savais bien qu'il regardait ailleurs. Il me lâcha presque aussitôt.

— On passe à table ? me dit-il.

— Si tu veux.

Dix minutes plus tard, nous avions retrouvé notre place désormais habituelle du samedi soir : nous dînions devant la télé. Tout en mangeant, j'observai Pierre. Où était passé mon mari ? Je le reconnaissais de moins en moins. Nous devenions des étrangers l'un pour l'autre, dans l'indifférence la plus totale de sa part. Si seulement son travail ne l'absorbait pas autant ! Si seulement nous arrivions à nous comprendre...

Après avoir débarrassé, je revins près de lui dans le canapé.

— Je peux ? lui demandai-je en me calant contre lui.

131

— Viens.

Il leva son bras et je me blottis étroitement contre son épaule. Machinalement, il caressa mes cheveux.

Au lit, je lui fis la même demande, espérant de l'attention, de la douceur, du désir… Espérant qu'il me fasse oublier, espérant qu'il me fasse culpabiliser d'en avoir un autre en tête. Il n'eut aucun geste supplémentaire. Sa respiration s'apaisa, il dormait du sommeil du juste. Un quart d'heure passa, puis une demi-heure, une heure, mes yeux restaient désespérément ouverts. Je ne pensais qu'à une chose. Je me levai sans bruit, descendis sur la pointe des pieds et retrouvai mon portable à la place où je l'avais laissé dans la cuisine. Je le fixai de longues minutes, puis je finis par le rallumer. Je découvris le dernier message de Gabriel : « Amuse-toi bien avec ton mari ». Si tu savais ! pensai-je. Je tapai la réponse sans réfléchir : « S'il te plaît, arrête, ne me mets plus en difficulté devant lui! » À cette heure, il ne me répondrait pas. Lorsqu'un bip retentit, je partis me barricader dans les toilettes. « Traiteur au bureau lundi soir? » « Non », lui répondis-je. Bip : « Si je te promets d'être sage? » Je soupirai, souris et répondis : « On verra. » Bip : « YES! » J'éteignis mon téléphone et retournai me coucher, perplexe. Dans quel bourbier venais-je de me mettre ?

7

Gabriel était sage à sa façon. Je n'avais jamais vu un « enfant » aussi désobéissant. Oui, j'avais lamentablement cédé à ses invitations à dîner. Et depuis trois semaines, nous avions notre rendez-vous « traiteur au bureau du lundi soir ». Cela me donnait l'impression – totalement fausse – que je maîtrisais la situation. En vérité, ces soirées en sa compagnie me faisaient un bien fou. J'oubliais l'espace de quelques heures l'absence et le manque d'implication de Pierre ; je me sentais femme et désirable, grâce à ses regards et aux sous-entendus qui ponctuaient chacune de ses phrases ; je mettais de côté la pression que mon travail et Marthe faisaient peser sur mes épaules. D'ailleurs, un accord tacite nous liait : nous ne parlions ni de Marthe ni de Pierre. Je jouais avec le feu. Je le savais. La situation devenait périlleuse lors des soirées où nous étions conviés l'un comme l'autre. Il nous fallait alors jouer la carte de la distance, de l'indifférence. Gabriel assurait pour nous deux. Lorsque Marthe ne me surveillait pas, il ne se gênait pas pour me reluquer. Ce qui ne l'empêchait pas de séduire à tout-va :

invariablement, il partait à chaque fois avec une nouvelle conquête au bras. À vrai dire, cette attitude me rassurait. Tout cela n'était rien de plus qu'un jeu de séduction, rien de sérieux.

Avec mon mari, c'était le statu quo. Pas de disputes, mais pas de rapprochement notable. Pierre n'avait pas connaissance de mes tête-à-tête avec Gabriel. Je m'enfonçais dans le mensonge de peur de réveiller l'eau qui dort. Il n'avait pas montré de jalousie lorsque j'avais évoqué le premier dîner, mais on ne savait jamais, vu ce qu'il pensait du monde dans lequel j'évoluais. Et moi, à sa place, l'aurais-je laissé dîner avec une autre femme ? Je connaissais la réponse.

Sur le plan professionnel, mon rêve éveillé se poursuivait. La couture et la création remplissaient ma vie, je n'avais jamais été aussi heureuse. Mon carnet de commandes était toujours plein. Philippe avait sauté sur l'occasion et décrété que les filles seraient mes petites mains en période de rush. Je commençais à gagner très correctement ma vie. Grâce à Marthe, je côtoyais des femmes de plus en plus exigeantes, et ma créativité n'en était que plus stimulée. Le milieu de mon mentor était confidentiel, un vrai cercle fermé réservé aux initiés. Je compris très vite qu'elle ne m'entraînerait jamais à la Fashion Week ; les paillettes et les strass la révulsaient. Elle ne parlait de moi qu'à sa garde rapprochée, et faisait le tri parmi des clientes potentielles, « il faut montrer patte blanche pour obtenir un rendez-vous avec la protégée de Marthe », me précisa une femme qui venait de décrocher son ticket d'entrée à l'atelier. Moi qui me croyais trouillarde, je prenais chaque ouvrage comme un défi, une compétition qu'il était impératif que je remporte.

Lundi soir. Je ne verrais pas Gabriel. Marthe venait de me téléphoner. D'ici une dizaine de minutes, je devais être prête à lui présenter les derniers modèles que je souhaitais proposer à mes meilleures clientes. Moment intense en perspective. J'envoyai un SMS à Gabriel pour le prévenir : « Séance de travail avec Marthe, je vais en avoir pour toute la soirée », puis j'installai chacun des vêtements sur les mannequins. Lorsque Marthe pénétra dans l'atelier, je n'avais aucune réponse de Gabriel. Étrange.

Je regardais Marthe toucher mes créations, chacun de ses gestes dégageant une sensualité troublante à la limite de l'érotisme ; elle n'aurait pas été plus charnelle si elle avait caressé une peau. Elle finit par se tourner dans ma direction.

— Maintenant, je veux les voir sur toi.

— Ils sont faits pour les clientes.

Elle balaya ma remarque d'un revers de la main.

— Ton corps doit les faire vivre pour commencer. Tu les as bien faits à ta taille, comme je te l'avais demandé ?

J'acquiesçai. Elle se tapota le menton avec l'index, pendant que ses prunelles s'agitaient.

— Tu vas m'accompagner à un dîner chez des amis samedi soir, ils seront ravis de te rencontrer.

— Je suis désolée, je dois être impérativement chez nous.

— Rien n'est plus important que ta carrière. Il faut que tu cultives ton réseau.

Je baissai les épaules.

— Je sais bien, mais… nous sommes invités à un mariage. Et si j'annonce à Pierre que je ne viens pas en raison d'un dîner ici, j'ai vraiment peur qu'il se braque et…

Elle me fit taire d'un mouvement de la main.

— Très bien, vas-y.

Elle jeta un coup d'œil à mes pieds.

— Où sont tes douze centimètres ? Ici ou chez toi ?

— Ici, répondis-je, penaude.

— Va les chercher.

Je montai à toute vitesse à l'étage chercher une de mes nouvelles et nombreuses paires de stilettos. Marthe avait insisté pour qu'on les achète alors que j'avais déjà du mal à mettre un pied devant l'autre avec les dix centimètres. Elle-même ne portait que ces deux hauteurs, jamais plus bas. Je devrai m'y faire. J'avais même eu droit à une leçon de marche. Lors de la séance de shopping qu'elle m'avait imposée, elle avait dépensé une petite fortune pour compléter ma garde-robe avec, entre autres, de la lingerie et des chaussures, le tout – bien évidemment – de luxe. Lorsque je revins, Marthe avait retiré plusieurs robes des mannequins.

— En cabine, ma chérie !

C'était un ordre. Elle me fit signe d'aller me déshabiller. Pour la première fois, j'utilisais le boudoir pour moi, et non pour mes clientes. Je réalisai à cet instant que l'atmosphère de cette pièce était saturée de volupté.

Me camouflant derrière le lourd rideau de velours noir, je saisis son premier choix : une robe bustier très près du corps en guipure de dentelle noire et pongé de soie vert bouteille pour la doublure. Je l'enfilai, puis me retrouvai coincée. J'avais le chic pour confectionner des vêtements impossibles à fermer.

— Es-tu prête ?

— Presque.

Le rideau s'ouvrit d'un coup.

— Va te mettre au centre, ordonna Marthe.

J'avançai dans la pièce, écrasée par le poids de son regard. Je fis face au miroir. Marthe, silencieuse, se positionna derrière moi et m'observa de longues secondes. Elle mit sa main au creux de mes reins et me força d'une simple poussée à me tenir droite, les épaules en arrière et la poitrine en avant. Puis elle remonta la fermeture Éclair très lentement. Je sentis sa main suivre ma colonne, caresser légèrement mon cou, à la base des cheveux. J'eus des frissons.

— Change-toi.

Seconde tenue. Troisième. Quatrième. Je partis à nouveau en cabine. Je ne prenais plus la peine de fermer le rideau.

— Retire ton soutien-gorge pour le prochain modèle.

Je compris tout de suite celui auquel elle faisait référence. Je l'avais créé en pensant particulièrement aux demandes insistantes d'une cliente, une bonne amie de Gabriel. Cette robe, en soie rouge Hermès, frôlait l'indécence. En attendant Marthe, j'enroulai mes bras autour de mes seins, histoire de ménager un peu ma pudeur. Ou plutôt ce qu'il en restait, puisque je ne portais que mon string et mes escarpins.

— Enfile celle-ci.

Je saisis la robe. J'avais vu juste. Marthe alla s'asseoir sur une des méridiennes. Une fois de plus, je ne me reconnus pas dans le miroir. Le drapé du décolleté laissait entrevoir l'arrondi de mes seins. Quant à celui du dos, il cachait tout juste mes fesses. J'allais sortir de la cabine lorsque la porte d'entrée de l'atelier claqua.

— Marthe ? Tu es là ?

Gabriel. Clouée sur place, je déglutis.

— Oui, mon chéri, mais tu n'es pas convié.

— Convié à quoi ?

Au son de sa voix, je sus qu'il était dans le boudoir. J'étais cachée, mais j'entendais tout.

— Nous faisons des essayages avec Iris, et ta présence serait déplacée.

— Bien sûr que non, l'avis d'un expert est nécessaire !

— Laisse-nous.

— Hors de question, Marthe chérie. De plus, j'ai besoin de toi pour des signatures.

— Tiens-toi correctement, lui ordonna-t-elle. Iris, nous t'attendons.

J'entendis un baiser claquer. J'étais médusée, j'aurais voulu disparaître. Mais si je ne sortais pas très vite de ma cachette, l'humeur de Marthe risquait de s'assombrir. Et c'était la dernière chose que je souhaitais. Je pris une forte inspiration et avançai vers le centre de la pièce. Je fixais mes pieds. Ne surtout pas croiser le regard de Gabriel. Plus un mot ne fut prononcé. J'attendais la sentence, face au miroir, tête baissée. J'entendis le bruit de talons aiguilles sur le parquet. La main de Marthe retrouva sa place dans le creux de mes reins, cette fois-ci à même la peau. La poussée fut plus puissante.

— Aurais-tu oublié ta leçon de maintien ?

— Non.

— J'attends, Iris.

Je redressai la tête, ouvris les yeux. Elle passa un bras par-dessus mon épaule et saisit mon menton, qu'elle ne devait pas estimer assez fier. Je ne vis Gabriel qu'à cet instant. Il était assis dans un fauteuil, parfaitement placé pour assister à toute la scène. Cravate desserrée, chemise déboutonnée, une cheville négligemment posée sur le genou opposé, le menton dans la main, le regard prédateur. Marthe rectifia mes décolletés. Elle effleura mes seins, mes fesses. Je me cambrai davantage. Puis elle posa sa main sur ma hanche.

— Gabriel, si tu veux donner ton avis, c'est maintenant.

Marthe ne bougea pas. Sans briser la connexion visuelle entre nous, Gabriel se leva et avança nonchalamment. Il se posta en face de moi, à une vingtaine de centimètres. J'étais prise en étau. Entre eux deux. Entre leurs deux corps. Entre leurs deux regards. La tension était palpable. Quelque chose se jouait entre eux ; j'ignorais quoi, mais ça me donnait la chair de poule. Gabriel me détailla de haut en bas avant de revenir ancrer ses yeux dans les miens. La main de Marthe se fit plus possessive sur ma hanche. La distance se réduisit imperceptiblement entre nous trois. Gabriel entrouvrit légèrement la bouche puis regarda Marthe.

— Tu as trouvé ta digne héritière.

Silence. Lourd. Oppressant.

— Iris portera cette robe à l'occasion d'un mariage où elle est invitée avec son mari, annonça Marthe d'une voix où je percevais comme de la déception.

Impossible. Si je débarquais ainsi vêtue, c'était le scandale assuré. À commencer par celui qu'allait provoquer Pierre.

— Dînons tous les trois, proposa Marthe.

— Avec plaisir, lui répondit Gabriel avant de me scruter à nouveau. Prends ton temps pour te préparer, nous avons des dossiers à régler, Marthe et moi.

Ils s'éloignèrent. Dans le miroir, je vis Gabriel poser son manteau sur les épaules de Marthe puis l'entraîner, une main dans son dos. Ils étaient parfaitement synchrones, comme s'ils avaient toujours fait ça, à l'image d'un vieux couple. Elle freina leur progression et se tourna vers moi.

— Remets la première robe pour le dîner.

— Très bien.

Quand ils furent partis, j'expulsai tout l'air que j'avais retenu dans mes poumons. Je restai quelques instants immobile avant de songer à me changer. Un quart d'heure plus tard, la sonnerie de mon téléphone me fit sursauter et me rappela à l'ordre.

Ils m'attendaient dans le hall de l'immeuble. Je fus soulagée de constater que Gabriel était armé de son casque de moto. Au moins, j'éviterais de me retrouver

140

coincée entre eux dans le taxi. En parfait gentleman, il tint la porte pour Marthe et me fit signe de passer à mon tour. Je croisai son regard. Celui que je commençais à connaître et à redouter : sa sagesse n'était pas garantie. Raide comme un piquet, je suivis Marthe jusqu'au taxi.

— Comme d'habitude ? demanda Gabriel.

— Bien sûr, mon chéri.

À travers la vitre, je le vis enfourcher sa moto et mettre son casque. Je distinguai son sourire narquois juste avant qu'il rabatte la visière. Le taxi fila en direction des Champs-Élysées et de l'avenue Montaigne.

Installées à une table, Marthe et moi échangions nos impressions sur l'essayage. Elle m'accordait son attention mais était tendue. Elle frappait nerveusement la table du bout de ses doigts, son regard oscillant sans répit de droite à gauche. Je ne l'avais jamais vue dans un état pareil, et jusque-là je ne pensais pas que Marthe, si maîtresse d'elle-même d'habitude, puisse faire preuve d'une telle agitation.

J'étais sur le point de remporter ma négociation pour porter une autre robe au mariage lorsque Gabriel arriva.

— Mesdames, excusez-moi pour le retard.

— Tu sais pourtant que je ne tolère pas ça, lui assena Marthe, exaspérée.

Il s'approcha d'elle et déposa un baiser sur ses cheveux.

— Besoin de me défouler. Je ne sais pas ce qui m'a pris, mais… (il me jeta un discret coup d'œil) j'étais… comment dire… très énervé. J'ai été piquer une pointe.

— Cesse tes enfantillages immédiatement et assieds-toi.

— À tes ordres, maman.

Marthe ne semblait pas goûter à la plaisanterie. Elle déplia sa serviette d'un geste sec. Gabriel ne trouva rien de mieux que de s'asseoir à côté de moi. Très proche. Trop.

Ce dîner était déroutant. L'atmosphère feutrée, les lumières tamisées, la discrétion des serveurs, la visite du chef étoilé à notre table… Comme si l'endroit avait été privatisé pour nous. Marthe s'était détendue et me faisait parler de Pierre, de mes parents, de mon enfance. Je bafouillai plus souvent qu'à mon tour. Gabriel, passionné par le sujet – et pour cause, avec lui je faisais en sorte de ne jamais parler de moi –, redoublait de curiosité sur ma vie. Selon mes réponses, il penchait la tête sur le côté ou écarquillait les yeux. Plus d'une fois, je crus qu'il allait s'étouffer. Comme lorsque Marthe me fit préciser que j'étais en couple depuis près de dix ans.

— De quelle planète viens-tu ? s'exclama-t-il.

— Gabriel ! le coupa Marthe. C'est toi qui n'es pas normal, à fuir l'engagement, à passer de maîtresse en maîtresse, sans respecter les femmes.

Il ricana et s'avachit au fond de son fauteuil.

— Je ne crois pas que mes maîtresses se plaignent de mon comportement ni de mon manque de respect. Je dirais plutôt qu'elles apprécient.

Il posa son bras sur le dossier de ma chaise. Je frémis.

— Iris, reprit Marthe, tu as sous les yeux l'exemple parfait d'un homme qui batifole et qui ne pense qu'à s'amuser. Si Jules était encore là...

— Il me dirait que je fais exactement ce qu'il attendait de moi.

Marthe le fusilla du regard. Il sourit sans la quitter des yeux.

— Oserais-tu remettre en cause mes compétences ?

J'étais sonnée de découvrir des contentieux entre eux. Et j'avais le pressentiment qu'ils ne se limitaient pas au domaine professionnel. À moins que ce ne soit un jeu ? Marthe retrouva le sourire.

— Mon chéri, cela ne me viendrait pas à l'esprit. Je n'aurais pas mieux choisi que toi pour la succession de Jules.

Elle consulta sa montre avant de regarder dans ma direction.

— Nous ennuyons Iris avec nos histoires de famille.

— Pas du tout, répondis-je.

Marthe fit un geste de la main pour me faire taire.

— Nous rentrons. Gabriel, tu régleras pour nous.

Nous nous levâmes. Le maître d'hôtel nous aida à enfiler nos manteaux. Marthe vint me prendre par le coude. Gabriel nous embrassa sur la joue.

— Je compte sur toi pour nous réunir à nouveau tous les trois, dit-il à Marthe. C'était intéressant (il se tourna vers moi). C'est toujours un plaisir d'être en ta compagnie.

Mais Marthe m'entraînait déjà vers la sortie. J'eus tout juste le temps de lui lancer un « à bientôt ».

143

Le silence dans le taxi fut brisé par la sonnerie m'annonçant un SMS. Marthe m'observa du coin de l'œil. Gabriel m'écrivait : « Dépose-la et viens me rejoindre pour boire un verre. » L'ange sur mon épaule se sentit mal. Quant à la diablesse, elle était soulagée et ravie.

— Qui est-ce ? m'interrogea Marthe.

— Euh… Pierre… il me souhaite bonne nuit et veut savoir si je suis bien rentrée.

— Ton mari est prévenant.

— Oui.

— Tu ne lui réponds pas ?

— Si, si.

Difficile de contrôler le tremblement de mes mains. « O.K. », répondis-je simplement à Gabriel. Instantanément, un nouveau message arriva : « Toi non plus, tu n'as pas eu ta dose. » Le bougre, il lisait dans mes pensées. Suivi très rapidement par : « Promis, je suis sage. »

Sitôt que Marthe fut entrée dans son immeuble, je donnai au chauffeur l'adresse que Gabriel m'avait envoyée. Un bar à vin à Saint-Sulpice. En moins de dix minutes, j'y étais. L'établissement était bondé d'étudiants. Gabriel m'attendait accoudé au zinc, son costume sur mesure impeccable détonnant dans cette ambiance bistrot. Je n'étais pas mieux, avec ma robe de cocktail et mes chaussures qui auraient pu payer une bonne partie du loyer d'un de ces jeunes. Je réussis à me faufiler et à me glisser à ses côtés.

Il sourit lorsqu'il me vit, vola un tabouret pour moi et me commanda un verre de vin. Nous trinquâmes en nous regardant dans les yeux. Je lui fis part de mon étonnement quant à notre lieu de rendez-vous.

— J'ai besoin de sortir de l'univers Marthesque de temps en temps.

J'éclatai de rire.

— Quoi ? Tu ne me crois pas ?

— Si, si… Je suis simplement surprise.

— Agréablement ?

Je lui souris.

— Oui.

— Je savais que cet endroit te plairait… Allons en bas, on ne s'entend pas ici.

Gabriel m'ouvrit le chemin. Nous empruntâmes un petit escalier, idéal pour se rompre le cou. Le sous-sol était en réalité une cave voûtée. Quelques personnes dansaient sur une piste improvisée. L'ambiance était plus calme, plus intime aussi. Nous nous installâmes à une petite table, et je me dis que j'allais en profiter pour assouvir une partie de ma curiosité.

— Parle-moi de Jules. Marthe m'a raconté leur rencontre, mais rien de plus, et je n'ose pas lui poser de questions. Mais toi, c'était un peu ton père adoptif, non ?

Il me regarda du coin de l'œil, puis il pencha la tête en arrière.

— Si ça te gêne, ne me réponds pas.

Il se redressa et me sourit.

— Non, pas de problème. Mis à part des évocations comme celle de ce soir, Marthe ne parle plus de Jules depuis qu'il est mort. Tu as de la chance qu'elle t'ait raconté leur rencontre, peu d'élus y ont eu droit.

Il finit son verre et recommanda une tournée.

— Jules était un homme puissant, un bourreau de travail, respecté par tous, d'une exigence et d'une intransigeance monstrueuses. Sa seule faiblesse : sa femme. Il en était fou, il aurait fait et… (il eut les yeux dans le vague) il a fait n'importe quoi pour elle.

— Mais toi et lui ?

— Comme je te l'ai déjà dit, il m'a évité de finir en taule. Je lui dois tout. Il m'a fait bosser comme un forçat. Tu sais… c'était la première fois qu'une personne se préoccupait de moi, c'est pour ça que j'ai tout accepté…

— Comment ça ?

Il planta ses yeux dans les miens, je lui lançai un regard interrogatif. Il but une gorgée de vin avant de me répondre.

— J'ai accepté de changer, de couper les ponts avec tout ce qui faisait partie de ma vie : les potes, le shit, les trafics. J'habitais chez eux ; j'avais ma chambre, ma salle de bains, ils me nourrissaient… un cinq étoiles *all inclusive*. Si je ne voulais pas décevoir Jules, si je voulais continuer à me vautrer dans le luxe, je n'avais pas le choix. À la moindre incartade, j'étais foutu à la porte. C'était la chance de ma vie. Alors, je suis devenu *clean* et j'ai trimé. Il m'a inscrit à des cours du soir, et la journée, j'étais son chauffeur et son coursier. Le reste du temps, je devais m'asseoir dans un coin de son bureau, ne pas faire de bruit, écouter et observer. Et quand Jules me laissait quartier libre, c'était Marthe qui prenait le relais.

— Elle t'a appris à t'habiller ?

Il rit.

— Presque… Elle m'a appris les bonnes manières, à me tenir en société. Je ne savais pas parler correctement, chacune de mes phrases était ponctuée d'un « putain », ou d'un « chier ».

— Tu as dû la rendre folle !

— Si elle avait pu, elle m'aurait donné la fessée.

Impossible de maîtriser mon imagination, l'image de Marthe punissant Gabriel m'arracha un sourire.

— J'ai dû faire mes preuves avant qu'ils me sortent, et que Jules me confie des dossiers sérieux.

— C'était quand ?

— Ma première soirée dans le grand monde est arrivée rapidement, ils voulaient exhiber leur poulain… un peu comme toi la première fois que tu es venue chez elle…

Il s'arrêta brusquement, me jeta un coup d'œil et secoua la tête avant de reprendre.

— Pour le boulot, c'était il y a une bonne dizaine d'années. Jules supervisait toutes mes négos, et un jour, j'ai vu de la fierté dans son regard (il sourit). Le lendemain, il annonçait à toute la société que je devenais son bras droit. Quand il est tombé malade, la logique a voulu que je prenne sa place.

— Au milieu de tout ça, tu trouvais le temps d'avoir des amis de ton âge ?

— Non. En fait, je n'ai fait que bosser et évoluer dans ce milieu.

— Ne me fais pas croire que tu n'as pas d'amis, de potes avec qui tu vas boire une bière, prendre un verre comme ici…

Sa solitude me déconcerta.

— Certes, j'ai un carnet d'adresses qui ferait pâlir d'envie n'importe quelle starlette. Mais, Iris, il faut que tu te mettes un truc en tête : ce ne sont que des relations superficielles basées sur le business, aucun sentiment.

Je l'observai, et je me dis que je découvrais un autre Gabriel, plus sérieux, plus réfléchi. Il me restait une dernière question.

— Es-tu heureux ?

L'étonnement se lut sur son visage.

— J'ai conscience que, pour le commun des mortels, je n'ai pas une vie normale, mais franchement… j'ai de l'argent à ne plus savoir qu'en faire, un job qui me plaît, et je côtoie des belles femmes (il haussa un sourcil). De quoi pourrais-je avoir besoin ? (Il réfléchit un instant.) Si, je sais ce qu'il me manque : je ne suis jamais allé à un mariage.

— Tu te moques de moi ?

— Pas du tout. C'est comment ?

Je ris légèrement. Sa remarque. Sa façon subtile d'éluder la question.

— Tu ne rates rien, fais-moi confiance. Je n'ai aucune envie d'aller à celui de ce week-end. Tu vois, moi, mes relations superficielles, ce sont celles de Pierre et de ses confrères médecins. Je connais à peine les mariés.

— Allez, tu vas t'amuser. Et puis, danser… comme eux.

Il me désigna ceux qui évoluaient entre les tables.

— On danse aux mariages, non ?

J'éclatai franchement de rire.

— Danser ? Je vais faire tapisserie toute la soirée. Au moins, je pourrai porter mes chaussures sans risquer d'avoir des ampoules.

— Ton mari ne va pas...

— C'est de la science-fiction, Pierre qui danse.

— Incroyable !

— Parce que toi, tu fais danser les femmes, peut-être ?

Il s'approcha de moi, posa le bras sur le dossier de ma chaise. Il avait à nouveau son air de canaille. Que venais-je de dire ?

— Bien sûr, ça fait partie des bonnes manières, Marthe m'a appris à vous faire perdre la tête.

— Ah...

Je ne trouvai rien de plus intelligent à répondre.

— Je ne vais plus être sage du tout, et c'est ta faute.

Il se leva et partit vers le fond de la cave. Je le vis chuchoter à l'oreille du type qui s'occupait de la musique et lui glisser un billet dans la poche, avant de revenir vers moi. Il aurait vraiment fallu que je sois stupide pour ne pas comprendre ce qu'il mijotait. Il me tendit la main, je regardai à droite, à gauche. Aucune échappatoire. Aucune envie de m'échapper. Ma main trembla légèrement lorsque je l'avançai vers la sienne. Quand nos paumes se touchèrent, Gabriel prit tout son temps pour m'inviter silencieusement à me lever. Je marchai derrière lui pour rejoindre le centre de la cave, cramponnée à sa main. Les premiers accords de *Sweet Jane*, la version des Cowboy Junkies, résonnèrent. Je fermai les yeux en souriant. Je sentis son bras enserrer ma taille, il me colla à lui. Mon visage se nicha automatiquement dans son cou.

Il commença à nous balancer doucement, en rythme. Sa main caressait mon dos.

— Tu n'es vraiment pas sage, murmurai-je.

— Je suis né pour désobéir.

Je frémis. La voix chaude, la mélodie lourde et légère à la fois, son parfum entêtant me montaient à la tête. Quant à ses doigts qui se baladaient délicatement le long de mon dos, ils déclenchaient des frissons sur chaque centimètre de ma peau. Son étreinte se fit plus possessive. Le désir nous tenaillait. Je le savais, je le sentais. Je m'apprêtais à relever le visage vers lui lorsqu'il me fit tourner. Trois minutes trente. Je m'offrais ces trois minutes trente.

— À la dernière note, je m'en vais.

— Je sais, me répondit-il. Je sais…

Je reposai la tête dans son cou et le laissai mener les derniers pas. Je dus prendre sur moi pour résister, car lorsque le dernier *Sweet Jane* résonna, ce fut au tour d'Etta James d'entrer en scène. *At Last…* Gabriel ne me lâcha pas. Nous étions l'un contre l'autre, ma main toujours sur son épaule, prête à caresser sa nuque, ses cheveux. Nos lèvres à quelques centimètres de distance.

— On va te chercher un taxi ? me dit-il tout bas.

— Je crois… oui…

Il me garda contre lui le temps de rejoindre notre table. Il posa mon imperméable sur mes épaules. Aucun mot ne fut échangé. J'avais l'impression d'être dans du coton. Il reprit ma main dans la sienne pour monter l'escalier, cela me sembla naturel. Nous avions à peine fait deux pas dans la rue qu'un taxi passa devant nous, Gabriel le héla. Je déposai un baiser sur sa joue. Baiser plus long que la raison ne m'y autorisait.

— Merci, soufflai-je.

Ce n'était pas pour le taxi.

— Je peux te demander quelque chose en retour ?

— Oui.

— Samedi, quand tu enfileras la robe qui a failli me rendre fou, pense à moi...

Ses yeux se posèrent sur mes lèvres, puis sur mon décolleté. Ma poitrine se soulevait au rythme de ma respiration chaotique, et faisait gonfler mes seins enfermés dans le carcan du bustier.

— Maintenant, file ou je vais faire une très grosse bêtise.

Je ne sais pas où je trouvai la force de ne pas me jeter sur sa bouche, mais je remportai cette victoire sur mon corps et mes désirs. Je grimpai dans le taxi, lui lançai un dernier regard, il ferma la portière. J'avais de la fièvre, j'en étais certaine. La voiture démarra, je me retournai : Gabriel était appuyé contre un mur et fixait la voiture.

Vendredi soir. À la maison. Seule. Pierre était de garde. Encore. Pour une fois, cette solitude imposée ne me dérangeait pas, j'avais la tête ailleurs. Je grignotai un peu de pain et de fromage accompagnés d'un verre de vin. Je pris l'ordinateur portable et allai fouiller sur l'iTunes Store en quête de nouvelles musiques. Après dix minutes de recherches infructueuses, je sus ce qu'il me restait à faire : je téléchargeai *Sweet Jane* et *At Last*. Puis je montai à la salle de bains et me

151

fis couler un grand bain avec beaucoup de mousse. Une fois bien installée dans l'eau chaude et parfumée, j'enclenchai les deux chansons et les mis en boucle. Que m'arrivait-il ? Je ressentais le manque de Gabriel puissamment. À mon plus grand étonnement, nous ne nous étions pas croisés depuis que je l'avais quitté l'autre soir. Je m'étais même dit qu'il me fuyait, et j'avais eu peur. Qu'il puisse quitter ma vie me semblait inconcevable. Il y était entré comme un bulldozer, pourtant l'attirance que je ressentais pour lui ne devait en aucun cas prendre davantage d'ampleur. Pierre devait récupérer sa place. Pierre devait refaire battre mon cœur. Et moi, je devais me souvenir des raisons qui me faisaient aimer mon mari. Je coupai la musique, sortis de l'eau, enfilai mon peignoir et allai examiner mes deux robes. Je ne mettrais pas Pierre mal à l'aise, je porterais la plus sage, tout aussi belle et chic. C'était aussi celle avec laquelle j'avais dansé avec Gabriel. Tout me ramenait à lui.

J'émergeais difficilement de la grasse matinée que je m'étais octroyée. Le rythme des derniers mois commençait à se faire ressentir, j'avais besoin de sommeil. Toujours au chaud sous la couette, j'allumai mon téléphone portable. Pierre m'avait laissé un message. Certainement pour me dire qu'il n'allait pas tarder. « Ma garde se prolonge. Je m'en doutais, j'ai mon costume avec moi. Par contre, j'ai oublié ma cravate, prends-en une. Je te rejoins directement à l'église. » C'était la meilleure !

Le visage dissimulé sous une capeline noire, je remontai la nef de l'église, mes talons aiguilles martelant les dalles de pierre, et m'assis en bout de banc. À la suite du message de Pierre, j'avais canalisé mon élan de colère : je n'étais pas revenue sur ma décision quant à ma tenue. La cérémonie débuta. J'étais toujours seule. Pour ne pas laisser la rage me gagner, je décortiquai un à un les vêtements des invités. Certains accessoires retinrent mon attention, comme une ceinture en tissu savamment nouée et qui suffisait à rehausser la robe la plus simple ou encore une pochette en soierie que je pourrais coudre et décliner à l'infini. Cependant, d'autres femmes devraient revoir leur copie. À croire qu'elles faisaient tout pour paraître dix ans de plus. Un ourlet raccourci, deux centimètres de talons en plus, la disparition du rang de perles et du col Claudine ; leur allure serait métamorphosée.

L'échange des consentements venait d'avoir lieu lorsque je sentis quelqu'un se glisser à côté de moi. Pierre nous faisait enfin l'honneur de sa présence. Il osait afficher un visage décontracté, agrémenté de cheveux encore mouillés.

— Quoi ? me dit-il.

— Ça ne te pose pas de problème d'arriver à cette heure-là ?

— Je te l'ai dit, le boulot. Tu as ma cravate ?

Je l'attrapai dans mon sac et la claquai violemment sur son torse.

Dès que la cérémonie fut finie, je sortis sans l'attendre. Je me mis à l'écart du perron de l'église, bras croisés. Pierre se permit de saluer d'autres invités avant de me rejoindre. Durant le folklore de la sortie de mariage – grains de riz et pétales de rose –, nous n'échangeâmes pas un mot. Ce fut chacun de son côté que nous nous rendîmes sur les lieux de la soirée. Un couple, deux voitures. Cherchez l'erreur.

J'étais au buffet, il me fallait du champagne sinon j'allais finir par sauter à la gorge de Pierre. Je l'apercevais, toujours sur le parking, faisant les cent pas, son téléphone portable vissé à l'oreille. Je sifflai ma première coupe en trois gorgées, et en réclamai aussitôt une seconde. Grâce aux soirées parisiennes de ces derniers mois, je supportais très bien l'alcool.

— Excuse-moi, me dit Pierre à l'oreille cinq minutes plus tard.

— Je connais la rengaine.

— Je n'y peux rien.

Je lui fis face.

— Plus de la moitié des invités sont des médecins, n'est-ce pas ?

Il acquiesça.

— Comment se fait-il que tu sois le seul pendu à son téléphone ? Et qui, par la même occasion, délaisse sa femme ?

Il soupira et regarda au loin.

— J'ai eu un souci cette nuit, et je m'inquiète. Bon, allez, on ne va pas s'engueuler devant tout le monde, s'il te plaît… ne fais pas d'histoires.

Je ris jaune et le regardai droit dans les yeux.

— Un « je suis désolé » suivi d'un baiser aurait été préférable pour débuter.

— Et si je te dis que tu es jolie...

— Pierre, le coupa Mathieu, ta femme n'est pas jolie, elle est splendide. Salut Iris !

Il me fit une bise. Mathieu, le seul confrère de Pierre avec qui je m'entendais bien. Un joyeux luron. Il s'était rangé deux ans auparavant, en épousant Stéphanie, aujourd'hui déjà enceinte de leur deuxième enfant. Il claqua une grande tape dans le dos de mon cher mari.

— Non, sérieux ! quand elle est entrée dans l'église, on s'est tous demandé qui c'était. Une vraie femme fatale. Stéphanie veut ta robe quand la p'tite sera née. Quelle réussite époustouflante !

— Merci, je vais aller la saluer, je ne l'ai pas encore vue.

Je trinquai avec lui, mais je m'abstins de le faire avec Pierre. Pour m'éloigner de mon mari, je pris à contrecœur la direction du groupe d'épouses de médecins. À mi-parcours, je me retournai. Pierre me suivait des yeux, l'air contrarié. Bien fait pour lui.

À table, les hommes parlaient boulot, colloques, opérations. Les femmes parlaient chiffons. Et pour la première fois, j'étais au centre de toutes les attentions. Elles n'avaient pas de mots assez forts pour me complimenter sur ma robe et les autres modèles que je leur montrai sur mon smartphone. Elles voulaient que je leur raconte mes soirées mondaines, les vernissages, les cocktails… Par moments, je croisais le regard de Pierre ; il me scrutait sérieusement quelques secondes, et retournait à sa conversation.

Une fois que le gâteau fut découpé et mangé, le bal débuta. Les rangs se clairsemèrent à notre table, comme à toutes les autres, hormis celle des grands-parents. Mon doigt tournait sur le bord de ma tasse de café. Pierre fit le tour de la table et vint s'asseoir à côté de moi.

— On va bientôt aller se coucher, je suis crevé.

Si, un instant, j'avais espéré qu'il m'invite, j'étais fixée.

— Où est passée l'éducation de ta mère ? Après ton retard de cet après-midi, on ne peut pas se permettre de partir comme des voleurs.

— Eh, Iris ! m'interpella Mathieu. J'ai souvenir que ton mari a deux pieds gauches, et comme ma femme est une baleine… tu danses ?

— Avec plaisir, lui répondis-je en me levant.

— Tu crois que tu peux avec des échasses pareilles ? me demanda-t-il en désignant mes chaussures.

— T'inquiète, je me suis entraînée.

Je pensai à Gabriel, et fus heureuse.

L'honneur était sauf. Après un rock endiablé avec Mathieu, je m'autorisai à danser toute seule. Depuis dix ans, j'étais toujours restée scotchée à Pierre, refusant de l'abandonner. C'était fini, cette époque. Je me trémoussais, perchée sur mes dix centimètres, au son des tubes de l'été précédent, Robin Thicke, Hollysiz. Et personne ne savait à quoi – ou plutôt à qui – je pensais. Il aurait apprécié le spectacle, et n'aurait peut-être pas été très sage.

Je finis par apercevoir Pierre, debout près de la piste, qui me faisait signe qu'il était l'heure. Je lançai un au revoir général, et le rejoignis. Quand je fus près de lui, il posa sa main sur mon cou et m'embrassa du bout des lèvres, presque timidement.

— Tu es belle, très belle ce soir… Je… je te regardais danser et… excuse-moi.

— Allons dormir.

Je me blottis contre son épaule en passant un bras autour de sa taille, il me serra fort, et nous quittâmes la soirée. Nous logions dans une chambre d'hôtes du lieu de réception. Nous allions participer au lendemain de mariage. Pour mon plus grand bonheur…

Je dormis très mal. Le sommeil de Pierre fut agité, il parla, je ne comprenais rien. J'étais dans les vapes lorsque j'ouvris un œil. Je remarquai pourtant Pierre, habillé et rasé de près, assis au pied du lit, la tête entre les mains.

— Tu es déjà debout ?

Il me dévisagea, une lueur de panique dans le regard.

— Tu vas m'en vouloir, mais…

Le brouillard se dissipa à la vitesse de la lumière.

— Tu te fous de moi, là ?

— Non, je suis navré.

Je bondis hors du lit et me postai devant lui. Il resta stoïque.

— J'en ai ma claque. Tu me fais venir à ce mariage dont je me moque comme de l'an quarante, et tu n'es même pas foutu d'arriver à l'heure. Si tu savais comme j'ai eu honte hier après-midi, à l'église. Et là… là…

Des larmes de rage perlèrent au coin de mes yeux.

— Tu cherches quoi ? crachai-je.

— Je suis à bout, et… tu ne m'aides pas.

— Et moi ? Je ne suis pas à bout, peut-être ? Je me bats pour sauver notre mariage, tu n'as même pas idée (je levai les yeux au ciel et secouai la tête)… Je fais face à ton indifférence, à ton manque d'intérêt vis-à-vis de moi, de ma carrière, du truc extraordinaire qui m'arrive à Paris, avec Marthe. Hier, tout le monde m'a complimentée, et toi, tu es resté de marbre ou tu pianotais sur ton téléphone. Si tu ne te ressaisis pas très vite, nous allons droit dans le mur. À moins qu'il ne soit déjà trop tard.

Il se leva, s'approcha de moi, visiblement pour m'embrasser. Je tournai la tête.

— C'est urgent, s'excusa-t-il encore. Si je règle ça, tout ira mieux après, je te le promets.

— Je ne te crois plus. C'est fini.

— Je te retrouve dès que je peux à la maison.

— Je n'y serai pas.

Je fouillai dans mon sac, en sortis un jean, un pull et mes vieilles Converse.

— Tu restes ici ? me demanda-t-il.

— Et puis quoi encore ! Je rentre à Paris, je fais comme toi, je vais bosser.

Je m'enfermai à clé dans la salle de bains et laissai enfin les larmes couler.

— Iris, ouvre-moi, s'il te plaît.

— Va-t'en, l'hôpital t'attend. Pire qu'une maîtresse !

La porte claqua.

Après avoir déposé mes affaires dans mon studio, je m'engouffrai dans le métro. Je devais aller à l'atelier. C'était le seul endroit capable de me calmer. J'avais espéré que Pierre serait revenu, qu'il m'aurait appelée. Rien.

J'oubliai mes problèmes conjugaux en découvrant la moto de Gabriel devant l'immeuble. Le soulagement et la joie m'envahirent. Et puis un sentiment de malaise. Je montai à l'atelier sans chercher à savoir s'il travaillait ou s'il était chez Marthe.

Je passai près de deux heures face à ma machine à coudre. Sans l'allumer. Sans prendre de tissu. Sans me lancer dans la confection d'un modèle. J'attrapai mon carnet de croquis et un crayon à papier. Ce fut comme si je n'avais jamais rien dessiné. J'étais au bout du rouleau. J'avais l'impression que je passais ma vie à lutter. Contre qui ? Contre quoi ?

Vu mon état d'esprit, le constat était simple, je n'arriverais à rien de bon. Je fermai l'atelier et descendis l'escalier.

— Que fais-tu là ? me demanda Gabriel, qui sortait de ses bureaux, au moment où j'atteignis le premier étage.

Il n'avait pas meilleure mine que moi, avec ses traits tirés et ses cernes. C'était la première fois que je le voyais ainsi. Pas rasé, en jean, baskets, gros sweat sous un blouson de cuir qui avait vécu.

— Je suis venue travailler, lui répondis-je.

— Je croyais que tu rentrais demain.

— C'est ce qui était prévu, en effet.

— Et le mariage, alors ?

Je ris jaune.

— Génial… Là, tu vois, je vais me coucher.

Côte à côte nous rejoignîmes le rez-de-chaussée. Arrivés dans la rue, comme deux idiots, nous ne savions pas quoi nous dire. Chacun fuyait le regard de l'autre, c'était déstabilisant. Gabriel avança vers sa moto.

— Bon…, bah, j'y vais.

— Bonne soirée, lui répondis-je.

Je lui fis un petit sourire et un signe de la main avant de m'éloigner.

— Si tu n'avais pas peur, je t'aurais proposé un tour.

Je stoppai net, me retournai. Il avait l'air moins sûr de lui qu'à l'accoutumée.

— O.K.

C'était sorti tout seul, je voulais rester avec lui. Il plissa les yeux, sonda ma détermination. Il dut être satisfait.

— Ne bouge pas.

Il courut vers l'immeuble et revint cinq minutes plus tard un deuxième casque et un blouson à la main. Je m'approchai de l'engin. Je me sentis mal.

— Je ne suis pas quelqu'un de sérieux, sauf pour ça. Fais-moi confiance.

Je hochai la tête. Il me sourit et me tendit le blouson, que j'enfilai. Il était à ma taille. Je regardai Gabriel et haussai un sourcil. Il eut presque l'air gêné, s'ébouriffa les cheveux.

— Je t'en ai acheté un, je savais que tu craquerais un jour ou l'autre.

J'allais lui répondre, mais il anticipa en levant la main.

— Ne dis rien, s'il te plaît... écoute-moi maintenant.

Il me fit un topo sur les consignes de sécurité, me mit le casque et vérifia qu'il était correctement attaché. Puis il enfourcha sa moto et me fixa en penchant la tête sur le côté.

— Tu sais ce qu'il te reste à faire ?

Il rit. Je fis les deux pas qui me séparaient de la monture. Je posai ma main sur son épaule et grimpai derrière lui.

— Trouve ta position. Accroche-toi à moi si tu veux. Et n'oublie pas : suis mes mouvements, laisse-toi aller et tout ira bien. O.K. ?

— Oui, couinai-je.

Je rabattis ma visière, il me fit un clin d'œil avant de faire de même. Comme il me l'avait conseillé, je serrai les genoux contre ses cuisses et m'accrochai à sa taille. C'était ainsi que je me sentais le mieux. Il démarra la moto, le bruit du moteur me terrorisa, la chaleur qui se dégageait des pots d'échappement me surprit, et avant que je n'aie le temps de réagir, nous étions partis. Il roulait lentement. Je me sentais bien, j'étais en sécurité. Je me lovai contre son corps. À un feu rouge, il prit ma main dans la sienne. Il la tint jusqu'au moment de pousser l'accélérateur. Nous roulions. Vite. De plus en plus vite. Il emprunta les quais de Seine. La moto slalomait entre les voitures. J'étais grisée par son corps, la vitesse, l'intime conviction que je pourrais le suivre à l'autre bout du monde, que plus rien ne comptait à part cet instant. Arrêté à nouveau à un feu rouge, il leva sa visière. Je l'imitai.

— Alors ?

— Encore… s'il te plaît.

La moto fila. L'espace de cette balade, nous ne faisions qu'un et je voulais en profiter.

Après avoir découvert les pointes sur le périphérique et les virages serrés, je réalisai que la nuit était tombée. Un dernier slalom entre les voitures sur le boulevard Beaumarchais, et Gabriel gara la moto près de la place de la République. Il me fit signe de descendre, je réussis à retirer mon casque toute seule. Mes membres tremblaient en raison de la tension que je leur avais imposée durant ces deux bonnes heures de conduite.

— J'ai la dalle, on va manger, me dit-il.

— D'accord.

Nous marchions côte à côte dans les rues de Paris, casque à la main.

— Une vraie motarde ! ironisa-t-il.

Je lui mis un coup de coude dans les côtes et accélérai le pas. Il éclata de rire, me rattrapa et me prit par le bras.

— Tu vas où comme ça ? me demanda-t-il en riant.

— Aucune idée.

— Viens.

On fit demi-tour pour entrer au Royal Kebab. Tout y était : l'odeur indéfinissable de viande de mouton grillée et légèrement suspecte, les posters défraîchis, la guirlande lumineuse au-dessus de la photo du bled, les vieilles tables en Formica, les fêtards qui n'avaient pas fermé l'œil depuis deux jours, la télévision qui retransmettait un match de foot. J'adorais être là avec Gabriel. C'était d'ailleurs un habitué, il salua le patron d'une accolade. Lorsque celui-ci me remarqua, il lui fit un clin d'œil puis me gratifia d'un petit signe de tête. Gabriel se retourna vers moi.

— Ça te va ?

— Je suis fan. Promis.

Il parut soulagé. Je l'écoutai commander son maxi kebab-frites, avec la totale, salade, tomates, oignons et sauce samouraï. Le patron me désigna d'un geste.

— Et ta gazelle, elle veut quoi ?

Gabriel me jaugea.

— Tu lui mets un simple sans oignons.

— La gazelle sait ce qu'elle veut, le coupai-je.

Notre restaurateur éclata de rire, suivi de près par Gabriel.

— Eh bah, tu dois pas t'emmerder avec ça. Je t'écoute ?

— Un normal, avec salade, tomates et oignons. Je veux de la sauce blanche. Et… sur les frites aussi.

Je souris. Je sentais le regard de Gabriel. Il se pencha légèrement vers moi et me parla à l'oreille.

— Gourmande ?

— Très.

Il siffla entre ses dents. Je le laissai au comptoir discuter sport avec le patron et allai m'asseoir. J'étais si heureuse de le découvrir autrement que comme une arme de séduction massive. Son côté canaille n'en était que renforcé, le naturel reprenait le dessus. Sa décontraction me fit du bien : toute la pression des dernières vingt-quatre heures était retombée, je me sentais libérée et libre. Moi-même, en quelque sorte.

— Madame est servie, me dit Gabriel en déposant notre plateau en plastique rouge sur la table.

— Madame te remercie.

Il attaqua son repas. Je prenais plus de plaisir à le voir dévorer son kebab, se léchant les doigts pour ne pas en perdre une miette, qu'à manger le mien. On aurait dit un enfant. Je finis par caler, il termina mes restes. Rassasié, il étouffa un rot. Je ris.

— Si Marthe te voyait !

— Elle me hacherait menu, comme lorsqu'elle a découvert que je m'étais fait tatouer.

— Bad boy jusqu'au bout ?

— Ouais, j'ai un beau, gros tatouage.

— À tout hasard, ce sont des ailes dans le dos ?

J'avais tenté le coup. Il arqua un sourcil.

— Version ange déchu, m'apprit-il.

Je ris en levant les yeux au ciel.

— Tu es terrible.

Il s'avachit dans sa chaise et me fixa.

— Pourquoi tu as fait ça ? lui demandai-je.

— Ma crise d'adolescence à vingt-cinq ans. Juste pour la mettre en rogne.

— Je n'oserais pas défier Marthe, lui annonçai-je.

— Ne le fais jamais. Même si tu as pris confiance en toi.

— Tu trouves ?

— Tu n'es plus la femme timorée de ton arrivée.

— Et c'est bien ?

— Très bien. C'est beau à voir. Tu as toujours été féminine et belle, là-dessus, y a rien à dire.

Mais aujourd'hui, quand je te vois marcher, avancer, réussir, si sûre de toi… J'ai de plus en plus de difficulté à t'imaginer dans ton autre vie.

Gabriel soupira.

— Je te ramène ? me proposa-t-il brutalement, alors même que ses paroles avaient du mal à s'imprimer dans mon esprit.

— Si tu veux.

Nous nous levâmes et renfilâmes nos blousons. Je fis un petit signe au patron, Gabriel alla lui serrer la main.

— Bonne nuit, les amoureux ! lança-t-il au moment où nous franchissions le seuil.

Mon cœur eut un raté. Gabriel marqua un temps d'arrêt. Et ce fut en silence que l'on se dirigea vers la moto.

— Tu veux un coup de main pour ton casque ?

— Quelqu'un m'a dit que j'étais une vraie motarde.

Notre fou rire dissipa la lourdeur de l'atmosphère.

Voilà, nous étions devant chez moi. Je descendis de la moto, retirai mon casque et le rendis à Gabriel. Il le posa derrière lui, se mit debout lui aussi, et à visage découvert.

— Va te coucher, tu as petite mine, affirma-t-il.

— C'est vrai, je suis fatiguée.

Je ne pouvais m'empêcher de le regarder. J'avais des étoiles dans les yeux. Je le savais. Je m'en moquais. Il s'était passé quelque chose aujourd'hui, comme lorsque nous avions dansé. Un nouveau cap était franchi. Mon corps agit avant que ma conscience ne réagisse : je me jetai à son cou. Ses bras se refermèrent sur moi. Mon Dieu, je n'aurais jamais cru me sentir si bien là. À ma place. Une place à laquelle je n'avais pas droit. À moins que...

— Merci, Gabriel... merci....

— Pas de quoi.

— Cette journée a commencé de la pire des façons, et tu as tout changé, tu ne sauras jamais à quel point.

Je serrai plus fort son cou. Il embrassa mes cheveux. J'eus des frissons.

— Va dormir. Ça ira mieux demain.

Je le lâchai, reculai et lui souris. Il enfourcha sa moto. Je me retournai une dernière fois vers lui avant de pénétrer dans la cour de mon immeuble. Il me fixait toujours. Je me dis que j'avais besoin de réfléchir à ma vie, à mon avenir. Sérieusement.

8

Le lendemain matin, je marchais vers l'atelier lorsque mon téléphone sonna. Pierre. C'était le premier signe de vie depuis que nous nous étions quittés la veille. Je respirai un grand coup avant de décrocher.

— Bonjour, lui dis-je simplement.

— Ça va ?

— Je ne sais pas.

Je m'arrêtai dans la rue, à deux pas de l'atelier.

— Je n'ai pas d'excuses pour ce que je t'ai fait ce week-end. Je suis allé trop loin.

— Pierre, je suis fatiguée… fatiguée de me battre pour nous… fatiguée de te répéter les mêmes choses.

— Ne me dis pas que c'est trop tard ?

Gabriel choisit ce moment pour sortir de l'immeuble. Il me vit, me sourit et commença à avancer vers moi. J'étais coupée en deux.

— Iris, s'il te plaît…, supplia Pierre.

Je fis non de la tête à Gabriel. Il se figea et fronça les sourcils. Je lui fis signe que tout allait bien. Il parut rassuré, m'envoya un baiser de la main, puis fit demi-tour pour s'engouffrer dans le taxi qui l'attendait.

— Je ne veux pas te perdre, me dit Pierre d'une voix brisée.

— Je suis là, lui répondis-je en fixant le taxi qui filait.

— Est-ce que tu rentres le week-end prochain ?

— Oui... non... attends... Vendredi, il y a une réception chez Marthe.

— Je peux venir ?

Je tremblai et me mis à faire les cent pas.

— Pourquoi ?

— Je veux comprendre, je veux assister à ta réussite. Je veux faire partie de ta nouvelle vie.

— Je vais prévenir Marthe.

— Je te téléphone ce soir après le boulot.

— Si tu veux.

— Je t'aime, Iris.

Il raccrocha. Je m'effondrai, en larmes.

Le soir même, je dînais chez Marthe. Nous étions attablées devant un repas frugal. Elle se préoccupait de sa ligne. Et de la mienne, dernière nouveauté. Je m'en moquais, mon appétit s'était envolé depuis l'appel de Pierre.

— Ma chérie, quel effet a produit ta robe ?

— Elle a remporté beaucoup de succès.

— Et ton mari ? A-t-il apprécié, au moins ?

Son ton sarcastique m'étonna.

— Beaucoup... oui... beaucoup. D'ailleurs, cela vous poserait-il un problème qu'il m'accompagne vendredi ?

Elle fronça les sourcils.

— En quel honneur ? me répondit-elle sèchement. Il n'a rien à faire ici.

— Mais…

— Il va te desservir et te distraire de ton objectif.

Elle se massa les tempes. Puis elle se leva précipitamment et alla fouiller dans le tiroir de la petite table à côté de son canapé. Elle en sortit un tube de comprimés, en avala un et me lança un regard noir.

— Je n'aime pas ça, Iris, me dit-elle.

— Marthe… il pourra constater à quel point vous m'aidez à réussir.

— Cet homme ne comprend rien aux artistes, tu dois…

La sonnerie de son téléphone l'interrompit à cet instant. Elle décrocha.

— Gabriel, mon chéri… comment se passent tes rendez-vous ?

Elle se mit à arpenter le séjour, en proie à la plus grande agitation.

— C'est intolérable ! Ressaisis-toi ! Qu'avez-vous à la fin tous les deux ?… Bien sûr que je parle d'Iris ! Elle est ici, nous passions une délicieuse soirée jusqu'à ce qu'elle me fasse une demande que je n'apprécie pas… Cela ne te regarde pas !… Le problème doit être réglé pour vendredi, je ne veux pas te voir avant !

Elle raccrocha et s'approcha de moi sans me quitter des yeux. Une fois de plus, j'échouai à soutenir son regard. Elle me fit relever la tête en me prenant par le menton et me dévisagea.

— Je vais dire à Pierre de ne pas venir, murmurai-je.

169

— Qu'il vienne ! Nous ferons en sorte qu'il n'entrave plus ta réussite.

— Non… je…

— Ça suffit ! Va dormir, ma chérie. Je t'attends demain à l'atelier.

Elle me lâcha et demanda à Jacques de m'appeler un taxi. Puis elle disparut sans un mot de plus. Je me sentais mal, je ne supportais pas de la contrarier, mais je ne comprenais pas pourquoi la présence de Pierre la mettait dans un état pareil. Et qu'avait fait Gabriel pour mériter son courroux ? Jacques revint me chercher dix minutes plus tard, je n'avais pas bougé.

— Iris, votre taxi est en bas. Il y a un problème ?

— Marthe…

— Oui, je l'ai entendue. Ne vous en faites pas, elle est fatiguée en ce moment, et plus susceptible. Cela va passer. Elle n'en a pas après vous. Ce sont ces migraines qui la font atrocement souffrir.

— Je peux faire quelque chose ?

— Rentrez vous coucher, cela ira mieux demain.

Pierre était coincé dans les bouchons. Il venait de me prévenir, et s'était confondu en excuses. J'arriverais donc au cocktail de Marthe sans lui. Elle s'était adoucie dans la semaine, et la venue de mon mari ne lui posait plus de problème, cela semblait même l'enchanter. Elle n'avait pas cessé de me dire que finalement c'était merveilleux, qu'après la soirée, il m'encouragerait. Je ne savais plus sur quel pied danser.

Je quittai mon studio et grimpai dans un taxi en direction de son appartement. Je n'avais pas vu Gabriel de la semaine et nous ne nous étions pas téléphoné une seule fois. Il m'avait manqué, j'espérais pourtant que cette distance imposée avait apaisé mon trouble. Je craignais l'effet qu'aurait sur moi la confrontation entre les deux hommes...

En sortant du taxi, j'aperçus Gabriel qui arrivait à pied. Il vint à ma rencontre.

— Tu m'as manqué, me dit-il en embrassant ma joue.

— Beau parleur, tu as dû être très occupé.

Il me tint la porte de l'immeuble. Puis il posa une main dans mon dos pour me diriger vers l'ascenseur.

— J'espère que c'est pour moi que tu t'es faite encore plus belle que d'habitude. Après avoir rempli nos obligations, nous pourrions nous éclipser, j'ai pensé à un...

— Gabriel, l'interrompis-je.

— Oui, Iris...

Il ronronnait.

— Pierre... Pierre est là ce soir.

Après un temps d'arrêt, il ouvrit la porte de l'ascenseur.

— Fantastique !

Dans la cabine, nous nous plaçâmes à l'opposé l'un de l'autre, adossés au mur.

— Je vais rencontrer le toubib. Intéressant.

Nos regards restèrent soudés tout le temps que dura la montée. Plus de sourire. Plus de rire. Au cinquième étage, Gabriel franchit le pas qui nous séparait, je levai les yeux vers lui. Il écarta une mèche de cheveux de mon front.

— J'espère qu'il réalise la chance qu'il a.

J'eus les jambes coupées. Là-dessus, il sortit, et fit une entrée fracassante chez Marthe. Je le suivis de peu, complètement chamboulée.

À mon plus grand étonnement, Marthe nous gardait jalousement l'un et l'autre à ses côtés. Certains invités lui firent la remarque que nous pourrions être ses enfants, ses héritiers. Elle répondait que nous étions ses œuvres. Gabriel riait de la situation. J'étais encore plus perdue. Je ne savais plus ce qu'il voulait, ce qu'il attendait. Jouait-il la comédie ? Était-il sincère ?

— J'aurais apprécié d'avoir une petite sœur comme Iris.

— Et tu l'aurais protégée des hommes comme toi, mon chéri, lui répondit Marthe.

— Certainement, confirma Gabriel en me regardant.

La façade m'obligeait à sourire. Pierre arriva à cet instant, escorté par Jacques jusqu'au seuil du grand salon.

— Excusez-moi, leur dis-je.

Je me concentrai sur mon mari en traversant la pièce. Pour la première fois, je vis de l'admiration dans son regard. Lui aussi m'impressionna. Il dégageait une assurance que je ne lui connaissais que dans le milieu médical. Arrivée devant lui, je l'embrassai discrètement.

— Je suis heureuse que tu sois là.

— Tu es splendide.

— Merci, tu n'étais pas obligé de sortir ton costume.

— Je ne voulais pas te faire honte.

Sa sincérité m'ébranla.

— Tu ne m'aurais jamais fait honte.

Je lui pris la main.

— Viens, je dois te présenter à Marthe et à... Gabriel.

Nous avançâmes vers eux. Mon rythme cardiaque s'emballa. Mes jambes étaient en coton. Par réflexe, je serrai la main de Pierre. Ne pas tomber, ne pas montrer mon trouble. Marthe nous observait, froidement. Gabriel, quant à lui, était le même, toujours canaille, nonchalant, un air provocateur dans le regard.

— Marthe, je vous présente Pierre, mon mari.

— Enchanté, dit-il en lui serrant la main.

— C'est à votre femme que vous devez d'être ici.

— Merci d'avoir cru en elle... plus que moi.

Impossible de rester insensible à cet acte de contrition publique. Marthe le gratifia d'un regard perçant.

— Cette soirée rattrapera votre retard, mon cher.

Je pris mon courage à deux mains.

— Voici Gabriel.

Pierre se tourna vers lui. Ils échangèrent une poignée de main virile. C'était fait. Je les avais tous les deux en face de moi. Mon cœur tambourinait, mais je ne savais pas pourquoi ou pour qui. Je m'efforçai de ne pas les comparer. Impossible, de toute façon, ils étaient l'exact opposé l'un de l'autre.

— Ravi de te rencontrer, Gabriel.

— C'était donc vrai, Iris a un mari.

173

Ils se dévisagèrent, et j'aurais bien été incapable de deviner leurs pensées.

— Mes chéris ! intervint Marthe.

Elle passa son bras sous celui de Gabriel.

— J'ai quelqu'un à te présenter.

— Qui donc ?

— Une nouvelle cliente d'Iris, une avocate d'affaires dont il serait bon que tu te rapproches.

Gabriel lança à Marthe un regard de défi, elle sourit, je déglutis. Puis il se tourna vers nous.

— Les amoureux, il semblerait que nous ayons à faire. Passez une bonne soirée.

Ils s'éloignèrent et se dirigèrent vers cette nouvelle cliente. Superbe. Faussement timide. Divorcée trois fois. À la tête d'un cabinet d'avocats. Admirée et crainte par tous les hommes qu'elle côtoyait. Mon mentor se chargea des présentations. Je fis un bond dans le temps, revivant par procuration ma rencontre avec Gabriel. À la différence que Marthe les laissa en tête à tête, et que cette femme put accepter la flûte de champagne qu'il lui offrait. Elle portait une robe taille Empire en mousseline noire. Ma robe. Je l'avais créée pour moi, en pensant à Gabriel, j'avais bien été obligée de l'admettre. La première fois qu'elle était venue à l'atelier, elle l'avait vue et avait exigé d'avoir la sienne. J'avais cédé. Elle lui allait à merveille avec ses sandales à talons argentées. L'aspect délicat de la robe adoucissait son côté Walkyrie. L'œil d'expert de Gabriel ne trompait pas.

Je sentis le bras de Pierre s'enrouler autour de ma taille. Je le regardai.

— Ils sont… comment dire…

Il chercha ses mots, ce qui me fit rire, à ma grande surprise.

— En fait, je ne sais pas quoi te dire, reprit Pierre. Si ce n'est que je ne pensais pas que tu puisses être aussi à l'aise avec ce genre de personnes.

J'acquiesçai, je ne pouvais pas lui dire que grâce à eux j'avais enfin la possibilité de laisser s'exprimer celle que j'étais.

— Alors, dis-moi, toutes les femmes ici présentes portent tes créations ?

— Une partie, oui.

— Tu as réussi… je suis si fier de toi… Tu sais que tu as des clientes qui t'attendent à la maison. Tout le monde m'a couru après à l'hôpital pour avoir ton numéro.

— Eh bien ! je ne m'attendais pas à faire un tel effet au mariage.

— Tu n'as pas idée…

Son visage s'assombrit. Je déposai un baiser sur sa joue.

— Viens, nous n'allons pas faire bande à part.

— Je te suis.

Marthe gardait un œil sur moi, à distance, et décortiquait Pierre sous toutes les coutures. Je présentai mon mari à un certain nombre de personnes, des clientes, leurs maris. J'arrivai à lui dénicher le médecin de la soirée, pour lui ménager une bulle d'oxygène. Il ne me le dit pas, mais je sus à son expression qu'il m'en était reconnaissant. Il était détendu et loquace. Il me tenait toujours par la taille et débordait d'attention à mon égard, comme au début de notre mariage. Peut-être étions-nous sur le chemin de la guérison ?

175

Je voulais y croire. Je devais y croire. Je cherchai Gabriel du regard. Il était en pleine conversation avec la même femme, lui susurrant des mots doux à l'oreille. Je savais de quelle manière se terminerait leur soirée. Elle ne lui dirait pas non, elle. Et lui, semblait-il, n'attendait que ça. Je n'étais plus disponible pour jouer à ses jeux, je n'étais plus la favorite. Mes yeux s'embuèrent, un nœud se forma dans ma gorge, j'avais mal partout. Je dus faire appel à tout mon self-control pour me retenir de traverser la pièce et de dégager cette femme pour rappeler à Gabriel que j'existais. J'étais tombée dans son piège, et j'y retomberais la tête la première. Je devais pourtant me faire une raison. C'était sa vie. Et Pierre était la mienne. Je fis mon choix. Le choix raisonnable.

— Ça va ? me demanda Pierre à l'oreille. Tu as l'air ailleurs.

— Tout va bien, je suis juste un peu fatiguée. On rentre ?

— C'est toi qui décides.

Nous allâmes saluer Marthe. Quant à Gabriel, nous n'échangeâmes qu'un signe de la main, tant il était occupé.

Une fois que nous fûmes couchés, Pierre s'approcha de moi et m'embrassa. Il ne m'avait pas touchée depuis si longtemps que mes sens réagirent immédiatement à ses caresses. J'avais conscience de son corps sur moi, en moi, mais mon cœur n'était pas totalement connecté à lui. J'étais plus occupée à lutter contre l'intrusion de Gabriel dans mes pensées. Nous fîmes l'amour comme deux personnes qui se connaissent par cœur, de façon mécanique, sans passion, sans émotion. Pierre me garda au creux de ses bras pour s'endormir. Je ravalai mes larmes.

Notre week-end parisien fut calme. Nous flânâmes main dans la main sur l'île Saint-Louis où nous dînâmes le samedi soir. Le lendemain après un tour à Notre-Dame, nous écumâmes le quartier Saint-Michel en parlant de la pluie et du beau temps. Pourtant, c'était loin d'être tout beau tout rose. Nous traversions de grandes plages de silence, comme si nous n'avions rien à nous dire, ou que le dialogue pouvait nous faire glisser sur une pente dangereuse. Je m'efforçais de ne pas penser à Gabriel.

Le dimanche après-midi, alors que Pierre s'apprêtait à repartir quelques heures plus tard, nous profitions des rayons de soleil printanier en prenant un café en terrasse, près du jardin du Luxembourg.

— Je voulais te parler de quelque chose, m'annonça-t-il.

Il avait retrouvé son sérieux habituel.

— Je t'écoute.

— Rentre à la maison, s'il te plaît.

J'entendis le tic-tac d'une horloge dans ma tête, et je fis un rapide calcul mental. Je gigotai sur ma chaise, et malgré la douceur de l'air, j'eus froid.

— Je suis encore là pour un mois et demi.

— Écoute, j'ai réfléchi, et avec ce que j'ai vu vendredi soir… Tu n'es plus en formation, tu ne l'as jamais été, en fait. Tu es couturière comme tu as toujours voulu l'être, tu as des clientes parisiennes, mais tu pourrais déjà en avoir beaucoup chez nous. Je l'ai constaté depuis le mariage.

— Personne ne m'a contactée.

— Parce que tu n'es pas là… Souviens-toi de ce qu'on avait dit, tu devais t'installer à la maison. Je suis monté au grenier cette semaine, j'ai réfléchi à ton aménagement pour que tu puisses recevoir des clientes. Sans compter que rien ne t'empêchera de passer de temps en temps voir Marthe et ses clientes.

— Es-tu venu ici ce week-end dans le seul but de me demander de rentrer à la maison ?

— Non, je suis là parce que tu me manques. Depuis une semaine, je n'arrête pas de cogiter, de me demander comment on a pu en arriver là. J'en porte l'entière responsabilité. Je ne voulais pas t'écouter avant, c'est fini. Tu as eu raison de me faire peur au mariage, je ne veux pas te perdre. Ç'a été un électrochoc. Mais si tu n'es pas à la maison, je n'arriverai pas à te prouver que j'ai revu mes priorités, et que toi et notre future famille êtes ce qui compte le plus.

— Nos problèmes ne vont pas se régler d'un coup de baguette magique sous prétexte que je rentre plus tôt que prévu.

— Je sais bien, mais laisse-nous une chance, laisse-moi une chance… Qu'est-ce qui te retient ici aujourd'hui ?

La tentation. Un nœud se forma dans ma gorge. Je remerciai intérieurement mes lunettes de soleil de cacher les larmes naissantes.

— Rien, tu as raison.

— Et puis on va faire un bébé, on y arrivera plus facilement si on passe toutes les nuits ensemble.

Je soupirai et regardai autour de moi, sans rien distinguer. J'avais réussi. J'étais couturière. Pierre reprenait sa place et se battait. À moi de refermer ma parenthèse parisienne.

— Je ne veux plus que l'on vive séparés… Et toi ?

— Tu te doutes bien que je ne vais pas pouvoir rentrer dès ce soir, lui annonçai-je en souriant. J'ai des choses à régler avant.

Pierre me prit la main, la serra fort.

— Je t'attends.

Le lendemain matin, je me levai tôt. Ma journée allait être bien remplie. Je devais honorer plusieurs commandes et prévenir Marthe de mon changement de situation. Je n'avais jamais eu les jambes aussi lourdes en marchant vers l'atelier. Depuis que Pierre était parti, j'avais une boule dans le ventre. Elle fut prête à exploser lorsque je vis Gabriel descendre de sa moto.

— Que fais-tu là, à cette heure-ci ? me demanda-t-il.

— Je pourrais te retourner la question.

— Je n'arrivais plus à dormir, autant venir ici.

— Tu prends un café avec moi avant d'aller bosser ?

— Si tu veux.

Nous entrâmes dans le troquet le plus proche. La délicieuse odeur de croissant frais me donna la nausée. Je choisis une table près de la fenêtre, plus facile pour fuir le regard, et m'installai sur la banquette. Je commandai un allongé, Gabriel un expresso. J'écoutai les bruits de vaisselle, du percolateur, des pages de journal qui se tournent. Nos tasses arrivèrent.

— Vous avez passé un bon week-end avec Pierre ?

L'entendre prononcer le prénom de Pierre, comme s'ils se connaissaient, qu'ils étaient proches, me décontenança.

— Euh… oui… en fait, on a beaucoup parlé et…

Je vrillai mon regard au sien.

— Je retourne vivre chez nous dès maintenant.

Il s'avachit dans sa chaise et croisa les mains derrière sa tête.

— On y est… je t'entends encore me dire (il mima des guillemets) : « Je ne suis là que pour six mois. »

Je lui souris.

— Et toi, tu m'avais répondu : « En six mois, il peut se passer beaucoup de choses. »

— C'est passé vite, non ?

— Oui.

Il regarda par la fenêtre. De longues secondes s'écoulèrent dans le silence.

— Tu as raison de rentrer.

Je reçus un coup en plein cœur.

— Tu le penses vraiment ?

— Oui, je ne connais rien à la vie de couple, mais j'imagine que si j'aimais une femme… je ne voudrais pas vivre loin d'elle. Et puis, ta vie est là-bas, elle l'a toujours été.

— C'est ça…

— Tu pars quand ?

— Je ne sais pas… dans quelques jours, je pense. Je dois prévenir Marthe… Comment va-t-elle le prendre à ton avis ?

— Ne te préoccupe pas d'elle, d'accord ?

— Plus facile à dire qu'à faire.

— Je sais.

Il regarda sa montre.

— Il faut que j'y aille.

— Vas-y, ne te mets pas en retard pour moi.

Il se leva, sortit un billet de sa poche et le jeta sur la table.

— Tiens-moi au courant pour ton départ, on ira boire un verre.

— Si tu veux, chuchotai-je.

Quand il fut parti, je soufflai un grand coup, soulagée parce que c'était fait, mais terriblement attristée par sa froideur et la distance qu'il venait de mettre entre nous. Je ne m'étais donc pas trompée l'autre soir chez Marthe. Je n'avais été que son caprice du moment, même s'il m'avait laissée entrevoir un autre homme, au-delà du séducteur. Il avait été très clair, j'avais pris la bonne décision, mon départ ne l'émouvait pas plus que ça. Je deviendrais un boulet pour lui si je restais. Finalement, je reprenais pied dans ma vie de femme mariée et fidèle jusqu'au bout, et Gabriel s'en éloignait lentement. *Il n'aura été qu'un coup de cœur*, me dis-je pour me rassurer.

Je ne réussis à joindre Marthe qu'en fin d'après-midi. Elle me proposa de monter chez elle. Fébrile, je pris la direction de son appartement habitée d'un

181

mauvais pressentiment. J'espérais que la robe que je lui livrais par la même occasion adoucirait sa réaction. Jacques m'ouvrit. Je fus incapable de lui rendre son sourire. Je traversai le grand couloir, mes talons griffant le parquet. Le silence était oppressant. Marthe lisait, elle leva la tête quand j'entrai dans le salon.

— Ma chérie, comment vas-tu ?

— Très bien, je vous remercie.

Je me balançai d'un pied sur l'autre.

— Que fais-tu ? Ne reste donc pas debout.

Je posai sa robe près d'elle. Elle glissa un marque-page dans son livre, déposa celui-ci sur la petite table d'appoint et caressa l'étoffe en souriant. J'obéis et m'assis dans le canapé en face d'elle.

— Tu étais étrange au téléphone, Iris. Qu'as-tu ?

— Je… je… Vous vous souvenez, je ne devais être là que pour une courte période.

Son visage se ferma.

— Effectivement, mais ce n'est plus à l'ordre du jour. Ça ne l'a jamais été.

Le ton cassant de sa voix me glaça le sang.

— Marthe… je n'ai jamais eu l'intention de m'installer définitivement ici.

— C'est faux ! Ton mari a compris que tu lui échappais, il t'a demandé de rentrer, et tu cèdes comme un chien docile. Tu mets ta carrière en péril.

Elle se leva et se mit à tourner en rond, en proie à la plus vive agitation.

— Je pensais que tu avais de l'envergure, que tu étais brillante. Tu n'as rien retenu de mes leçons. Tu es faible. Tu te laisses dicter ta conduite par les hommes.

— Mais c'est mon mari, je lui manque et il me manque…

— Il ne te manque pas lorsque tu es avec moi ! fulmina-t-elle.

Elle se massa les tempes, le visage douloureux. Je devais la rassurer, faire quelque chose, lui prouver que je ne l'abandonnais pas.

— Je reviendrai souvent, pour travailler avec vous, prendre des commandes…

— Petite idiote ! hurla-t-elle.

Je me ratatinai. Je ne la vis pas s'approcher de moi. Elle me tira par le bras et me mit debout, me transperçant du regard.

— Sors de chez moi !

Sa voix avait claqué. Un son métallique, terrifiant. Elle maintenait sa prise sur mon bras.

— Considère que tu viens de vivre ta dernière journée à l'atelier.

Je respirai plus vite.

— Mes commandes…

— Je trouverai quelqu'un de plus compétent que toi. Regarde ce que j'en fais de tes chiffons ! Ça ne vaut rien.

Elle me lâcha brutalement et attrapa la robe que je venais de lui livrer. Ses mains si fines, qui me paraissaient fragiles, se déchaînèrent sur la mousseline. Marthe déchira la robe avec une force que je ne lui imaginais pas. Jamais je n'oublierais ce bruit de tissu qui craque. Lorsqu'il ne resta plus rien, elle me lança la dépouille de sa robe à la figure.

— Tu me tues ! hurla-t-elle avant de quitter la pièce sans se retourner.

À travers le brouillard de larmes, je suivis sa silhouette du regard, magnifique, fière et blessée. Que venais-je de faire ? Je restai de longs instants tétanisée, debout dans le séjour. Enfin, Jacques s'approcha de moi.

— Il faut partir, Iris.

— Non…

— Ses colères sont impressionnantes, je le sais. C'est fini. Et elle… elle m'a demandé de vous reprendre les clés de l'atelier et… votre carnet d'adresses.

Je me faisais jeter comme une malpropre.

— Vous avez besoin d'y repasser ?

— Euh… non.

— S'il vous plaît, Iris.

Je fouillais dans mon sac à la recherche de ce qu'il m'avait réclamé. Mes mains tremblaient tellement que je finis par en renverser le contenu par terre. Je trouvai enfin le trousseau et le carnet contenant les numéros de téléphone de toutes mes clientes. Jacques me les prit délicatement des mains et m'aida à ramasser le reste. Il me soutint pour me relever et m'escorta vers la sortie. En passant au pied de l'escalier, je vis un amas de vêtements jetés en boule. L'intégralité de la garde-robe que j'avais confectionnée pour Marthe. J'entendis un cri suivi d'une porte qui claque. Je ne reviendrais jamais ici. J'étais passée du statut de petite protégée à celui de persona non grata. Tout allait trop vite. Jacques me fit un petit sourire désolé.

— Rentrez chez vous, Iris. Reprenez votre vie là où vous l'aviez laissée avant que Marthe vous accepte à l'atelier.

Je hoquetai, et Jacques referma la porte silencieusement. Mon esprit ne fonctionnait plus lorsque j'appelai l'ascenseur, montai dedans et sortis de l'immeuble. J'étais à la rue. Je retournai dans le troquet du matin, m'assis à la même place et commandai une vodka-tonic.

Toujours dans un état second, j'attrapai mon téléphone pour prévenir Pierre. Enchanté, il m'annonça qu'il prenait sa journée du lendemain pour être avec moi.

J'aurais voulu pleurer, j'en étais pourtant incapable. J'étais sonnée, abattue, et dans l'incompréhension la plus totale. Ma seule certitude : je rentrais au bercail. Mon aventure avec Marthe avait pris fin de la pire façon qui soit. Rencontrer un mentor avait été un événement exceptionnel dans ma vie. Le perdre par ma faute était une douleur encore plus exceptionnelle. En quelques phrases assassines, elle m'avait repris ce qu'elle m'avait offert : ma confiance en moi, mon talent, ma passion, une nouvelle vie, une mère spirituelle. Qu'allais-je devenir sans elle ? Sans ses conseils ? Sans son regard ? Avec le souvenir de sa haine ? Je m'étais démenée ces derniers mois dans le seul but de lui plaire, de ne pas la décevoir, et j'avais tout fait voler en éclats pour sauver mon couple. J'étais à nouveau « personne ».

Il me restait une dernière chose à faire. Envoyer un SMS : « Je pars. » Gabriel me répondit instantanément : « Marthe ? » – « Oui. » Mon téléphone sonna.

— Où es-tu ? me demanda-t-il sans préambule.

— Où tu m'as laissée ce matin.

— Quand pars-tu ?

— Demain. Je vais aller faire mes valises.

Il y eut un grand silence, suivi d'un fracas.

— Ne reste pas là, va préparer tes affaires et retrouve-moi pour dîner.

— Tu as certainement mieux à faire…

— Tais-toi.

— Ne t'y mets pas, j'ai eu ma dose de reproches avec Marthe.

— Excuse-moi. Je te rejoins en bas de chez toi dans deux heures. O.K. ?

— Si tu veux.

Je payai ma consommation et sortis. Un dernier regard à la façade qui m'avait tant impressionnée le premier jour. Elle m'impressionnait tout autant le dernier.

Mes valises furent vite faites. Je n'avais que des vêtements et le matériel de couturière amateur avec lequel j'étais arrivée. Un coup d'aspirateur, histoire de dire que j'avais fait le ménage, et j'étais prête. Je pris une douche surtout pour me laver l'esprit. Je restai de longues minutes sous le jet. Il n'avait pas fallu vingt-quatre heures pour que mon existence bascule à nouveau. J'étais aspirée dans une spirale qui me ramenait vers ma vie d'avant. J'existais à nouveau pour Pierre. Je n'existais plus pour Marthe, et demain, je n'existerais plus pour Gabriel. La couture restait la seule preuve que ces quelques mois avaient bien existé. Comment continuer sans le soutien de Marthe ? Comment coudre à nouveau en sachant qu'elle dénigrait mon travail ? Elle, la seule qui avait

186

cru en moi. Je devais y arriver pour lui prouver que le temps qu'elle m'avait consacré n'était pas vain, que je n'oubliais pas ce que je lui devais, mais que j'étais aussi capable de voler de mes propres ailes. Sans Pierre, sans sa demande, aurais-je jamais pu me détacher d'elle ?

Je m'habillai avec soin, ne pensant qu'à lui : être belle pour lui encore une fois. Avec un peu de chance, je ne disparaîtrais peut-être pas tout de suite de sa mémoire. J'enfilai une jupe crayon et un chemisier noirs. Je mis mes stilettos de luxe pour la dernière fois avant très longtemps, je n'aurais pas l'occasion de les porter à la maison. Je lissai mes cheveux, les laissai libres dans mon dos, et me maquillai. Je mis mon imperméable en toile et cuir noir, fermai la ceinture. Un coup d'œil dans le miroir. J'étais prête à lui dire au revoir.

Gabriel m'attendait, bras croisés, appuyé contre sa moto. Et il ne bougea pas alors que je m'avançais vers lui, cambrée, les épaules en arrière. Plus la distance se réduisait entre nous, plus nos yeux se cherchaient.

— J'avais peur de te trouver au fond du gouffre, et tu es…

Il me regarda de haut en bas. Je pris la parole avant lui.

— Je veux profiter de cette dernière soirée. Alors, hors de question de pleurer sur mon sort ni d'en parler. Où allons-nous ?

— Suis-moi.

Nous marchâmes en silence un petit quart d'heure avant de pénétrer dans un restaurant cosy, à l'ambiance feutrée et intime, près du musée Picasso. Un très léger fond musical se faisait entendre : du jazz brésilien, Stan Getz et Gilberto Gil. Gabriel demanda une bouteille de champagne et m'annonça que notre menu était déjà commandé : foie gras sans chichi, simplement accompagné de confiture de figues, coquilles Saint-Jacques, et en dessert, crème brûlée.

— En quelques mois, j'ai eu le temps de t'observer, et rien qu'avec les petits-fours, je connais tes plats préférés.

Je ris et rougis à la fois. Gabriel leva sa flûte.

— À quoi trinquons-nous ?

— À nous.

Les minutes s'égrenaient inexorablement. J'aurais voulu suspendre le temps, j'aurais voulu rester dans ce restaurant, j'aurais voulu ne jamais quitter Gabriel. Ses regards ne trompaient pas, je comptais pour lui, ça me faisait du bien, ça me faisait du mal. Je n'avais pas le choix. La bouteille se vidait tranquillement, mais sûrement. L'ivresse était douce, délassante. Nous n'arrivions pas à tenir une conversation. Un sourire échangé par-ci, par-là, c'était tout. Brusquement, une de ses remarques me déconcerta.

— Tu n'oublieras pas de m'envoyer le faire-part, me dit-il en souriant en coin.

— Faire-part de quoi ?

— Tu ne vas pas tarder à être enceinte, c'est logique.

— Je ne sais pas… peut-être.

Les traits de son visage devinrent sérieux.

— Ça t'ira bien, peu importe le père.

Mon ventre se tordit.

— Ne me dis pas ce genre de chose, s'il te plaît.

— O.K., O.K… Et puis après, tu auras un chien.

— Le cliché !

— Ce qui compte, c'est que tu sois heureuse et que tu continues à créer et à coudre. Reste celle que tu es devenue ici. Au diable ce que Marthe a pu te dire.

— C'est ce qui est prévu.

Je n'y croyais pas. Il demanda l'addition, la régla. Puis il me regarda.

— On y va ?

Ma gorge commença à se nouer. Je me contentai d'acquiescer d'un signe de tête. Gabriel m'aida à enfiler mon imperméable. Comme à son habitude, il me tint la porte.

La distance nous séparant de mon immeuble diminuait. Nous marchions épaule contre épaule. Je devais faire de plus en plus d'efforts pour ne pas pleurer. J'aurais voulu lui dire tellement de choses. J'aurais voulu qu'il sache ce qu'il provoquait en moi, même si je n'en avais pas le droit. J'aurais voulu lui dire de ne pas m'oublier. Gabriel brisa le silence en premier.

— Je vais m'emmerder, maintenant, pendant les soirées.

— Oh, je te connais, tu trouveras vite une autre occupation. Je ne m'inquiète pas pour toi.

Je l'imaginais déjà au milieu de sa cour.

— Tu ne peux pas être sage, c'est toi-même qui le dis, ajoutai-je en le regardant.

— Avec toi, c'était bien d'être désobéissant.

Il me fit un clin d'œil.

— J'ai joué mon rôle de chevalier servant, te voilà arrivée à destination.

On y était. Déjà. Devant la porte cochère. Face à face. Gabriel me sourit, moi, je n'en avais plus la force.

— Je ne suis pas près de te revoir, constata-t-il.

Je secouai la tête. Il ne souriait plus, il ne riait plus.

— Iris, je…

Il s'ébouriffa les cheveux.

— Tu vas me manquer, le coupai-je. Plus que tu ne l'imagines.

Ce fut plus fort que moi, je me jetai dans ses bras. Je me nichai contre son cou, contre lui, contre sa peau. Il me serra fort et enfouit son visage dans mes cheveux.

— Je ne veux pas te laisser, lui murmurai-je.

— Je sais…

Il se redressa, je me détachai de lui. Il prit mon visage entre ses mains. Elles étaient douces. Je posai les miennes sur les siennes et les caressai. Avec son pouce, il essuya mes traîtresses de larmes qui coulaient toutes seules, il souffla doucement sur ma peau pour dégager mes cheveux. Il sourit tristement.

— Ça aurait été bien, même très bien, me dit-il.

— Je crois.

Il soupira et riva son regard au mien.

— On a réussi à voler beaucoup de moments extraordinaires, et ce n'était pas prévu au programme... mais on sait aussi que c'est impossible entre nous. Tu as ta vie, j'ai la mienne. On a plutôt de la chance tous les deux, chacun dans son style.

Il me reprit dans ses bras. Je nichai à nouveau mon visage dans son cou pour m'imprégner de lui, de son parfum.

— Iris, il faut que tu rentres chez toi, sinon, on ne va pas y arriver.

Je le lâchai, il posa son front contre le mien. Nous nous regardâmes dans les yeux. Notre respiration s'accéléra. Gabriel posa ses lèvres quelques secondes sur les miennes. Je frissonnai des pieds à la tête.

— Je prends juste le goût de tes lèvres.

Il recommença, et je pressai ma bouche contre la sienne. Il mit fin à notre chaste baiser.

— Rentre auprès de ton mari.

Je m'arrachai à lui.

— Gabriel, je...

— Chut...

J'ouvris la porte, lui jetai un dernier regard et pénétrai dans la cour. Une fois seule, je m'écroulai le dos contre la porte. Je venais de laisser une partie de moi sur le trottoir. Le bois trembla. Un coup venait d'être porté. *Mon Dieu, faites qu'il s'en aille*, pensai-je, sinon je ne tiendrai pas. Après ce qui me sembla une éternité, la moto démarra. Gabriel partit en trombe.

Cinq minutes passèrent avant que je prenne le chemin de l'ascenseur en titubant. J'étais ivre de tristesse, le sentiment de gâchis, de culpabilité me donnait le vertige. Je resterais coupée en deux à vie. L'Iris de Pierre. L'Iris de Gabriel. Deux hommes, deux amours. Je rirais au nez de quiconque me dirait que l'on ne peut aimer deux personnes à la fois. Si, c'était tout à fait possible. Sauf qu'on n'aimait pas de la même façon. Avec Pierre, c'était un amour routinier, rassurant. Avec Gabriel, un amour explosif, sur le fil, un amour en terre inconnue. Ses lèvres n'avaient pas déclenché le sentiment de sécurité que me procuraient celles de Pierre. Elles m'avaient fait vibrer comme j'ignorais que ce fût possible, et j'y avais à peine goûté.

Arrivée dans mon studio, je balançai mes chaussures et me couchai sans me déshabiller. Je me mis en boule. J'allais pleurer toute la nuit s'il le fallait sur mon amour perdu, mon amour impossible. Demain, à mon réveil, j'enfouirais Gabriel au plus profond de mon cœur. Je conserverais son souvenir, les moments passés ensemble précieusement. Un peu comme un trésor.

9

Comme prévu, Pierre m'attendait sur le quai de la gare le lendemain matin. Il attrapa mes valises pour m'aider à descendre du train. Puis il me serra dans ses bras. Cette effusion en public n'était pas son genre.

— Je suis tellement heureux que tu sois là, me dit-il avant de m'observer de longues secondes. Tu as l'air fatigué...

Je passai ma main dans mes cheveux.

— Je me suis couchée tard hier soir.

— Dernière soirée parisienne ?

— Exactement. On rentre à la maison ?

En arrivant chez nous, je découvris un énorme bouquet de roses dans le séjour. La maison était nickel ; chaque chose à sa place. Ça ne me fit ni chaud ni froid. Je remerciai Pierre en l'embrassant et allai à l'étage commencer à vider mes valises. Il ne me suivit pas. Des larmes me montèrent aux yeux et coulèrent sur mes joues. Je tamponnai ma peau pour en effacer les traces. Je soufflai un grand coup, regardai en l'air.

Rien à faire. Elles coulaient de plus en plus vite, de plus en plus fort. J'entendis Pierre monter l'escalier. Je me précipitai dans la salle de bains et m'aspergeai d'eau froide.

— Que veux-tu faire aujourd'hui ? me demanda-t-il en me rejoignant.

Je lui tournai le dos et saisis une serviette de toilette.

— Je ne sais pas, lui répondis-je la voix légèrement rauque et toujours dissimulée dans la serviette-éponge.

— Tu veux installer le grenier ? Te reposer ? Prendre l'air ?

Il était impératif que je me ressaisisse.

— Prendre l'air, c'est une bonne idée. Je m'occuperai de mon installation demain. Profitons de notre journée en tête à tête…

Tout en continuant à lui tourner le dos, je m'entraînai à sourire et me dis que tout allait bien dans le meilleur des mondes.

Debout sur le seuil de la maison, je fis un signe de la main à Pierre, qui partait en voiture pour sa journée de travail à l'hôpital. J'attendis qu'il eût disparu et rentrai. J'étais seule. Dans le silence. Il me fallut plus d'une heure pour débarrasser la table du petit déjeuner et retaper notre lit. Après avoir zoné tant que je le pouvais, je ne trouvai plus d'excuse, je n'avais plus le choix. Je montai au grenier. Pierre avait eu la gentillesse d'aérer la pièce, pas la moindre odeur de renfermé. Je m'assis devant ma vieille compagne. Il faudrait m'y faire, je n'avais plus de superbe machine professionnelle comme à l'atelier.

Je conservai la même position toute la matinée, sans même poser les mains sur la Singer.

À midi, je descendis à la cuisine me faire un sandwich. En le mangeant, je vérifiai mon téléphone : pas le moindre appel, pas le moindre message. Plus de Marthe. Plus de clientes. Plus de Gabriel.

L'après-midi, je me donnai un coup de fouet. Si je voulais coudre, il me fallait du tissu, pas des vieilles chutes. Évidemment, le choc fut à la hauteur de l'écart entre la réserve de Marthe et le stock de Toto Soldes. Je me dis que j'avais bien trop vite pris goût au luxe et au raffinement. Je finis par trouver quelques étoffes correctes et rentrai chez moi.

Le lendemain, je téléphonai à Philippe. Je voulais des nouvelles de mes commandes laissées en suspens. Il ne me répondit pas, pas plus que les filles. Par acquit de conscience, je cherchai dans les Pages blanches les numéros de téléphone de mes clientes ; elles étaient toutes sur liste rouge.

Les trois semaines suivantes furent les plus longues de toute ma vie. Je débutais ma journée en laissant un message à Philippe, en vain. Je ne cherchai plus à contacter les filles, je ne voulais pas leur créer d'ennuis avec Marthe. Tout le monde m'avait tourné le dos. Je reçus quelques appels d'amies qui avaient besoin d'un ourlet, d'une reprise de taille postgrossesse. Rien de bien transcendant. Je les incitais à venir découvrir ce que je pouvais leur proposer comme modèles, elles reportaient toujours à plus tard, « Quand l'occasion se présentera, je penserai à toi », me disaient-elles.

Une phrase de Marthe revenait continuellement :
« Penses-tu sincèrement t'épanouir en faisant des ourlets et des jupes droites pour le troisième âge toute
ta vie ? »

Telle une *desperate housewife*, je comptais les
heures en attendant le retour de Pierre chaque soir.
Je l'accueillais toujours le sourire aux lèvres. Je
n'avais rien à lui reprocher. Comme s'il avait fait
le grand ménage de ses défauts et décidé d'être un
autre homme : plus jamais il ne rentrait à des heures
indues, s'il prenait une garde, il me prévenait le plus
tôt possible, il se limitait aux astreintes obligatoires ;
il me faisait de la pub auprès de ses collègues, des
infirmières. Les week-ends, il les passait à la maison
avec moi. Il faisait des projets de vacances, d'esca-
pades. Et il parlait de plus en plus souvent de notre
futur bébé. Je me disais que je n'en voulais pas pour
le moment. Je gardais ça pour moi et repoussais le jour
où j'arrêterais ma pilule. Je sentais qu'il m'observait.
Surtout le soir, lorsque nous regardions la télévision
et que nous n'avions rien à nous dire. Il honorait à
nouveau son devoir conjugal. Cependant, chaque fois
que nous faisions l'amour, je devais combattre les
flashs ; je pensais à Gabriel. À tel point qu'au moment
de jouir je ne savais jamais si c'était le corps de
Pierre ou le souvenir de Gabriel et de ses lèvres qui
déclenchaient mon plaisir. Gabriel... De lui, en réalité,
il ne me restait rien. Comme si je ne l'avais jamais
connu, comme s'il n'avait jamais fait partie de ma vie.
Les rares fois où je sortais me balader en ville, si je

croisais un homme qui portait Eau Sauvage, je sniffais l'air ambiant, cherchant désespérément à raviver son souvenir. Invariablement, je me disais que j'étais stupide. Cent fois, je repassai notre scène d'adieux dans ma tête. Et une seule conclusion s'imposait : il ne m'avait pas retenue.

Au-delà de Gabriel, c'était toute ma vie parisienne qui me manquait. L'adrénaline des commandes, les bruits de l'atelier, les filles, les machines, les clientes qui riaient et bavassaient, les réceptions, les vernissages, les courses en taxi, les chaussures vertigineuses. Et Marthe. Je ne savais plus coudre sans elle. Elle m'avait révélée. Elle était mon inspiration. Elle m'avait tout repris.

Je craquai un soir au retour de Pierre. Il me trouva en larmes devant ma machine à coudre. Le grenier était en chantier : des bouts de tissu dispersés aux quatre coins de la pièce, des essais de robes à même le sol. Rien de fini. Rien d'abouti.

— Iris, mon dieu, que s'est-il passé ici ? me dit-il en se précipitant vers moi.

— Je n'ai rien à faire, je n'y arrive plus, lui répondis-je en hoquetant.

— Marthe ne t'envoie pas de commandes ?

Je n'avais pas voulu lui raconter ce qui s'était passé, mais cette fois, je n'avais plus le choix.

— Elle m'a virée.

En omettant sa part de responsabilité dans l'affaire, j'expliquai à Pierre que tout était fini.

197

— Et ce Gabriel ? Il ne peut pas faire quelque chose pour toi ?

— Non, lui répondis-je simplement.

— Je te l'avais dit au tout début, je t'avais mise en garde, ces gens-là ne sont pas dignes de confiance. Tu as tout fait selon leur bon vouloir, et voilà où tu en es.

Il me prit dans ses bras et me serra fort. Puis il passa la soirée à me remonter le moral, à chercher des solutions pour me faire connaître. Il me répéta combien il croyait en moi, qu'il me soutenait, et qu'un jour ou l'autre je percerais chez nous.

Ce soir-là, nous sortions. Nous étions invités à dîner chez des amis. Je m'étais préparée en attendant Pierre. Préparer était un bien grand mot : j'avais simplement troqué mes Converse pour des escarpins honteusement bas au goût de Marthe. Lorsque Pierre passa me prendre, il me fit part de son étonnement après que je fus montée en voiture.

— Je pensais que tu allais en profiter pour mettre une de tes merveilles.

— Ce n'est qu'un dîner chez des amis. Je n'allais pas m'endimancher.

Je soupirai et regardai par la vitre. Il n'y avait pas grand-chose à voir, il faisait nuit noire.

— Ma chérie…

Je levai la main pour le faire taire.

— Ça fait cent fois que je te le demande, ne m'appelle plus comme ça, s'il te plaît.

— Pourquoi ?

Parce que Marthe m'appelle – m'appelait – comme ça.

— Je te l'ai déjà dit, on croirait ton père.

— Mon amour, ça t'irait ?

Je le regardai et lui fis un sourire que je savais triste et désabusé.

— Ça ne te ressemble pas.

Nous venions de nous garer devant la maison de nos hôtes. Il posa sa main sur ma joue.

— Je m'inquiète, tu as l'air si triste.

— Tout va bien, ne t'en fais pas.

— Passe à autre chose, s'il te plaît. Retrouve ton sourire. Cette femme ne va pas te détruire. Tu existes sans elle, le talent, tu l'avais avant de la rencontrer, elle t'a aidée, certes, mais tu sais coudre seule. Et ta vie est ici, avec moi.

— Promis.

La soirée fut sympathique, mais je ne faisais que de la figuration, je le savais. Nous rentrâmes chez nous en silence. L'inquiétude de Pierre était palpable, son agacement naissant, aussi.

La journée du lendemain, je décidai de me ressaisir. Pierre ne méritait pas ce que je lui faisais vivre depuis mon retour. J'étais revenue à la maison parce que je le voulais, parce que je désirais vivre avec lui, pour sauver notre couple. J'avais fait le choix de la raison. Et contrairement à lui, qui avait su se remettre en question – il en faisait même un peu trop –, moi, je stagnais. Pire, je régressais. J'étais dans un état encore plus lamentable qu'à la grande époque de la banque. Mon devoir aujourd'hui était de lui montrer que j'étais heureuse d'être avec lui, à la maison, que j'étais devenue une guerrière. Je tirai un trait ferme et définitif sur mon aventure parisienne ; j'allais lui annoncer que j'arrêtais ma contraception. Je ne pouvais pas reculer plus longtemps.

La matinée me suffit pour me confectionner une jolie robe noire. Je retrouvai l'inspiration, seule. La seconde étape fut la cuisine : je fis un tour express chez le boucher, le pâtissier et le primeur, et je préparai un carpaccio de bœuf, son plat préféré. Ensuite, je m'enfermai dans la salle de bains. Tout y passa : épilation, gommage, soin du visage. J'allais être la femme fatale de mon mari ; j'enfilai la plus belle lingerie que Marthe m'avait offerte, porte-jarretelles compris. J'étais ravie du résultat de mon travail du jour : la robe était parfaite, sobre, discrète. J'eus un coup au cœur en chaussant mes stilettos. Je me forçais à me dire que je ne trahissais pas Gabriel. J'avais ma vie, il avait la sienne. Dernière étape : je dressai un joli couvert avec notre vaisselle de mariage, allumai des chandelles, mis le vin à décanter dans une carafe. Il ne manquait plus que Pierre.

J'entendis sa voiture se garer devant chez nous. Je partis allumer la chaîne hi-fi et lançai le nouvel album de Lana Del Rey. Ces derniers temps, j'écoutai en boucle *Summertime Sadness*. Cinq minutes passèrent, Pierre n'était toujours pas là. Je sortis par la porte de la cuisine, qui donnait sur le jardin. J'aperçus sa silhouette dans la pénombre ; il était au téléphone. J'espérais de tout cœur que ce n'était pas l'hôpital qui le rappelait pour une urgence. Tous mes plans tomberaient à l'eau et je doutais de ma capacité à recommencer. Quelque part au fond de moi, je savais que c'était la soirée de la dernière chance. J'avais besoin de savoir si j'avais fait le bon choix, si je me sentais à ma place… Je devais en avoir le cœur net. J'avançai discrètement et entendis la voix de mon mari.

— Bien sûr que tu me manques… C'est ma faute… J'aurais dû tout arrêter dès le début, il y a un an… ne pas te faire attendre… Je n'ai pas pu…

J'avais mal compris. C'était forcément ça. À qui et de quoi parlait-il ?

— Je sais qu'on était bien…. Non… je ne t'ai jamais dit que je quitterais Iris…

Je plaquai ma main sur ma bouche. Le sang reflua de mon visage. Je chancelai.

— Jette les affaires que j'ai oubliées chez toi… Je ne vois pas comment je pourrais venir les récupérer… Non, il vaut mieux qu'on ne se voie plus… Ce serait trop dur… Je dois raccrocher maintenant… Je t'aime aussi… ça ne change rien…

Pourquoi ne m'étais-je pas bouché les oreilles ? Je ne voulais pas avoir entendu cette horreur ; ces mots qu'il ne me disait plus, et que je m'étais interdit même de penser pour Gabriel. Je marchai à reculons vers la maison. Je dus reprendre mon souffle en m'appuyant au chambranle de la porte. Puis je longeai le mur, sans le lâcher, pour retourner dans la cuisine. Mon chemin de croix se termina près du plan de travail. Une migraine épouvantable se déclencha ; j'avais l'impression qu'on me donnait des coups de marteau sur le crâne. Mes yeux fixaient le vide, je cherchais l'air, la rage me coupait la respiration.

— Mon amour, excuse-moi, j'étais au téléphone avec l'hôpital.

Il se cala derrière moi et posa ses mains sur mon ventre. Je les scrutai avec défiance. Combien de fois ces mains avaient-elles touché le corps d'une autre ? Et là, il voulait me faire un enfant, à moi ? Tous ces derniers mois, cette dernière année, j'avais cru que l'hôpital était mon ennemi, était sa maîtresse. Non, celle-ci était de chair et d'os. Toutes les fois où j'avais quémandé son attention, il m'avait humiliée, me faisant passer pour une idiote qui cherchait des histoires où il n'y en avait pas. Il s'envoyait en l'air alors que moi, j'avais lutté de toutes mes forces contre mes sentiments pour Gabriel, pour rester dans le droit chemin, pour lui rester fidèle. Il m'embrassa dans le cou. J'eus envie de vomir.

— Ça va ? me demanda-t-il.

Je hochai la tête, j'avais peur de parler, peur de ne pouvoir m'arrêter.

— Tu es belle ce soir. Une occasion particulière ?

— Oui, réussis-je à articuler.

Je me dis qu'il fallait que je tienne le choc, que j'assure le spectacle encore quelques minutes. Pour voir jusqu'où il était capable d'aller. Je me détachai de lui et évitai son regard.

— On passe à table ?

— Avec plaisir, me répondit-il, tout sourire, avant d'embrasser mon front.

Je ne mangeais pas. Je ne buvais pas. Je le fixais. Combien de temps allait-il mettre à se rendre compte que quelque chose clochait ? Vu son coup de fourchette, il semblait apprécier mon carpaccio. Il avait raison d'en profiter, parce que c'était la dernière fois. Il finit par lever le nez de son assiette.

— Tu ne manges pas ? Tu ne te sens pas bien ?

— Non, il y a un truc qui me reste en travers de la gorge.

Il fronça les sourcils.

— Tu as un problème ?

— Oui.

— Je peux t'aider ?

J'éclatai de rire, j'étais pliée en deux. Et puis, d'un coup, les larmes jaillirent. Je frôlais l'hystérie.

— Iris, mais qu'est-ce qui t'arrive ?

Il prit le temps de s'essuyer la bouche avant de venir à côté de moi. Il voulut poser sa main sur mon épaule.

— Ne me touche pas avec tes sales pattes !

Je me levai d'un bond et plantai mes yeux dans les siens. Il se recula, devint plus pâle que la mort, serra les poings et émit un long soupir.

— Merde, dit-il.

— C'est tout ce que tu trouves à dire ?

— Non... euh... C'est fini, je te promets... Je sais que j'ai fait une connerie.

— Une connerie ! hurlai-je. Une connerie qui a duré plus d'un an !

— C'est pas vrai... tu as tout entendu...

— Tu es incroyable... Tu n'essayes même pas de nier... Tu n'es qu'un salaud ! Comment ai-je pu être aussi stupide ? Je gobais tous tes bobards, l'hôpital par-ci, les malades par-là, alors que tu allais voir ta pétasse.

Je le bousculai. Il se laissa faire.

— Excuse-moi.

— Tu te fous de moi ? (Je le tapai encore une fois.) Il n'y a aucune excuse à ça. Tu me dégoûtes, toi et ton éducation à la con. Ah, ils sont beaux les cathos pratiquants ! J'avais déjà des cornes quand je suis partie pour Paris, ça a dû t'arranger que je m'en aille. Tu pouvais t'envoyer en l'air quand tu le voulais sans avoir à trouver des excuses. Merde ! Pourquoi tu ne m'as pas quittée à l'époque ?

Son silence me donna des envies de meurtre.

— Ah, tu ne sais pas quoi répondre ! Je vais le faire à ta place. Tu ne m'as pas quittée parce que tu n'es qu'un trouillard, tu n'as pas de cran. Tu as eu peur pour ta réputation. Le beau médecin à la carrière ascendante qui trompe sa femme, ce n'est pas joli dans le tableau. Et puis, tu as dû penser à tes parents, si fiers de leur fils. Que penseraient-ils de toi s'ils savaient ? Alors le salopard que tu es a préféré me mettre ça sur le dos, se foutre de ma gueule auprès de tout le monde avec la couture, me faire passer pour la godiche de service. Tu as continué à me trahir pour ton plaisir et ton confort. Parce que tu n'es qu'un lâche !

Les mots sortaient de ma bouche, tels des crachats. J'arpentais la pièce de long en large, à droite, à gauche, de façon totalement décousue ; un lion en cage. Jamais je n'avais ressenti autant de violence en moi. Il se prit la tête entre les mains, prêt à s'arracher les cheveux.

— Pardonne-moi, s'il te plaît.

— Tout est terminé ! criai-je.

Je levai les poings, les serrai. Je voulais le frapper encore, lui faire mal.

— Laisse-moi me racheter.

— Tu viens de foutre ma vie en l'air !

J'étais essoufflée à force de hurler. Je devais évacuer ma haine, mes regrets.

— Pour toi, j'ai renoncé à ma carrière avec Marthe, j'ai renoncé à cette vie que j'adorais à Paris. J'ai tout perdu par ta faute.

— J'en étais sûr...

Il reprit de sa superbe, se permit même un ricanement.

— Tu as couché avec Gabriel, ce baiseur de première.

Je le giflai de toutes mes forces.

— Je t'interdis de parler de lui comme ça, crachai-je. Il m'a plus respectée que toi, tous ces derniers mois. Oui, j'aurais pu coucher avec Gabriel. Mais je ne l'ai pas fait, parce que je t'aimais encore, que je voulais encore croire en nous, et lui... lui, il a respecté ça.

Pierre sembla sonné.

— Ça t'étonne ?

— Quand je suis venu à Paris, j'ai vu comment il te regardait, et toi, je ne te reconnaissais pas. C'est devenu limpide pour moi, ce type était ton amant.

Il me donnait la nausée.

— Tu es pitoyable. Tu as cru que je couchais avec un autre, et tu m'as demandé de rentrer à la maison !

Tu n'as aucune fierté. À moins que tu ne te sois fait larguer ?

Je vis des larmes rouler sur ses joues. Je n'avais aucune pitié pour lui.

— Au mariage, j'ai compris que j'étais en train de te perdre, et que c'était toi la femme de ma vie… renifla-t-il. Quand je t'ai laissée le lendemain matin, je suis allé rompre avec elle.

— Tu veux peut-être que je te remercie ?

— Et après, quand je t'ai vue avec lui, je me suis dit qu'on était sur un pied d'égalité, qu'on était sortis de la route, mais qu'on pourrait réparer les choses ensemble.

— Comment peux-tu croire que c'est réparable ?

Mes épaules s'affaissèrent. Une grande lassitude m'envahit.

— Je ne sais pas pourquoi tu m'as trompée… Pour le cul, par ennui ou parce que je ne te plaisais plus… Je m'en moque, en fait. Notre mariage est une imposture depuis bien longtemps.

Je jetai un coup d'œil à ma jolie table, je soufflai les bougies et pris la direction de l'escalier.

— Iris, qu'est-ce que tu fais ?

Il courut vers moi, m'attrapa par le bras et me fit pivoter vers lui. Je le fusillai du regard.

— Je vais dormir dans le grenier, je te laisse le lit, parce que j'imagine que tu l'as amenée ici.

Son silence valait toutes les réponses. Je me dégageai brutalement de son emprise.

— Je pars demain.

— Tu ne peux pas…

— Si, je peux. Maintenant, je peux. Tu m'as rendu ma liberté.

— Tu vas chez tes parents ?

J'éclatai de rire. Un rire nerveux, mauvais. Si je ne l'étais pas encore, je deviendrais une paria pour eux. Depuis quelques minutes, je n'avais plus de famille, définitivement.

— Mais tu es vraiment devenu con !

— Tu vas retrouver ce gigolo ? insista Pierre.

— Ça ne te regarde pas.

Je gagnai l'étage. Je ne savais plus qui j'étais. Je ne savais plus où j'habitais. Je n'avais jamais été aussi seule de toute ma vie. Un voyeurisme morbide me poussa malgré moi à pénétrer dans notre chambre. Je me figeai devant le lit. Un premier haut-le-cœur. Un second. J'eus tout juste le temps de me pencher au-dessus des toilettes. L'acidité de la bile ne faisait que rajouter à la sensation de douleur. Oui, j'avais mal au plus profond de moi. Une fois les vomissements passés, je m'examinai dans le miroir. Ce n'était pas très beau à voir. Je me démaquillai. Ensuite, je revins dans notre – leur – chambre, sortis mes valises du placard. Pierre était là, le visage défait, muet. J'empilai mes affaires n'importe comment, bouclai mes sacs et les mis sur le palier. Je retournai dans la salle de bains et m'y enfermai. Je pris une douche puis enfilai un jean et un pull. En sortant de la pièce, je vis que Pierre n'avait pas bougé, il était paralysé. Je passai devant lui sans un mot, montai au grenier et me mis en boule sur un vieux canapé. Je pleurai toute la nuit. Je me sentais humiliée, trahie et extrêmement bête. J'aurais dû sentir que le nouveau Pierre sonnait faux. J'avais fait l'autruche. Je n'avais pas voulu voir l'évidence. J'avais préféré me réfugier dans le cocon et la sécurité de mon mariage, qui n'en était plus un mais qui était la seule chose que je connaissais. Quelle meilleure excuse que le respect des convenances – convenances que j'exécrais – pour refuser de me mettre véritablement en danger ?

Le lendemain matin, j'étais tellement groggy que, pour descendre mes valises, je les fis dégringoler l'escalier à coups de pied jusqu'au rez-de-chaussée. Ensuite, je les traînai dans l'entrée. J'y découvris Pierre, assis par terre contre la porte, les yeux rougis par les larmes. Il avait pris dix ans dans la nuit. Je devais en être au même point. Je commandai un taxi pour la gare, et l'attendis, adossée au mur de l'entrée à côté de celui que je considérais déjà comme mon ex-mari.

— Ne pars pas... Je t'aime, Iris.

— Il fallait y penser avant.

— Tu ne m'aimes plus, c'est ça ?

— Non, et... ça ne date pas d'hier, je refusais simplement de me l'avouer.

— Et lui, tu l'aimes ?

Je levai les yeux au ciel pour dissimuler mes larmes.

— Réponds-moi.

Je le dévisageai. Des images de notre rencontre, de notre mariage, des derniers moments passés ensemble, se heurtaient à celles des instants volés avec Gabriel. Je savais avec qui j'avais été heureuse et véritablement moi-même ces derniers mois. Si je n'avais pas appris que Pierre me trompait, j'aurais pu me contenter de cette vie insipide, fausse, et renoncer à Gabriel. Je me serais reniée. Plus maintenant.

— Oui, je l'aime.

J'entendis un coup de Klaxon.

— Laisse-moi passer, mon taxi est là.

Il se leva et se décala ; il ne se battait pas. Je demandai de l'aide au chauffeur pour porter mes valises, puis je retournai auprès de Pierre. Je n'avais jamais accordé d'importance à mon alliance ni à ma bague de fiançailles, je n'en avais jamais eu grand-chose à faire en réalité, c'étaient les traditions de Pierre et de sa famille, et le rêve de mes parents. Sauf qu'aujourd'hui, elles pesaient le poids d'un âne mort sur mon doigt, elles me faisaient mal. Je les retirai, pris la main de Pierre et les déposai au creux de sa paume. Un dernier regard, et je montai en voiture.

Quelques heures plus tard, j'étais dissimulée au fond de la brasserie en face de l'immeuble de Marthe. Je n'étais pas prête à affronter Gabriel, et peut-être son rejet. Comment prendrait-il le fait que je revienne après avoir découvert l'adultère de Pierre ? L'instant de nos au revoir avait été intense, mais j'étais partie, je lui avais tourné le dos. Et une fois de plus, je me rappelai cette phrase qui me hantait : « Rentre auprès de ton mari ». Au bout du compte, lui non plus ne s'était pas battu pour moi. Bien que sa moto ne soit pas là, j'attendis que la nuit tombe. Je vis tous ses collaborateurs partir les uns après les autres. Lorsque plus aucune lumière n'éclaira le premier étage, je pris mon courage à deux mains. J'allais ramper aux pieds de Marthe s'il le fallait, pour qu'elle me reprenne.

Devant la porte cochère, je priai de toutes mes forces pour que le code n'ait pas changé. Le signal sonore m'arracha un rire nerveux. J'abandonnai mes valises dans l'entrée de l'immeuble, pris l'ascenseur et gagnai le cinquième étage. Je m'apprêtais à jouer ma vie dans les prochaines minutes. Arrivée à destination, j'hésitai plusieurs secondes avant de sonner ; je n'avais pas répété mon discours. Mon doigt donna juste un petit coup. La porte s'ouvrit sur Jacques.

— Que faites-vous ici, Iris ? me demanda-t-il en chuchotant.

— Euh…

Je commençai à pleurer.

— Répondez vite, je vous en prie !

Pourquoi semblait-il paniqué ?

— Marthe… je veux Marthe.

— C'est impossible.

Il avait l'air désolé.

— Dites-lui au moins que je suis là, s'il vous plaît.

— Que se passe-t-il enfin ?

Ce n'était pas le majordome qui avait posé cette dernière question, mais cette voix traînante qui m'envoûtait tant. Le son de ses talons aiguilles déclencha une nouvelle salve de larmes.

— Marthe… c'est…

— Iris, que fais-tu ici ?

Nous nous regardâmes. Elle était encore plus belle et sculpturale que dans mon souvenir.

— Je t'avais pourtant dit…

Elle s'interrompit brusquement, son regard perçant m'inspecta. Je devais tellement la décevoir : mal fagotée, pas coiffée, pas maquillée, en baskets.

— Marthe... s'il vous plaît... pardonnez-moi. Vous avez toujours eu raison, j'aurais dû vous écouter.

Elle me scruta de longues secondes. Je frissonnais de peur, de fatigue.

— Entre.

Elle tendit la main vers moi, je lui donnai la mienne sans la lâcher des yeux. Je m'écroulai dans ses bras, la tête sur sa poitrine. Me gardant contre elle, elle me guida dans le couloir. Soudain, elle s'arrêta. De sa main libre, elle leva mon menton.

— Ma chérie, je te garde avec moi cette nuit.

— Je n'ai nulle part ailleurs où aller.

— Tu t'installes ici. Mais... tu n'as pas de valises ?

— Je les ai laissées en bas, de peur que vous ne vouliez pas de moi.

— Allez chercher les affaires d'Iris, ordonna-t-elle à son majordome. Et installez la chambre d'amis.

— Laquelle ?

— Voyons, Jacques, s'agaça-t-elle, l'ancienne chambre de Gabriel ! Dépêchez-vous, il faut préparer un repas pour Iris.

— Ne vous embêtez pas, les coupai-je, je mangerai plus tard ou demain.

— Ma chérie, tu vas m'obéir à partir de maintenant, c'est pour ton bien.

— Merci, murmurai-je en reniflant.

Elle me guida jusqu'à la table de la salle à manger. Je m'assis. Elle s'installa en face de moi. J'allais ouvrir la bouche pour lui expliquer ce revirement...

— Plus tard, m'ordonna-t-elle.

Jacques devait avoir le don d'ubiquité ; dix minutes plus tard, il déposa une salade composée devant moi. Il servit son gin à Marthe et lui tendit son porte-cigarette, qu'elle alluma. Je picorai sous sa surveillance. Lorsque j'eus fini, elle se leva.

— Je vais te montrer ta chambre.

— Très bien.

Je la suivis et, pour la première fois, je découvris l'étage de son duplex. Elle s'arrêta devant une porte close.

— Ma chambre est ici, m'apprit-elle.

Nous allâmes jusqu'à l'autre bout du couloir.

— Voici la tienne.

Je pénétrai dans ce qui allait devenir ma chambre. Une pièce aux murs clairs, un grand lit dont le linge était d'un blanc immaculé. Et toujours, comme dans chaque pièce, de lourds rideaux en velours noir. Mes valises avaient été défaites. Chacun de mes vêtements, chaque paire de chaussures avait trouvé sa place dans le grand dressing. Même mes sous-vêtements étaient rangés. J'en étais à un tel point de chaos dans ma tête qu'il ne m'effleurait pas l'esprit d'en être gênée. Ma dernière découverte : la salle de bains, d'une modernité et d'une sobriété remarquables. « Un cinq étoiles *all inclusive* », m'avait-il dit. Ce détail, loin d'être insignifiant, me revint en mémoire.

— Vous disiez que c'était la chambre de Gabriel ?

— Il y a bien longtemps…

— Comment va-t-il ?

— Égal à lui-même, ma chérie. Gabriel est incorrigible. Il m'épuise.

— Qu'a-t-il fait ?

J'eus peur. Peur de découvrir une réalité dont je ne faisais plus partie.

— Il ne sait plus se tenir ces derniers temps, je ne supporte plus de devoir repasser après lui pour ménager des maîtresses bafouées. Je l'ai envoyé visiter nos clients étrangers avec l'espoir que ça le calmerait…

Je l'imaginai dans les bras d'autres femmes. Ça me faisait mal, parce que j'avais touché du bout des doigts, comme dans un rêve, la sensation de lui appartenir, d'être à lui ; parce que je comprenais qu'aucune femme n'avait le pouvoir de ravir son cœur.

— Ma chérie, que t'arrive-t-il ? Tu es toute pâle.

— Je suis épuisée.

— Couche-toi.

Elle s'approcha de moi, effleura délicatement ma joue de ses lèvres et me laissa seule. Je titubai jusqu'à la salle de bains. Je m'appuyai au lavabo, j'étais défigurée. Je me contentai de me brosser les dents. En guise de pyjama, je gardai ma culotte et enfilai un vieux débardeur.

Bizarrement, je tombai comme une masse. Mais ce sommeil refuge ne dura pas longtemps. Vers 2 heures du matin, je me réveillai en sursaut, saisie par le désespoir. Je sanglotai sous la couette un long moment. La lampe de chevet s'alluma. Je sortis le visage de l'oreiller et découvris Marthe, en pyjama de soie noire, debout à côté de moi. Du plat de la main, j'essuyai mes joues.

— Je ne voulais pas vous déranger, m'excusai-je en me redressant légèrement.

— Je ne dors que très peu.

Elle s'assit près de moi, s'adossa à la tête de lit et caressa mes cheveux d'un geste délicat.

— Il n'est pas difficile d'imaginer ce que t'a fait ton mari. Ne te fatigue pas à me raconter une chose aussi affligeante. Je t'autorise cette nuit de faiblesse. Ensuite, je ne veux plus en entendre parler.

Comment lui dire que je ne pleurais pas à cause de Pierre, mais bien parce que je réalisais que je m'étais bercée d'illusions au sujet des sentiments de Gabriel ? Je levai les yeux, elle me sourit. J'osai m'approcher, je passai mon bras autour de sa taille et me blottis contre elle. Elle sentait bon ; un parfum lourd, capiteux, sensuel. Sa main descendit le long de mon cou, puis se posa dans mon dos. À travers le coton, je sentais sa caresse.

— Que vais-je devenir ?

— Une femme indépendante et puissante.

— J'en suis incapable.

— Tu ne me remettras jamais plus en cause. Je sais ce qui est bon pour toi. Détache-toi des hommes, ils se jouent des femmes, ils profitent de nous, de notre corps.

— Pourtant vous avez dit que Jules…

— Les hommes comme Jules n'existent plus, il faut t'y faire. Tu n'auras pas cette chance-là. Mais je vais t'apprendre à te servir d'eux, à les utiliser pour ton plaisir et à contrôler tes sentiments.

Mon corps se contracta. C'était au-dessus de mes forces, surtout avec Gabriel. Je me serrai plus étroitement contre Marthe. La soie était douce. Mon visage se levait au rythme de sa respiration.

— Dors ma chérie. Dors, je m'occupe de toi.

Je me réveillai seule. Combien de temps Marthe était-elle restée à me bercer contre son sein ? Impossible de m'en souvenir. Le chagrin avait fini par m'emporter dans les limbes du sommeil. Des coups furent frappés à ma porte.

— Entrez, dis-je en me redressant.

Jacques pénétra dans la chambre un plateau dans les mains.

— Bonjour, Iris, petit déjeuner !

— Merci, mais il ne fallait pas.

— Demande de la patronne, me répondit-il avec un grand sourire.

Il déposa son chargement sur le bureau. Au moment de quitter la pièce, il se tourna vers moi.

— Elle m'a chargé de vous dire qu'elle viendrait vous rejoindre dans vingt minutes, elle attend que vous soyez douchée et en peignoir.

— Très bien.

Je venais d'enfiler mon peignoir lorsque Marthe arriva. Elle portait un des premiers tailleurs que je lui avais confectionnés : un tailleur à basques bleu marine. Finalement, elle n'avait pas tout jeté.

— Ma chérie, tu as meilleure mine.

— Merci pour cette nuit.

Elle leva la main.

215

— Je te l'ai dit, considère que c'est de l'histoire ancienne.

Elle se dirigea vers le dressing et en examina le contenu de longues secondes. Elle en sortit une jupe noire entravée, un pull à col en V et un manteau léger de la même couleur.

— Mets ça. Nous avons rendez-vous dans une heure avec mon avocat pour régler ton divorce. Ensuite, nous passerons la journée ensemble. J'ai chargé Jacques d'installer ton nécessaire de travail dans une chambre disponible ici même.

— Je peux retourner à l'atelier, vous savez.

— Non, tu n'es pas prête. Ces petites bécasses t'ennuieraient continuellement avec leurs questions.

Quarante-cinq minutes plus tard, nous sortions de l'immeuble pour nous engouffrer dans un taxi, Marthe me tenait par le coude. Je n'avais pas la prétention de penser que je lui arrivais à la cheville. Cependant, la ressemblance devenait frappante. J'étais aussi brune qu'elle, nous avions à peu de chose près des tenues similaires, les mêmes chaussures, toutes deux dissimulées derrière nos lunettes de soleil de grande marque. Et nous avions la même démarche, elle, naturellement, moi grâce à ses leçons. À défaut de clones, nous aurions pu être prises pour une mère et sa fille. La mienne m'avait déjà reniée à l'heure qu'il était, j'allais profiter de la bienveillance de Marthe.

Son avocat m'annonça qu'il prendrait toutes les dispositions nécessaires pour régler le divorce rapidement, à l'amiable – puisque tel était mon désir, malgré l'esprit de vengeance que Marthe tenta de m'insuffler – et sans que j'aie besoin de rien faire d'autre que de signer des papiers et me présenter le jour de l'audience.

Les jours qui suivirent, une routine se mit en place. Je consacrai la plus grande partie de mon temps à me remettre au travail, assidûment, sérieusement et avec conviction. Je préparais ma première vraie collection automne-hiver. À midi, je grignotais dans la cuisine en compagnie de Jacques – c'était notre petit secret –, Marthe déjeunait chaque jour à l'extérieur pour ses différentes activités. Ces petites pauses m'en apprirent un peu plus sur lui : il travaillait de 7 heures à 21 heures pour elle et habitait à deux rues de là – Marthe les logeait, lui et sa famille –, il occupait cet emploi depuis plus de vingt ans. J'en profitai pour tenter ma chance. Je reçus une fin de non-recevoir ; il ne répondrait à aucune question sur sa patronne. Malgré la frustration, je respectai cette preuve d'honnêteté et de loyauté, et n'abordai plus le sujet. Le soir, si j'avais besoin de me réapprovisionner en matière première, je descendais à l'atelier, mais uniquement lorsqu'il était désert. Marthe m'y rejoignait, mes croquis à la main. Nous passions de longs moments à discuter de la qualité des étoffes. Nous dînions fréquemment au restaurant, toujours en tête à tête. Et lorsque nous rentrions, chacune s'installait dans un canapé du séjour pour lire. Souvent, j'étais distraite par son observation, je levais la tête et surprenais son regard sur moi. Je baissais les yeux la première, gênée d'être l'objet de son attention : je savais qu'elle me détaillait sous toutes les coutures. J'échangeai quelques coups de téléphone houleux avec mes parents et surtout avec Pierre, après qu'il eut reçu des nouvelles de l'avocat ; il n'acceptait pas que je presse autant la fin de notre mariage. Sur le conseil de mon mentor, je ne répondais plus à ses appels. Je ne cessais de penser à Gabriel et à l'instant où nous allions nous revoir, à sa réaction. Je préférais ne pas me confier à Marthe, car les rares fois où j'avais prononcé son prénom, elle s'était crispée d'une façon inexplicable.

Mais le temps me semblait long, et ce havre de paix qu'avait représenté l'appartement de Marthe à mon arrivée se transformait peu à peu en cage dorée. À part elle et Jacques, je ne côtoyais personne. Je vivais comme une convalescente. Autant les premiers jours, j'avais savouré le repos que me procurait Marthe en pensant et en décidant à ma place, autant cela commençait à me peser, à me renvoyer une image de petite fille que je ne pensais plus être.

Plus de deux semaines que je vivais chez Marthe. J'étais derrière ma machine à coudre lorsqu'elle entra dans mon pseudo-atelier. Elle marcha tranquillement vers moi, posa sa main sur mon épaule et en dégagea mes cheveux. Elle effleura mon cou. Ses caresses étaient de plus en plus fréquentes et intrusives. Cette nouvelle intimité me mettait mal à l'aise.

— Comment s'est passée ta journée ?
— Très bien, j'ai avancé sur votre robe.

Je me levai et m'approchai du mannequin où la robe était disposée.

— C'est parfait, je la porterai demain.

Je me retournai d'un coup.

— Demain ?

— J'ai décidé d'organiser un cocktail. C'est pour signer ton retour, tout le monde te verra, et cela relancera ton activité.

Si je n'avais pas eu peur de passer pour une gamine ingrate auprès d'elle, j'aurais poussé un ouf de soulagement. Mais rapidement, l'angoisse monta. Gabriel serait-il là ? Était-il rentré de ses déplacements ? Était-il au courant de ma présence ? Marthe saisit mon menton et le releva.

— À quoi penses-tu, ma chérie ?

— Euh… rien… Enfin si, vous devez essayer votre robe, elle doit être parfaite.

Elle esquissa un petit sourire.

— Elle le sera, comme toi.

Elle afficha un air énigmatique, me saisit par le menton et m'attira à elle, posa ses lèvres à la commissure des miennes et s'y attarda ce qui me sembla une éternité. Puis, elle s'éloigna. Au moment de franchir la porte, elle se retourna, et planta ses yeux dans les miens. J'eus l'impression d'être nue.

— Tu es seule ce soir, je dîne dehors. Nous nous retrouverons demain.

Elle sortit. Et je restai les pieds vissés au sol, perturbée, effarée même. Je n'aimais pas cette bise qui n'en était pas une. C'était un baiser.

10

Lorsque je descendis prendre mon petit déjeuner, je me retrouvai prise dans l'effervescence des préparatifs de la soirée. Je n'y avais jamais assisté de l'intérieur. Dans un autre contexte, j'aurais apprécié de passer la journée à observer, mais je n'avais pas l'esprit à la fête. L'angoisse me tiraillait, la nervosité me rongeait et le trouble ne me quittait pas depuis la veille. Je n'aimais pas le sentiment de méfiance que m'inspirait Marthe. Durant la nuit, il n'avait cessé d'enfler, sans que j'arrive à rationaliser. J'espérais que son attitude aujourd'hui me prouverait que j'avais mal interprété son geste. Et le plus tôt serait le mieux. Dans le cas contraire – je refusais d'y penser –, je n'avais aucune idée de comment réagir. J'en fus pour mes frais en arrivant dans la cuisine, lorsque Jacques m'apprit que, selon ses habitudes, elle était absente chaque jour qui précédait une réception. Ce fut donc à lui que je remis sa robe, comme la toute première fois. Je passai le reste de la journée barricadée entre ma chambre et mon atelier.

Vingt heures. J'entendais les premiers invités. Aucun signe de vie de Marthe. Mon estomac était noué. Gabriel viendrait-il ? Était-il déjà là ? Je venais de finir de me maquiller et de me coiffer, mes cheveux étaient relevés en chignon bas. Uniquement vêtue de mon string, je m'approchai de mon dressing et l'ouvris. Premier souffle, je mis mes stilettos. Second souffle, je retirai du cintre ma robe rouge. Troisième souffle, je l'enfilai. Et dernier souffle, je m'observai dans le miroir. Si mes souvenirs étaient justes, Gabriel ne m'avait jamais autant désirée que lorsqu'il avait assisté à la séance d'essayage de cette robe. Mon seul espoir, ma seule attente, était de réveiller son intérêt et son attirance pour moi. Pour la suite, on verrait plus tard…

J'étais prête. Je sortis de ma chambre et pris le couloir pour rejoindre le rez-de-chaussée. Jacques était en bas de l'escalier. Il me sourit gentiment en me voyant.

— Iris, vous êtes la plus belle femme de la soirée.

— Merci, Jacques, mais vous savez aussi bien que moi que c'est faux.

— Elle vous attend…

— J'y vais.

J'inspirai profondément.

— Si vous avez besoin de quelque chose ce soir, je suis là, me dit-il.

Je lui souris en guise de remerciement. Puis je m'avançai vers ce que je considérais comme mon grand retour dans la civilisation.

Lorsque j'entrai dans le grand salon, plusieurs têtes se tournèrent. Certains invités, visiblement déconcertés par ma présence, mirent du temps à répondre aux salutations que je leur envoyai. Comme s'ils voyaient une revenante. Gabriel brillait par son absence. Je sentis le regard de Marthe sur moi avant même de la repérer, et m'avançai vers elle. Elle souriait, victorieuse ; elle avait retrouvé son élève. Je me tins face à elle, nous restâmes de longues secondes à nous dévisager. Puis elle s'approcha et posa ses lèvres sur ma joue.

— Parfaite, comme je te l'avais dit.

— Merci, Marthe.

Nous reprîmes nos habitudes. Je cherchai dans chacun de ses gestes, chacune de ses paroles, une signification, une indication qui m'aurait échappé jusque-là. Elle me tenait par le coude et moi, je l'écoutais parler à ses invités. Rien d'anormal. Je ne prenais la parole que lorsque je sentais le moment venu de proposer des rendez-vous pour découvrir la nouvelle collection en préparation. Là non plus, rien ne sortait de l'ordinaire…

Une ancienne cliente manifesta son impatience.

— Quel jour puis-je passer à l'atelier ?

Je bredouillai et regardai Marthe. J'allais lui demander l'autorisation, comme une enfant.

— Puis-je retourner y travailler ?

— Bien sûr, ma chérie, l'atelier est à toi.

Je ne profitai pas de cette merveilleuse nouvelle. Gabriel venait de pénétrer à son tour dans le grand salon. De loin, je trouvai qu'il avait maigri, en tout cas, son visage paraissait émacié. Quelque chose en lui avait changé. Ce n'était plus le chien fou que je connaissais, sa nonchalance séductrice avait disparu.

Ma respiration s'accéléra. Mon corps se tendit imperceptiblement vers lui. Comme dans un brouillard, j'entendis Marthe m'appeler.

— Iris !

— Pardon, excusez-moi, je…

J'eus l'impression de me réveiller et me souvins de la cliente.

— Euh… vous disiez… Ah oui… Passez la semaine prochaine, j'aurai eu le temps de me réinstaller à l'atelier. Je serai heureuse de vous accueillir.

Je jetai un coup d'œil à Marthe, elle semblait furieuse. Je me recroquevillai.

— Droite, cambrée, siffla-t-elle entre ses dents.

Je fermai les yeux deux secondes avant de me redresser. Marthe reprit la conversation avec un naturel déconcertant. Et soudain, j'entendis une voix éraillée – au moins, elle, elle n'avait pas changé.

— Marthe, enfin…

Il s'interrompit en me découvrant à ses côtés.

— Gabriel, mon chéri, j'ai cru que tu n'arriverais jamais.

Elle tenait fermement mon coude. Ses ongles pénétrèrent dans ma chair à me faire mal. J'accrochai le regard de Gabriel. Il me détailla de haut en bas, avisa la poigne de Marthe. Ses mâchoires se crispèrent, il but cul sec sa flûte de champagne et arbora un sourire ironique.

— Iris est de retour parmi nous pour la soirée ?

— Mon chéri, tu étais tellement occupé ces temps-ci que je n'ai pas eu l'occasion de te l'apprendre : Iris a repris ta chambre ici même, elle vit avec moi depuis deux semaines.

Il pâlit, ouvrit les yeux un peu plus grand, puis secoua la tête. Lorsqu'il la regarda, chacun de ses traits montrait le contrôle dont il était capable.

— Tu as toujours eu de grands projets pour elle, tu dois être aux anges.

— Tu me connais si bien.

— Trop bien même.

— Iris (il se tourna vers moi), c'est un plaisir.

Pourquoi cela sonnait-il si faux ? La dureté de son regard, la tension de son corps m'indiquaient tout le contraire.

— Gabriel… je…

— Excuse-moi, je suis attendu.

Il tourna les talons, vola un verre sur le plateau d'un serveur, et fila sur le balcon. Seul. Pour ne pas amplifier la colère de Marthe à mon égard, je pris sur moi et fis bonne figure.

Durant plus d'une heure, je donnai l'impression d'ignorer Gabriel. Marthe baissa enfin sa garde. Je pus évoluer entre les invités à mon gré. Lorsque s'entamait une conversation, je répondais par oui ou par non, je riais lorsque je voyais les autres convives s'esclaffer. Toute mon attention se focalisait sur Gabriel. Il était resté sur le balcon, figé près de la porte-fenêtre ouverte. Il buvait verre sur verre, sans me quitter des yeux, la mine sombre. Il ne m'avait jamais paru aussi dangereux, son expression était ombrageuse, dévoreuse ; il penchait la tête, observait mes jambes, puis ses yeux remontaient le long de mon corps. Si une femme venait lui quémander de l'attention, il l'envoyait paître. De temps à autre, il cherchait Marthe du regard.

Cette tension devint insupportable. Je m'éclipsai et partis me réfugier en cuisine. Jacques y supervisait les serveurs. Il ne fit aucun commentaire. Je me servis un verre d'eau au robinet, bus une gorgée et le vidai dans l'évier. Je me ventilai en battant des mains devant mon visage.

— J'y retourne, marmonnai-je.

J'avais à peine fait quelques pas dans le couloir que Gabriel se matérialisa comme par enchantement devant moi. Ses yeux étaient injectés de sang, de la sueur perlait sur ses tempes, son costume était négligé.

— Pourquoi es-tu revenue ?

Il transpirait de colère.

— Ne t'inquiète pas, je ne vais pas te courir après, j'ai compris...

Il franchit les deux pas qui nous séparaient et me plaqua violemment au mur. Sa bouche effleura ma tempe, ma joue, mes lèvres. Son haleine empestait l'alcool. Il haletait, moi aussi.

— Tu n'aurais pas dû revenir.

Sa voix tremblait de rage.

— Pourquoi ?

— Parce que cette vie n'est pas la tienne.

— Et si j'en veux, de cette vie ?

— Putain !

Il donna un coup de poing dans le mur. Je sursautai et fermai les yeux.

— Tu ne sais pas ce que ça signifie !

Il parlait de plus en plus fort.

— Que se passe-t-il ?

Jacques était sorti de la cuisine. Il se plaça derrière Gabriel et posa sa main sur son épaule.

— Il vaudrait mieux partir, mon garçon, lui dit-il. Ce n'est pas le lieu, et encore moins le moment.

Une vague de tristesse et d'inquiétude s'abattit sur le visage de Gabriel. Il s'écarta vivement de moi. Le mur m'empêcha de m'effondrer. Il s'approcha de Jacques.

— Empêchez-la de nuire, lui dit-il.

— Je ferai ce que je peux.

Jacques donna une tape dans le dos de Gabriel et l'entraîna fermement vers la sortie.

— Ne pars pas, murmurai-je.

J'avais l'impression de devenir folle. Qu'avait-il voulu dire ?

— Il faut y retourner maintenant, me dit Jacques, que je n'avais pas vu revenir.

Totalement hébétée, je levai les yeux vers lui.

— Marthe va s'inquiéter si vous disparaissez trop longtemps, répondit-il à ma question muette.

— Mais Gabriel... il ne va pas bien. Je ne peux pas le laisser comme ça.

— Il est solide. Vous n'arrangeriez pas les choses en le suivant ce soir.

— Jacques, pourquoi croyez-vous que je pourrais nuire ?

— Ce n'est pas de vous qu'il parlait.

Je hochai la tête et partis reprendre ma place au milieu des invités. Je croisai le regard de Marthe, féroce.

Les invités partaient les uns après les autres. La peur s'insinuait comme un venin ; j'avais des sueurs froides. Si j'avais pu, je serais partie avec eux. Lorsqu'il ne resta plus personne, Marthe renvoya Jacques chez lui. Je perçus le regard inquiet qu'il me lança avant de quitter les lieux. Intérieurement, tout mon être criait : « Emmenez-moi, ne me laissez pas seule avec elle ! » Le silence était étouffant. Le plus naturellement possible, je pris la direction de l'escalier : lui échapper au plus vite.

— Je vais me coucher, Marthe, je suis fatiguée. Merci pour ce soir, vous aviez raison, les clientes sont ravies.

Je n'eus pas le temps de poser le pied sur la première marche.

— Reste ici !

Sa voix était tranchante comme une lame de rasoir. Je sursautai. Mes épaules se voûtèrent. Je fermai les yeux.

— Regarde-moi !

Je lui obéis. Sa beauté était devenue macabre. La blancheur de son teint, ses lèvres rouge sang, son regard noir.

— Depuis quand es-tu la maîtresse de Gabriel ?

— Je ne l'ai jamais été.

— Tu n'es qu'une petite menteuse.

— Non, je vous jure. Je n'ai jamais fait l'amour avec lui.

— Faire l'amour ! Quelle ineptie !

Elle partit dans un éclat de rire diabolique. Puis un masque de froideur incomparable se peignit sur son visage.

— Tu n'es revenue que pour lui. Tu m'utilises.

— C'est faux ! Je voulais vous retrouver… Vous comptez tellement pour moi… mais…

— Mais quoi ?

— Je… J'aime Gabriel… Je suis amoureuse de lui depuis le premier jour.

Je ne vis pas la gifle arriver. Le coup, devrais-je dire, tant elle fut violente. Mes oreilles bourdonnèrent. Je touchai ma joue, un goût métallique me vint dans la bouche, les larmes débordèrent de mes yeux. Je passai un doigt sur mes lèvres : je saignais. Je la regardai ; elle me terrifia. La fureur l'habitait. Sa respiration était saccadée et dans ses pupilles dilatées je ne percevais que haine et démence. Elle se contenait, mais pour combien de temps encore ? Je fis volte-face et commençai à monter l'escalier. Après trois marches, je sentis une main glacée agripper ma jambe et tirer : je trébuchai, tombai sur les genoux et râpai la peau de mes bras. Un cri de douleur s'échappa de ma bouche.

— Petite garce ! cria Marthe. Reste là, c'est un ordre.

Je me débattis, lui donnai un coup de talon, j'eus mal de lui faire mal, mais je réussis à me dégager. Je saisis l'occasion et achevai l'ascension de l'escalier à quatre pattes. Je courus dans le couloir.

— Tu ne m'échapperas pas, éructa Marthe derrière moi. Tu es à moi !

Je me tordis la cheville à un mètre de la porte de ma chambre. Marthe en profita pour m'attraper par l'épaule ; elle me griffa. Elle me retourna, me poussa, ma tête cogna contre le mur. J'étouffai un sanglot.

— Marthe… Arrêtez, s'il vous plaît… Vous me…

Ma voix s'étrangla : elle avait refermé ses mains sur mon cou en hurlant. Je voyais trouble, les larmes obstruaient ma vue. Elle serra plus fort. Je cherchai l'air. Je la suppliai du regard. Soudain, elle ouvrit les yeux en grand. Je sentis sa prise se ramollir.

— Ma chérie…

Sa voix n'avait été qu'un murmure. Elle me lâcha. Tout son corps se mit à trembler, à la limite des convulsions. Elle poussa un cri d'animal apeuré. Elle fit un pas vers moi : je sursautai, la bousculai et réussis à pénétrer dans ma chambre. Je fis tomber la clé, gémis de panique, la récupérai au sol et fermai le verrou à double tour. Marthe se mit à frapper contre ma porte.

— Pardonne-moi, je n'aurais pas dû… Ma chérie, ouvre-moi.

Je m'éloignai et l'entendis s'écrouler par terre. Elle continuait à marteler le bois en criant mon prénom d'une voix douloureuse, suppliante. Je me tenais le cou, toussant, sanglotant, m'efforçant de reprendre mon souffle. Je voulais Gabriel. Je voulais qu'il vienne, qu'il me sauve de la furie de Marthe. Je cherchai mon téléphone. En vain : je l'avais laissé dans mon atelier. Personne ne viendrait me libérer avant le lendemain matin. Marthe continuait à m'appeler, elle pleurait, poussait des cris d'agonie atroces. Je me réfugiai dans mon lit, m'adossai, repliai les genoux et les serrai contre ma poitrine. Les gémissements déchirants de Marthe s'espacèrent, mais elle était toujours là. Par moments, je l'entendais, larmoyante, murmurer des « Ma chérie ». Mes sens restaient en éveil. Le moindre bruit, le moindre craquement de parquet me faisait sursauter, et un sanglot s'échappait de ma gorge. Je doutais de la réalité des dernières heures. Marthe avait-elle réellement cherché à me tuer ? Était-ce vraiment elle ? Cette femme que j'admirais, que je portais aux nues… Tout mon univers s'écroulait. Le monde entier devenait fou.

Je me réveillai dans la même position avec un torticolis et les jambes ankylosées. Je regardai ma montre : il était presque 10 heures. Je m'étais endormie au lever du soleil ; je n'avais pas réussi à lutter. Je m'extirpai de mon lit et restai assise de longues minutes sur le bord. Mes mains se crispèrent sur mes genoux. D'ici ce soir, il me fallait des réponses, et une solution. Je ne pouvais plus vivre ici. Je me levai avec précaution, j'avais mal partout. En arrivant dans la salle de bains, je me statufiai devant le miroir. L'image qu'il me renvoyait était épouvantable : mon maquillage avait coulé, des larmes noires avaient séché sur mes joues, ma lèvre était enflée, profondément entaillée, ma robe déchirée à certains endroits, mes genoux et mes bras étaient écorchés, des bleus disséminés sur mon corps. Le plus impressionnant : la marque autour de mon cou.

Je pris une douche presque froide pour me fouetter le sang. J'avais la gueule de bois sans avoir bu. Puis j'entamai le camouflage des empreintes que Marthe avait laissées : j'enfilai un pantalon et un pull, enroulai un grand foulard autour de mon cou, j'utilisai une bonne couche de maquillage pour ma lèvre. J'espérais que cela passerait à peu près inaperçu.

Je me remis à trembler en déverrouillant ma porte. Je poussai un soupir de soulagement en ne découvrant personne derrière. Je passai devant la chambre de Marthe sans faire de bruit. Dans l'escalier, j'entendis les aspirateurs s'activer. D'ici quelques heures, ce serait comme si cette soirée n'avait jamais eu lieu. Mais l'armée de femmes de ménage ne pourrait pas la nettoyer de mes souvenirs. Je me servis une tasse de café à la cuisine et allai regarder par la fenêtre l'agitation parisienne. Pas de trace de la moto de Gabriel.

— Iris, vous êtes là !

Je sursautai en entendant Jacques. Je me retournai et devinai comme une sorte de soulagement sur son visage. Je tentai vainement de lui sourire.

— Vous avez vu Marthe ce matin ? lui demandai-je.

— Elle est sortie.

— Savez-vous à quelle heure elle revient ?

— Aucune idée.

— Où est-elle ?

— Je ne peux pas vous le dire, désolé.

Je m'écroulai sur la première chaise que je trouvai. L'air commençait à me manquer.

— Que puis-je faire pour vous, Iris ?

Je pris ma tête entre mes mains et retins un sanglot.

— Expliquez-moi ce qui se passe ici, s'il vous plaît.

— Ce n'est pas à moi de le faire.

Je le regardai droit dans les yeux.

— Vous me laisseriez sortir ?

— Vous n'êtes pas prisonnière, en tout cas, pas avec moi.

Malgré mon corps douloureux, je traversai l'appartement en courant, montai quatre à quatre l'escalier et déboulai dans ma chambre telle une furie. J'attrapai mon sac à main, un blouson de cuir, et allai récupérer mon téléphone dans mon atelier. Le sang pulsait dans mes veines. L'énergie du désespoir. Je fis le chemin inverse à la même vitesse. Jacques patientait devant la porte d'entrée. Il me tendit un trousseau de clés.

— S'il ne vous ouvre pas, entrez chez lui avec ça.

Interdite, je fixai ses clés dans ma main.

— Il accepterait n'importe quoi venant de vous, poursuivit-il. Et il en a besoin. Vous aussi d'ailleurs.

— Marthe… vous n'aurez pas d'ennuis ?

— Je m'occupe d'elle, ne vous inquiétez pas.

En me retrouvant dans la rue, j'inspirai profondément, contemplai le ciel. Je m'accordai quelques secondes. Je reprenais ma liberté. J'étais en sécurité. J'étais seule, et je décidais de la direction que j'allais prendre. Je remerciai ma mémoire géographique et mon sens de l'orientation. Je n'étais jamais allée chez lui, j'étais simplement passée devant son immeuble, un soir, en taxi ; son adresse était pourtant incrustée au plus profond de ma mémoire.

Je marchai. Je marchai. Je marchai dans les rues de Paris. Opéra. Boulevard Haussmann… Rien n'aurait pu m'arrêter. J'étais dans un film où les passants me faisaient une haie d'honneur. Ils me frôlaient, je les bousculais sans les sentir, je ne distinguais aucun visage. Ils n'étaient que silhouettes sur le trottoir des grands magasins. Gabriel était en danger, je le sentais dans ma chair. Je le défendrais, je le guérirais, je le forcerais à m'écouter, à s'ouvrir.

Le Digicode de son immeuble ne me résista pas, j'avais les clés. Si les boîtes aux lettres ne m'avaient pas fourni son étage, j'aurais frappé à chaque palier. Au quatrième, une seule double porte, qui n'isolait pas du tout du volume assourdissant de la musique. *Begin the End,* de Placebo, envahissait la cage d'escalier. Les basses faisaient vibrer le bois de la porte. Je sonnai, sachant pertinemment qu'il n'entendrait pas. Je me servis du trousseau et pénétrai chez lui pour la première fois, désormais accompagnée par Muse, *Explorers* prenant le relais. Matthew Bellamy chantait qu'on le libère : « *Free me. Free me. Free me from this world. I don't belong here. It was a mistake imprisoning my soul. Can you free me from this world ?* » L'appartement était plongé dans la pénombre. Il n'y avait pas d'entrée. La télévision était allumée sur un écran moucheté. Et j'aperçus des pieds nus qui dépassaient du canapé en cuir noir. En m'approchant de lui, je shootai dans un casque de moto. Je retins un cri de douleur et jurai entre mes dents. Toujours aucune réaction de son côté. Je compris pourquoi : une bouteille vide de vodka avait roulé sous la table basse. Gabriel ronflait, allongé sur le ventre, en jean et torse nu. J'eus le loisir de détailler son tatouage. Venant de lui, on pouvait s'attendre à quelque chose de décalé, frôlant l'autodérision. Il m'avait dit « version ange déchu ». Le déchu primait. Les ailes de l'ange Gabriel étaient noires, lacérées, déchirées, aspirées dans un gouffre dont personne ne connaissait l'issue. J'eus mal pour lui. Quel secret cachait-il ? Quel mal le rongeait ? Son sommeil était tout sauf réparateur. Les traits de son visage se crispaient ; il souffrait. Je me penchai et déposai un baiser sur sa joue. Toujours endormi, il fit une grimace, puis un sourire. J'éteignis la télévision, cherchai du regard la chaîne hi-fi, coupai la musique. Le silence ne le réveilla pas, je poursuivis ma visite. Malgré l'impression de traverser une zone de guerre, je pus apprécier la beauté de l'appartement. Marthe envahit mes pensées, elle était forcément responsable de la décoration intérieure, sobre, minimaliste, moderne. Comme le sien, c'était un appartement haussmannien avec moulures au plafond et cheminée en marbre. Le parquet était presque noir, le blanc des murs était si pur qu'il frôlait le bleuté. Rien ne les ornait. Pas de photos, pas d'objets personnels qui auraient pu m'en apprendre davantage sur lui et son passé. La cuisine était ouverte sur le séjour, il y régnait un parfait chaos. J'empruntai ensuite un couloir, passai devant un bureau dans lequel je n'entrai pas. Puis j'arrivai au seuil de sa chambre ; cela sentait le renfermé, les draps n'avaient pas dû être changés depuis un bon bout de temps. Je refusai d'imaginer qui ils avaient pu accueillir. Je revins dans le séjour, retirai mon blouson, décidai de laisser Gabriel dormir et attaquai le ménage.

En une heure, j'avais déjà abattu du boulot. Je tirai complètement les rideaux pour laisser entrer la lumière du jour et le réveiller doucement. Je m'assis dans un fauteuil en face de lui et croisai les jambes. Mon cœur se tordit d'amour pour lui. Il commença à gigoter, il grogna, frotta son visage contre le coussin qui lui servait d'oreiller. Quand il ouvrit les yeux, ce fut moi qu'il vit en premier. Il resta plusieurs secondes à me fixer, sans un mot. Puis il s'assit, soupira, s'ébouriffa les cheveux et esquissa un léger sourire.

— J'imagine que c'est à Jacques que je dois ta présence ici ?

J'opinai du chef.

— Ça fait des mois que je rêve de te voir à mon réveil, et il faut que ça arrive le jour où je suis une loque.

Je bondis de ma place, prête à lui sauter dessus. Il m'arrêta d'un geste de la main.

— Réponds à ma question.

— Laquelle ?

Il s'extirpa du canapé.

— Pourquoi es-tu revenue à Paris ? Où est ton mari ?

— J'ai quitté Pierre.

— Pourquoi ?

Je soufflai.

— J'ai appris qu'il me trompait et…

— Fils de pute ! Comment il a pu te faire ça ?

Il se mit à gesticuler dans tous les sens. J'avançai vers lui, et posai ma main sur son bras. Il stoppa net et me sonda du regard.

— Je vais bien, Gabriel. Et si j'avais été courageuse, j'aurais pris cette décision bien avant d'apprendre ça, parce que je ne voulais plus être avec lui, je ne l'aimais plus. C'est avec toi...

— Ne dis pas ça, s'il te plaît.

Je reculai, blessée.

— Tu ne veux vraiment pas de moi, alors ?

Mes yeux se remplirent de larmes. Il vint tout contre moi et prit mon visage en coupe.

— Je ne mérite pas que tu pleures... Mais... qu'est-ce que tu as là ?

Son pouce effleura le bleu et l'entaille sur ma lèvre, je sifflai de douleur. Ses yeux dévièrent vers mon cou. J'avais retiré mon foulard sans même m'en rendre compte.

— Ce n'est rien...

— Ne me dis pas que c'est elle ?

Je fuis son regard. Il me lâcha, serra les poings, ses yeux lançaient des éclairs.

— Garce ! Comment a-t-elle osé lever la main sur toi ?

— Ce n'est rien, je te l'ai dit.

— Si, c'est très grave ! Tu me caches des choses...

Il se mit à tourner comme un lion en cage.

— Voilà pourquoi je t'ai poussée à partir, s'énerva-t-il. Voilà pourquoi j'ai beau t'aimer comme un dingue, ce ne sera jamais possible entre nous, parce que tu mérites tellement mieux que cette vie de merde, parce que...

— La ferme, Gabriel ! criai-je.

Je courus vers lui, le forçai à me regarder. Il détourna les yeux et fixa le sol.

— Iris, s'il te plaît... Ne rends pas les choses plus difficiles.

237

— Répète ce que tu viens de dire, m'énervai-je en martelant son torse avec mes poings.

— Je t'aime, murmura-t-il.

Mes coups cessèrent. J'écrasai mes lèvres contre les siennes. Il me broya contre lui. Nos langues se livraient bataille. Notre baiser me faisait mal, il avait un goût de sang, de relents d'alcool, mais il fracassait tout sur son passage. Je voulais savoir ce que ses lèvres me feraient. Elles me faisaient peur, elles me faisaient du bien, elles me mettaient en danger, elles me rendaient vivante. Il me poussa contre le mur le plus proche. Ses mains, intrusives et possessives, empoignèrent mes fesses puis s'insinuèrent sous mon tee-shirt. Les miennes s'écrasèrent dans son dos, je pétrissais sa peau, je me retenais de le griffer. Je voulais me fondre en lui. Il agrippa ma cuisse, je sentis toute l'étendue de son désir. Je gémis. Notre baiser prit fin brutalement. J'étais à bout de souffle. Il lâcha ma jambe et riva son regard au mien, un regard plein de douleur, et fautif. Je passai la main dans ses cheveux.

— Que t'arrive-t-il ?

Je caressai son visage, et il ferma les yeux. Puis il se dégagea.

— Tu ne sais pas tout. Tu mérites un type bien. Même ton connard de mari t'aurait rendue plus heureuse que moi.

— Pourquoi penses-tu une telle chose ?

Il se tourna vers moi ; il me dominait de toute sa stature.

— Parce qu'avant de t'aimer, je voulais coucher avec toi, pour rendre folle Marthe, pour lui piquer son jouet, pour que tu sois le mien. Parce qu'on a toujours joué à ça avec elle. Sauf qu'elle voulait te garder pour elle seule. Plus elle m'interdisait de m'approcher de toi, plus je te voulais, et pas pour ton bien. Crois-moi.

Je portai la main à ma bouche.

— C'est faux !

— La vérité, Iris, c'est que tu es la première femme avec qui j'ai envie de faire l'amour, et pas de baiser comme une poule de luxe. Tu veux vraiment savoir qui je suis ?

Il planta ses yeux dans les miens. Je ne pouvais plus parler.

— Je suis le type qui a couché avec Marthe pendant près de quinze ans alors que je l'aime comme une mère. J'ai été son gigolo, avec l'approbation de Jules et mon consentement total. La fin va t'intéresser aussi ! Je ne suis rien sans elle, tout ce que tu as vu depuis le début, les sociétés, mon fric, mon appartement, tout, strictement tout ce que j'ai est à elle, et si elle le décide, demain je me retrouve à la rue, à poil.

Les larmes débordèrent de mes yeux. Gabriel avait la mâchoire serrée. Il était livide. Ce qui ne l'empêcha pas de poursuivre.

— Si j'avais levé le petit doigt le soir où elle t'a fait essayer une robe devant moi, ça se finissait en partie à trois, que tu le veuilles ou non. On t'aurait pervertie.

Je retins difficilement la nausée qui montait.

— C'est là que j'ai réalisé que je changeais, parce que j'ai voulu te protéger de son emprise. Je voulais tout faire pour éviter que Marthe ne te fasse ce qu'elle m'a fait. Mais c'était si dur de lutter contre ce que je ressentais. J'ai à peine essayé de mettre de la distance, et il n'y avait rien à faire. Je ne pensais qu'à toi, je ne voulais que toi. Et puis, ton mari est venu... J'ai compris que je ne t'apporterais rien de bon, qu'il fallait que j'arrête de rêver. Ton départ précipité m'a facilité la tâche, même si je vis l'enfer depuis que tu es partie. Quand je t'ai vue hier, quand j'ai appris que tu vivais chez elle... je... la manière dont elle te tenait... et toi... toi, tellement elle, et... tellement soumise, j'ai cru devenir fou.

Je tremblais des pieds à la tête. J'avais l'impression de découvrir une autre histoire que la mienne, que la nôtre, à tel point que je chancelai, prise d'un vertige. Gabriel s'approcha à grands pas de moi, il me guida vers le canapé et me fit asseoir. Il s'accroupit devant moi et prit mes mains dans les siennes.

— Il faut que tu t'en ailles. Tu as tes papiers ?

Je hochai la tête, sans trop saisir où il voulait en venir.

— Oublie tes affaires. Tu ne retourneras pas là-bas, sinon elle ne te laissera plus sortir. Quand je pense à ce qu'elle t'a fait...

Il s'arrêta, passa doucement son pouce sur ma lèvre blessée et posa délicatement sa main sur mon cou.

— Moi, elle ne pouvait pas me frapper, mais toi, tu es trop fragile. Elle te veut tellement qu'elle en devient violente. Elle est devenue folle et a déjà bien trop de pouvoir sur toi. Je refuse que tu sois sa chose, qu'elle t'enferme chez elle. Je trouverai un moyen de la calmer. Peu importent les conséquences... Tu vas me dire où tu veux aller, et je vais te prendre un billet de train, d'avion, de ce que tu veux...

Il soupira et amorça le geste de se relever. Je me cramponnai à ses mains.

— Je ne veux pas partir.

— Bordel, Iris ! Tu n'as rien compris…

Il essaya de se dégager, mais je maintins fermement ma prise.

— Écoute-moi, s'il te plaît.

Il soupira, baissa les yeux puis m'accorda son attention. Je devais lui poser une question avant toute chose. Les mots avaient cependant du mal à sortir.

— C'est difficile à dire, mais… couches-tu toujours avec elle ?

— Non, je te le jure ! Ça s'est arrêté progressivement il y a trois ans, après la mort de Jules. Elle prenait simplement son pied en me regardant appliquer ses méthodes. Et puis… tu es venue, tu as réveillé la bête. Et ce qui n'aurait jamais dû arriver s'est produit, on t'a aimée tous les deux.

Je le regardai droit dans les yeux. Je ne savais pas tout, c'était certain. Et je n'aurais jamais tous les éléments. Confusément, j'avais toujours senti un malaise entre eux, une tension indéfinissable. Sans pour autant imaginer que je puisse en être l'enjeu, ni que le sexe en fasse partie. Étais-je prête à accepter que cela soit allé si loin ? La réponse était simple. Ma vie était devenue un véritable chaos, mais tant que Gabriel serait là, j'affronterais n'importe quoi, et je l'aiderais à s'affranchir.

— Marthe a dirigé ta vie depuis que tu la connais, ne la laisse plus décider pour toi, ne la laisse pas nous séparer.

— Comment peux-tu vouloir de moi ?

— Je t'aime, ça ne s'explique pas.

— Je ne suis qu'une merde.

— Je ne veux plus jamais entendre ça ! Quand je te regarde, je vois un homme qui m'a séduite et que j'ai laissé faire, qui m'a respectée, et surtout qui m'a protégée au point de se sacrifier lui-même.

Une petite lueur d'espoir apparut sur son visage.

— Et si être avec moi implique de tout recommencer de zéro ailleurs ?

— J'y suis prête. Je refuse de te perdre.

Ses mains se crispèrent autour des miennes, ses yeux se remplirent de larmes. Nous nous rapprochâmes l'un de l'autre. Je ne voulais plus voir ce masque de tristesse, de crainte sur son visage. Je posai mes lèvres sur les siennes. Il accepta mon baiser et me le rendit avec urgence. Puis il se redressa, me fit basculer sur le canapé. Les affres du désir nous assaillirent immédiatement ; mes mains repartirent à l'assaut de son dos, il m'écrasa de son poids, j'aimais le sentir lourd sur moi. Il détacha sa bouche de la mienne.

— Pas comme ça, me dit-il.

Il se leva, m'entraîna avec lui et me guida vers sa chambre. Au pied du lit, il me déshabilla avec une infinie lenteur. D'un simple mouvement, il m'interdit de l'aider. Lorsque je fus complètement nue devant lui, la peur de le décevoir, de ne pas être à la hauteur me tétanisa. J'étais dans la lumière alors que mon corps n'avait été exposé qu'à un regard blasé, trompeur depuis des mois, des années. Mes épaules se voûtèrent, je baissai la tête et mes bras cherchèrent à camoufler mes seins. Gabriel me ceintura contre lui.

— Je t'aime, Iris, me dit-il à l'oreille. Je veux te voir. Regarde-moi.

Je lui obéis. Et je ne vis que de l'amour et du désir dans ses yeux. Ma gêne et ma pudeur s'envolèrent. Nous nous embrassâmes à en perdre haleine. Nous ne fûmes plus que baisers, caresses, soupirs. C'était si simple de m'abandonner à lui, nos gestes, nos peaux s'accordaient en parfaite harmonie. Lorsqu'il fut en moi, il me tint les mains de part et d'autre de mon visage. Ses coups de reins étaient lents, profonds. Nos yeux se soudèrent jusqu'à ce que l'orgasme nous emporte. Gabriel nicha sa tête dans mon cou. Nous restâmes de longs instants sans bouger. Notre respiration finit par s'apaiser. Il m'embrassa l'épaule, se détacha de moi et roula sur le côté. Je le regardai, il dégagea des mèches de cheveux collés sur mon front. Je ne supportai pas de le sentir loin de moi, même de si peu ; je me blottis contre lui et il me serra fort.

— Merci de ne pas avoir cédé à mes avances ces derniers mois, chuchota-t-il.

Je me redressai et posai mon menton sur son torse.

— Moi, je regrette, lui rétorquai-je. Ça nous aurait évité bien des souffrances et une séparation inutile.

— Tu te trompes, parce que je ne t'aurais pas aimée comme il faut.

— Je suis sûre du contraire, tu aurais été parfait, et tu aurais tout compris.

Il leva les yeux au ciel.

— Tu sais quoi ? lui dis-je.

Il me regarda et sourit.

— Non, mais tu vas me le dire.

— On s'en fout, ce qui compte c'est maintenant.

Son visage s'illumina, la canaille était de retour. Il me retourna et me bloqua sous lui. J'éclatai de rire. Il me chatouilla à coups de baisers dans le cou, sur les seins, sur le ventre... qui se mit à gronder. Gabriel rit et lui parla :

— T'es pas content, toi ? Je vais t'arranger le coup.

Il sortit du lit et se dirigea vers le séjour.

— C'est pas vrai !

Il râlait parce que j'avais fait le ménage. Je riais.

— Il fallait bien que je m'occupe pendant que tu cuvais, lui répondis-je. Par contre, tu m'excuses, j'ai dû fouiller dans les placards, je voulais que les draps soient propres.

Il éclata de rire. J'étais moulue, comblée, une légère dose d'adrénaline encore dans le corps. J'étais aussi bouleversée par ce qui venait de se passer. Faire l'amour avec Gabriel avait été libérateur, révélateur. Le sexe était devenu inexistant avec Pierre, et lorsqu'il avait à nouveau fait partie de notre vie de couple, il était mécanique et faux. Le sexe avec Gabriel était simple, puissant, sincère. Pour la première fois de ma vie, j'avais eu l'impression d'être moi-même en faisant l'amour. Marthe me semblait très loin. Je me laissai glisser dans la torpeur. De toutes mes forces, je tentai de garder les yeux ouverts.

Une main, sa main, caressait mon dos. J'étais sur le ventre, je clignai des yeux et tournai la tête pour le voir. Il se pencha et m'embrassa délicatement.

— Je n'ai que du champagne à te proposer, me dit-il.

— Tu me nourris liquide ?

— On va en profiter avant que les robinets ne se ferment.

Il attrapa une coupe sur la table de nuit et me la tendit. Je me redressai, remontai le drap sur mes seins. Nous trinquâmes en nous regardant dans les yeux. Après quelques gorgées, il reprit ma flûte et me força à m'allonger. Il me passa au peigne fin : il débuta par mon cou, traça un sillon sur mes bras écorchés, alla vérifier l'étendue des dégâts sur mes genoux et finit par remonter le long de mon corps pour embrasser les griffures sur mon épaule.

— Je pourrais la tuer pour ce qu'elle t'a fait, murmura-t-il.

— Ne dis pas ça…

— Pendant que tu dormais, j'ai entendu ton téléphone s'affoler.

— C'était forcément elle.

— Exact. Elle doit piquer une crise de nerfs à l'heure actuelle, et préparer sa vengeance.

— Elle a vraiment le pouvoir de te couper les vivres ?

— Oui, elle a procuration sur tous mes comptes. Ça date de l'époque où Jules me les a ouverts. Les sociétés sont à son nom, je ne suis que le gérant. Tout a été fait pour que je ne la laisse jamais seule. Au moment de mourir, Jules m'a confié qu'il était heureux du cadeau qu'il avait fait à Marthe, parce qu'il avait eu le sien aussi. Le cadeau, c'était moi.

— Tu n'as jamais eu envie de t'en aller ?

— Non… quoi qu'elle ait pu faire, j'aime Marthe, je n'ai qu'elle. Avant toi, avant notre rencontre, j'étais intimement convaincu qu'il n'y aurait qu'elle dans ma vie, que rien ne pouvait être différent. C'est en la voyant faire avec toi que j'ai compris à quel point elle m'avait manipulé. Elle m'a ancré dans le crâne qu'aucune autre femme ne pourrait véritablement m'aimer, et qu'elle serait la seule et l'unique à pouvoir me supporter. Et comme le sexe n'existait plus entre elle et moi, je croyais que nous avions une relation certes tordue, mais plus saine qu'avant. Mais je veux que tu saches que... qu'elle ne m'a pas forcé au début...

— Tu veux dire...

— Oui.

— Pourquoi avoir accepté ?

— Remets-moi dans le contexte, j'étais jeune, con, arrogant. Et une femme d'une beauté incroyable, avec une expérience sexuelle qui ferait rougir une actrice porno, se glissait dans mon lit sans que j'aie besoin de rien faire...

— Si tu pouvais éviter de me donner trop d'images de vous deux, ça m'arrangerait.

— Pardon, me répondit-il, penaud.

Je l'embrassai. Il me sourit.

— Qu'allons-nous faire maintenant ? lui demandai-je.

— Je vais l'appeler.

— Tu veux que je le fasse ? Après tout, c'est moi qui me suis enfuie de chez elle, sans oublier que c'est moi qu'elle a agressée.

— Sauf que maintenant c'est entre elle et moi. C'est difficile à accepter, mais dans son esprit, tu es un objet dont on se dispute la possession. Et c'est important pour moi de le faire, je dois me détacher d'elle et de son pouvoir.

— Tu es prêt à ça ?

— Bien plus encore…

Il m'embrassa et partit à la recherche de son téléphone. Puis il s'assit au pied du lit. Je restai en retrait. Il fixa son portable et s'ébouriffa les cheveux en soupirant. Il composa le numéro et colla l'appareil à son oreille, sa main libre partit à la recherche de la mienne. À quatre pattes, je traversai le lit, et la saisis. Il me la broya en la ramenant contre son ventre. Je me lovai contre son dos, caressai son tatouage ; ses muscles étaient tendus.

— Marthe, c'est moi… Iris est ici…

— Vous êtes ridicules ! l'entendis-je dire à travers le combiné.

Gabriel souffla.

— Je ne jouerai pas à la grand-mère quand vous aurez l'idée de pondre des rejetons.

Le ton était acerbe.

— Ce n'est pas ce que nous te demandons. On veut juste que tu nous laisses vivre en paix.

— Tu n'as pas le droit de me la prendre, éructa-t-elle. Rends-la-moi !

— Iris n'est pas à toi.

La voix de Gabriel se durcissait. Ses muscles se contractèrent sous mes mains.

— Ne la touche plus jamais, tu m'entends ?

— Tu n'as pas le droit de me menacer, tu le sais, ça, mon chéri ? lui dit-elle de sa voix ensorcelante, séductrice.

Gabriel chercha l'air, de la sueur perla à ses tempes ; il luttait.

— Et moi non plus, je ne suis pas à toi, continua-t-il d'un ton brusque.

— Bien sûr que si ! Depuis que je t'ai vu, que tu es entré chez moi, tu m'appartiens.

— C'est fini, Marthe.

— Tu sais ce que ça signifie ! Tu vas tout perdre. Sans moi, tu n'es rien. Il te faudra oublier ton travail, le pouvoir, l'argent.

Gabriel me chercha des yeux par-dessus son épaule, son regard était inquiet et triste. Il me posa une question muette, je lui souris doucement. Il serra ma main encore plus fort et inspira profondément.

— Marthe, je ne veux pas que ça se termine comme ça, lui dit-il d'un ton posé. Mais si tu nous y obliges, on partira, Iris et moi. Tu ne dirigeras plus nos existences, c'est terminé.

— Tu vas ruiner ta vie, et la sienne.

Et d'un seul coup, sa colère explosa.

— Vous n'avez pas le droit ! hurla-t-elle. C'est moi que vous devez aimer.

— Vois-tu le mal que tu te fais ? Tu ne vas pas bien. Tu dois te faire soigner, je crois.

Marthe criait tellement que ses paroles devinrent incompréhensibles. Gabriel soupira.

— Je vais raccrocher. Tu peux encore réfléchir. Il ne tient qu'à toi de nous garder à tes côtés.

— Mon chéri, c'est au-dessus de mes forces, sanglota-t-elle. Ne me laisse pas, j'ai besoin de toi. Tu as promis à Jules, Jules ton père, ne l'oublie pas.

Elle pleurait et criait à la fois. Gabriel inspira profondément.

— Au revoir, Marthe, lui dit-il dans un souffle.

— Je vous aime ! hurla-t-elle dans un sanglot.

Gabriel raccrocha et posa très calmement son téléphone à côté de lui. Je l'enlaçai. Puis il chercha à se lever, je le laissai libre de ses mouvements. Il m'attrapa par la main et m'entraîna dans la salle de bains. Il retira son boxer et nous fit entrer dans la douche. Il régla la température de l'eau. J'enfermai son visage entre mes mains pour le forcer à me regarder, à me parler. Il ferma les yeux de toutes ses forces. Puis il se jeta sur moi, m'embrassa comme si sa vie en dépendait. Il se mit à pétrir mon corps, le désir se réveilla instantanément. Je le laissai faire. À sa façon. Comme il en éprouvait le besoin. Il me souleva, et me plaqua contre le carrelage froid. Il me prit avec force et me martela jusqu'à nous faire atteindre le paroxysme du plaisir dans un râle de douleur. Et brutalement, il éclata en sanglots. Comme au ralenti, nous nous écroulâmes au sol, je le pris contre moi, il s'agrippa, posa sa tête sur mon ventre. Je le berçai de longues minutes sous l'eau et le laissai exprimer avec ses larmes tout ce qui ne sortirait pas avec des mots.

— Pardon, hoqueta-t-il après un moment.

— Chut...

Je le forçai gentiment à se mettre debout. Je le lavai, le rinçai, il se laissa faire. Puis, j'arrêtai l'eau. Je sortis de la douche, m'enroulai dans la première serviette de toilette sur laquelle je mis la main, en attrapai une seconde et revins vers lui pour l'essuyer. Il grelottait.

— Va t'habiller, lui dis-je doucement.

Ses yeux retrouvèrent une lueur de vie, il me regarda enfin. Je posai un doigt sur sa bouche.

— Vas-y.

Il se rendit dans sa chambre, je le suivis et l'observai. Il se planta devant son dressing. Son tatouage trouvait enfin sa signification. Gabriel avait toujours été écartelé entre son amour filial et incestueux pour Marthe et son désir de liberté. Il venait de se libérer de son emprise, mais il avait aussi perdu sa mère. Une mère castratrice. Il commença par détendre ses muscles en faisant craquer son cou et en étirant ses bras. Puis, il enfila ses vêtements calmement, toujours sans un mot. Lorsqu'il eut fini de boutonner sa chemise, il se tourna vers moi.

— Je passe quelques coups de téléphone pour le boulot, et on va manger un morceau, ça te dit ?

Je lui souris.

— J'ai faim, oui, je veux bien.

Il attrapa son téléphone sur le lit et s'approcha de moi. Il me prit contre lui, embrassa mes cheveux.

— Merci, souffla-t-il.

Il s'éloigna, je le retins par la main.

— Je peux te piquer une chemise ?

Son sourire me soulagea. Il passa dans le séjour. Je l'entendais toujours parler. Je partis à la recherche de mes vêtements et choisis une de ses chemises. Une fois habillée, je retournai dans la salle de bains dans l'idée de dompter mes cheveux. Je pris appui sur le lavabo. Malgré la douleur, les épreuves qui ne manqueraient pas de se présenter, j'étais vivante, j'étais avec l'homme que j'aimais. En l'espace de quelques heures, nous étions passés du stade de jeunes amants à un degré d'intimité que je n'avais jamais connu avec Pierre.

Je trouvai Gabriel assis dans le canapé, le téléphone sur l'oreille, son ordinateur portable ouvert sur la table basse. Je caressai son dos en passant derrière lui, il rattrapa ma main au moment où je m'éloignai, l'embrassa et poursuivit sa conversation.

— Prépare les dossiers et les contrats, je passerai après-demain les signer... Ne me pose aucune question.

Il mit fin à la communication.

Nous entrâmes dans la première pizzeria qui se trouvait sur notre chemin. La commande fut vite passée, et vite servie. Gabriel récupérait petit à petit une certaine joie de vivre ; tout du moins, il donnait le change. J'allais devoir veiller au grain. Nous étions aussi affamés l'un que l'autre. Nous rîmes de notre appétit d'ogre, sans songer une minute à prendre une pause.

— Je ne pensais pas qu'un jour j'aurais à préparer mon départ, finit-il par me dire lorsque son assiette fut vide.

— Tu ne peux pas tout lâcher, c'est ta vie, ce job. Tu es certain que cela va se terminer ainsi ?

— Elle nous veut tous les deux, mais pas ensemble. Je ne vois donc pas comment elle pourrait supporter de me voir quotidiennement et de savoir que je te retrouve le soir, sans plus profiter de toi. Parce que tu as bien conscience que les portes de l'atelier viennent de se fermer définitivement pour toi ? Je refuse que tu la revoies, c'est trop dangereux. Où vas-tu coudre ?

— Je ne sais pas. Je vais récupérer un peu d'argent avec le divorce, je pourrai louer quelque chose, mais ce n'est pas pour tout de suite... Merde !

— Quoi ?

— C'est l'avocat de Marthe qui a tout pris en charge.

— Ne t'inquiète pas, je le connais, je l'appelle demain et je lui dis de gérer ça en direct avec toi. Elle avait aussi réussi à mettre son nez là-dedans ? Je n'y crois pas !

— Je lui ai laissé le champ libre. J'étais incapable de penser par moi-même quand j'ai débarqué chez elle.

— C'est toute sa force, elle tisse une toile autour de toi, et impossible de t'en défaire. C'est pour ça qu'on va partir, on va construire notre vie sans elle.

Il soupira. Je bâillai.

— Je suis rincé aussi, me dit-il.

En arrivant chez lui, nous fonçâmes directement dans la chambre. Sans perdre une minute, nous nous déshabillâmes, et la couette nous accueillit. Nus l'un contre l'autre, nous savourions d'être enfin réunis. Je luttai contre le sommeil, forçant mes yeux à ne pas se fermer.

— Dors, Iris.

— Je ne veux pas.

— Pourquoi ?

— Parce que je suis bien là, avec toi. C'est mieux que tout ce que j'avais pu imaginer.

— Dis-toi que notre réveil sera encore meilleur.

Il me força à caler ma tête contre son épaule. Je lui cédai avec le plus grand des plaisirs. J'étais comme dans de la ouate, bien au chaud au creux de ses bras.

11

Quelque chose vibra, perturbant notre sommeil. Gabriel et moi dormions en cuillère. Il grogna dans mon cou, j'entrouvris un œil, le jour était à peine levé. Nouvelles vibrations.

— Putain ! râla Gabriel. Ça doit être un client à l'autre bout du monde qui se contrefout du décalage horaire.

Je resserrai son bras autour de mon ventre. Il embrassa mon épaule.

— On reste au lit toute la journée, ronronna-t-il.

Je gloussai. Nous fûmes tranquilles quelques instants. Mais le téléphone de Gabriel se remit à vibrer. Il soupira et se détacha de moi. Je me tournai. Il attrapa son portable, le fixa durant ce qui me sembla une éternité et se redressa pour répondre.

— Oui...

Il devint blême, sa main libre s'agrippa au drap.

— J'arrive tout de suite, Jacques.

Il sortit du lit pour sauter dans son jean. Brusquement, il se souvint de ma présence.

— Viens avec moi, s'il te plaît. C'est Marthe, elle...

Sa voix se brisa. Je ne cherchai pas à obtenir plus d'explications, je n'en avais pas besoin. Je ne réfléchis pas davantage et me levai. En moins de cinq minutes, nous étions habillés. Gabriel prit deux casques. Il claqua la porte de son appartement et appuya sans interruption sur le bouton d'appel de l'ascenseur jusqu'au moment où il atteignit notre étage. Dans la cabine, il me prit contre lui sans un mot, l'air hagard. Il courut vers sa moto, je le suivis. Il l'enfourcha, je m'installai derrière lui, serrai sa taille. Il démarra en trombe. Il roulait excessivement vite, je fermai les yeux de toutes mes forces. La moto slalomait, le moteur rugissait. Il freina brutalement, je regardai à nouveau la route, nous venions d'arriver dans la rue de l'immeuble, elle était déserte. Gabriel gara la moto à sa place habituelle. Dans l'ascenseur, il m'enferma dans ses bras jusqu'au cinquième étage. Son corps n'était qu'une boule de nerfs. Ensuite, il entrelaça nos doigts. La porte de l'appartement de Marthe s'ouvrit sur Jacques, blanc comme un linge.

— Elle est dans le séjour...

Gabriel m'entraîna dans le couloir. Jacques l'interpella. Nous nous retournâmes en même temps.

— Je suis désolé.

Gabriel vacilla. Malgré tout, nous reprîmes notre progression dans ce couloir au silence de mort. Sur le seuil du grand salon, j'embrassai la scène des yeux. Les rideaux, légèrement tirés, laissaient passer les rayons de soleil matinaux, la poussière volait dans la lumière. Marthe était assise dans le canapé, à sa place habituelle. Elle portait la première robe que je lui avais confectionnée, je la reconnus d'un regard. Sur sa petite table d'appoint, son porte-cigarette reposait sur le cendrier, son verre de gin n'attendait que d'être rempli, et une boîte de médicaments trônait fièrement. Vide.

— C'est fini, murmura Gabriel.

Il lâcha ma main et avança dans la pièce jusqu'à faire face à Marthe. Il s'accroupit et l'observa de longues minutes. Puis il caressa ses cheveux et enfouit son visage au creux de ses genoux. Il étouffa un sanglot. Mon corps se disloquait, je n'avais pas le pouvoir de guérir cette blessure. Je contractai chacun de mes muscles. Je mis mon poing devant ma bouche. Je ravalai mes larmes. Tout faire pour ne pas laisser éclater mon propre chagrin.

Le silence fut brisé par le hurlement des sirènes qui se rapprochaient. Je m'arrachai à ma contemplation morbide et allai chercher Jacques. Il me confirma qu'il avait téléphoné aux autorités compétentes. Quelques minutes plus tard, la sonnette retentit. Gabriel conserva la même position. Je fis barrage de mon corps au pompier qui arrivait.

— Je dois passer, madame.

— Laissez-moi avec lui quelques instants, s'il vous plaît. Ne le brusquez pas.

— C'est son fils ?

— C'est tout comme.

Je pénétrai dans le grand salon et m'avançai vers eux. Je m'accroupis derrière Gabriel, le pris par les épaules. Marthe était somptueuse, parfaitement maquillée et coiffée. Elle avait l'air paisible. Sous mes mains, je sentais les soubresauts du corps en larmes de l'homme que j'aimais. Ma voix ne fut que chuchotements.

— Il faut laisser les pompiers s'approcher. Viens avec moi.

Il se releva, embrassa les cheveux de Marthe et se mit à l'écart.

— Je vais rester encore avec elle, m'annonça-t-il sans la quitter des yeux. Dis-leur de venir.

J'indiquai que la voie était libre et m'éloignai. La police était présente aussi et interrogeait Jacques. Puis ce fut mon tour. Je répondis mécaniquement aux questions que l'on me posait. J'eus l'impression que cela durait des heures. Quand ils en eurent fini avec moi, ils se dirigèrent vers la pièce principale. Je les suivis, inquiète pour Gabriel. J'eus un choc en arrivant : Marthe était déjà sur une civière, et les ambulanciers refermaient un sac noir sur elle. Les policiers se dirigèrent directement vers Gabriel. Je ne distinguai pas ce qu'ils lui disaient. Ils le laissèrent s'approcher de moi. Il me prit par la main et m'entraîna dans le couloir en direction de l'entrée.

— Jacques, appela-t-il.

Celui-ci apparut instantanément.

— Faites venir un taxi pour Iris, s'il vous plaît.

— Quoi ? Non, je veux rester avec toi.

Il fronça les sourcils.

— Je préfère que tu t'en ailles, rentre chez moi, repose-toi. J'en ai pour des heures…

— Monsieur, l'interpella un policier.

— J'arrive, lui répondit-il avant de s'adresser à nouveau à Jacques. Je peux compter sur vous ?

— Bien sûr.

Gabriel me regarda intensément, dégagea une mèche de cheveux de mon visage, m'embrassa et tourna les talons. Dix minutes plus tard, Jacques m'annonça qu'une voiture m'attendait en bas. Pour réussir à me faire quitter les lieux, il m'assura qu'il me tiendrait au courant. Dans la rue, je marquai un temps d'arrêt en découvrant l'ambulance et les voitures de police, gyrophares en action. Quelques badauds rôdaient comme des vautours. Il n'était que 8 heures du matin et j'avais l'impression d'avoir déjà vécu plusieurs journées.

Les heures qui suivirent, je les passai tantôt assise au fond du canapé, tantôt à faire les cent pas, tantôt à regarder désespérément par la fenêtre. Je n'osai pas téléphoner à Gabriel de peur de le déranger. Et l'étourdie que j'étais n'avait pas eu l'idée de noter le numéro de Jacques.

Lorsque vers 17 heures la sonnette retentit, je me jetai sur la porte pour ouvrir. C'était Jacques, chargé comme un mulet. Je le laissai passer et lui donnai un coup de main pour porter son fardeau.

— Désolé de ne pas vous avoir donné signe de vie plus rapidement.

— Comment va-t-il ?

— Je ne sais pas, il est au commissariat.

— Pourquoi ?

— Ne paniquez pas, c'est la procédure habituelle.

Je poussai un soupir de soulagement. Et reportai mon attention sur tout ce qu'il avait apporté. Je l'interrogeai du regard. Il me sourit tristement.

— Gabriel m'a demandé de faire vos valises et des courses, il a peur que vous ne vous nourrissiez pas. Je vais commencer par vous faire un café.

— Une tisane plutôt, vu mon état de nerfs.

Nous nous regardâmes. La nervosité prenait le dessus. On éclata de rire tous les deux.

— Sérieusement, Jacques, ne vous embêtez pas pour moi, vous devez avoir beaucoup de choses à faire.

— Pas du tout, Gabriel m'a ordonné de rentrer chez moi après m'être occupé de vous.

— C'est impossible. Il ne doit pas rester...

J'avais déjà la main sur la poignée de la porte d'entrée. Jacques me retint par l'épaule.

— C'est son choix, il veut gérer tout seul la situation. C'est important pour lui.

Je me voûtai et m'éloignai du palier.

Quelques minutes plus tard, nous étions attablés à l'îlot central de la cuisine. Moi avec une verveine, et Jacques avec un verre de gin, en l'honneur de Marthe.

— Comment allez-vous ? lui demandai-je.

— Je savais qu'un jour ou l'autre, ça se finirait ainsi. Et Jules le savait aussi. Marthe était une femme éblouissante, fascinante, mais malade. Gabriel ne l'a jamais su, car Jules m'avait interdit de le lui dire, mais elle était suivie chaque semaine par un psychiatre et un psychanalyste. Elle prenait un lourd traitement médicamenteux pour ses troubles. C'était la reine de la dissimulation.

Les révélations s'arrêteraient-elles un jour ?

— Mon Dieu…

— Le réel avait de moins en moins de prise sur elle. Elle avalait un anxiolytique ou un neuroleptique pour un oui ou pour un non… Elle divaguait de plus en plus, ressassait son passé, le modifiait. Elle avait même des hallucinations dernièrement : je l'ai surprise en train de parler à Jules de vous, de Gabriel. Ces crises de démence étaient de plus en plus fréquentes, et surtout incontrôlables, il fallait laisser passer l'orage…

Je repensai à ses sautes d'humeur, son contrôle maniaque, qui pouvaient passer pour des caprices de diva, ses migraines qui n'en étaient pas en réalité, sa réaction démesurée lorsque j'étais rentrée avec Pierre, et sa violence de l'autre soir…

— Je n'aurais pas dû vous laisser seule avec elle cette nuit-là, je suis désolé, Iris, pour ce qu'elle vous a fait.

Il jetait des coups d'œil à la marque sur mon cou qui virait au violacé.

— Ce n'est pas votre faute, Jacques. Pour moi, ce n'était pas elle. En tout cas, ce n'est pas le souvenir que je veux en garder. Avez-vous parlé de ça à Gabriel ? Ça le soulagera.

— C'est fait. Ce n'est plus l'heure des secrets… et ni l'un ni l'autre vous ne devez culpabiliser de ce qui vient de se passer.

— Plus facile à dire qu'à faire.

— J'étais là hier. J'ai tout entendu du coup de téléphone.

— Ah…

— Je pensais devoir lui donner une dose supplémentaire, mais après avoir longuement pleuré, elle s'est calmée d'elle-même. Lorsqu'elle m'a renvoyé chez moi, elle m'a dit que Jules lui manquait. En toute sincérité, je crois qu'elle a pris sa décision en pleine possession de ses moyens, et aussi parce qu'elle vous aimait tous les deux.

— Comment a réagi Gabriel ?

— Ça l'a apaisé, mais il aura des démons à combattre.

Il soupira et avala une gorgée qu'il savoura longuement.

— Et vous, Iris ? Comment allez-vous ?

— Moi, je n'en sais rien. Je ne peux pas croire qu'elle soit morte ; et je ne pense qu'à lui.

— Laissez-vous aller au chagrin, vous l'aimiez aussi. Je le sais.

— On verra plus tard, lui répondis-je dans un souffle.

Jacques siffla la fin de son verre et descendit du tabouret.

— Ne restez pas seule, venez chez moi passer la soirée avec ma femme et mes enfants.

— Merci, Jacques, vous êtes adorable, mais je préfère rester ici. Je ne voudrais pas que Gabriel trouve l'appartement vide en rentrant.

— Comme vous le souhaitez, n'hésitez pas, surtout.

Il me nota son numéro de téléphone et prit le chemin de la porte d'entrée. Je l'accompagnai. Il me fit une bise, j'en restai coite. Et il partit, me laissant seule pour appréhender ses dernières révélations.

Je sortis des vêtements propres et mes affaires de toilette de mes valises. Mon cœur se serra en arrivant dans la salle de bains. Je pris une longue douche chaude, qui fut moins relaxante que je ne l'espérais. Une fois habillée, je me dirigeai en traînant des pieds vers la cuisine. Il fallait que je mange. Je réussis à sourire en découvrant le contenu du frigo : tout n'était que plats préparés venant des meilleurs traiteurs. Le luxe ne disparaissait pas en période de deuil, pensai-je ironiquement. J'en pris un au hasard, en picorai à peine la moitié, et repartis attendre dans le canapé, mon téléphone dans la main.

— Iris, pourquoi tu n'es pas allée au lit ? me dit Gabriel du pas de la porte.

Mes yeux papillonnèrent. Je m'étais endormie dans le canapé. Il vint m'y rejoindre. Son visage était défait, je m'assis, caressai sa joue, il s'appuya sur ma main.

— Comment te sens-tu ? lui demandai-je.

Il se remit debout.

— Va te coucher.

Il se dirigea vers la cuisine, prit appui sur l'îlot central un long moment. Puis, il attrapa un verre, y versa une goutte de jus d'orange, qu'il noya dans le rhum. Je le rejoignis, me mis derrière lui et passai mes mains autour de sa taille.

— C'est meilleur qu'un somnifère, me dit-il.

Je l'embrassai dans le dos. Il vida l'intégralité de son verre en trois gorgées.

— Tu as vu Jacques ? me demanda-t-il.

— Oui.

— Elle était folle… complètement cinglée… Comment ai-je pu être aveugle à ce point ?

— Elle voulait te protéger, j'en suis certaine. Qu'est-ce que ça change ? Tu l'aimais comme ça…

Il soupira.

— Peut-être… sauf que toute ma vie je me dirai que je l'ai tuée. Je suis responsable de son geste avec ce que je lui ai balancé hier au téléphone…

Il s'interrompit, donna un coup de poing sur le plan de travail.

— Gabriel, je suis aussi coupable que toi.

Il se retourna brusquement, prit mon visage entre ses mains.

— Ne redis jamais ça. Elle t'a frappée, elle a voulu te tuer. Ce n'est pas à toi d'endurer…

— Je me suis enfuie de chez elle pour te retrouver, sans un mot, sans une explication, sans m'inquiéter de son état, quand de toute évidence elle n'était plus elle-même… Alors si, je suis fautive.

Il me serra contre lui de longs instants.

— On voulait juste être ensemble, me dit-il des sanglots dans la voix.

— Je sais… Nous porterons ce fardeau à deux. Il faudra vivre avec.

— Laisse-moi m'occuper de son enterrement et on se barre… Va te mettre au lit, je prends une douche et je te rejoins.

Il me lâcha et se servit une nouvelle dose d'alcool, qu'il vida d'un trait.

Un quart d'heure plus tard, il me retrouvait sous la couette. J'étais totalement démunie face à sa peine. Mon corps l'avait soulagé hier. Je grimpai sur lui, l'embrassai, le caressai. Il répondit à toutes mes attentions. Je lui fis l'amour doucement et avec toute la tendresse que je pouvais. Ensuite, il se blottit dans mes bras et s'endormit comme une masse. Je passai plus d'une heure la main dans ses cheveux avant de sombrer à mon tour.

À mon réveil, j'étais seule dans le lit. J'enfilai sa chemise qui traînait par terre et partis à sa recherche. Il buvait un café, le regard perdu devant la fenêtre. Je me calai dans ses bras.

— J'ai quelque chose à te demander, me dit-il tout bas.

— Je t'écoute.

— Fais-lui une dernière robe.

Je fermai les yeux de toutes mes forces, car pour la première fois en vingt-quatre heures je sentais les larmes monter, et je ne voulais pas me laisser submerger par ma peine devant lui.

— Il n'y a que toi qui puisses l'habiller, elle n'a jamais été aussi belle qu'avec tes créations.

— Je vais le faire au plus vite.

— Merci… Je dois y aller.

— Où vas-tu ?

Il se dégagea de mon étreinte et enfila son blouson de cuir.

— À la morgue.

Mon sang se glaça.

— Tu veux que je t'accompagne ?

— Non, va à l'atelier.

— Il y aura quelqu'un pour m'ouvrir ?

Il fouilla dans ses poches et en sortit mon trousseau.

— Je te l'ai récupéré, m'annonça-t-il en me le tendant. J'ai fermé l'atelier pour une durée indéterminée. De toute façon, la formation touchait à son terme.

Il attrapa son casque de moto par terre, et se dirigea vers la porte d'entrée.

— Attends.

Je courus vers lui et me jetai dans ses bras. Je pris son visage entre mes mains et l'embrassai.

— Je t'aime, Gabriel.

Sans un mot, il sortit.

Une heure plus tard, j'étais devant la porte de l'atelier. Mes mains tremblèrent lorsque j'enfonçai la clé dans la serrure. Un silence de mort, glacial, pesant, régnait dans ce qui m'avait semblé être le paradis quelques semaines auparavant. En mémoire de Marthe, je m'étais habillée comme à l'époque où je travaillais pour elle ; chacun de mes pas griffait le parquet. Les rideaux avaient été tirés. Je traversai l'atelier et me rendis dans le boudoir. Je continuai à retenir mes larmes, et m'enfuis à l'étage. J'osai pénétrer dans son bureau. Le temps semblait figé. Comme si j'allais la découvrir derrière sa table de travail. Elle m'aurait dit : « Ma chérie, tes créations sont parfaites, nous allons faire de grandes choses. » J'aurais baissé la tête, elle serait venue relever mon menton avec ses doigts et m'aurait regardée droit dans les yeux.

Je m'assis à sa place, effleurai son sous-main et ouvris le premier tiroir. J'étouffai un sanglot, il était rempli de mes croquis, du premier au dernier. Je m'effondrai sur le bureau, évacuai enfin mon chagrin contenu.

Le flot de larmes s'endigua après plus de deux heures. J'allai me rafraîchir, puis je me mis au travail, à son bureau. Je trouvai dans ses affaires mon dernier carnet de croquis ainsi que mes crayons à papier. Je dessinai de nombreuses esquisses. J'y consacrai une grande partie de la journée, je ne déjeunai pas. Je repris mes habitudes, comme si elle me soufflait chacune de mes actions. J'entendais sa voix me dire de rectifier tel froissé, tel ourlet, tel pli, tel décolleté. Sa présence me guida vers la réserve. Son tissu fut choisi à deux. Elle était là, elle m'observait découpant les étoffes et traçant le patron. Lorsque tomba le soir, je décidai de laisser là son souvenir jusqu'au lendemain et de rentrer chez Gabriel, avec l'espoir de l'y trouver.

En fin de compte, il ne me rejoignit qu'au lit en plein milieu de la nuit. Il me fit l'amour intensément, sans un mot. Nous nous endormîmes terrassés par la fatigue et par l'intensité de nos ébats.

À mon réveil, Gabriel était déjà parti, je pris mon petit déjeuner seule. À l'atelier, l'esprit de Marthe m'attendait. Je cousis toute la journée. Mes larmes se déversaient sur le crêpe de soie, matière qu'elle affectionnait tant. Je l'avais choisi noir, non pas à cause du deuil, mais parce que cette couleur représentait à mes yeux toute l'élégance, tout le mystère, toute la part sombre de Marthe. Le tac-tac de la machine était le seul bruit dans la pièce, et même peut-être dans l'immeuble. Aucun son ne venait des premiers étages. Quant aux derniers, la mort y régnait en maîtresse. Lorsque sa dernière robe fut achevée, repassée et mise sur cintre, je me rendis dans le boudoir et je l'installai en cabine, comme lorsqu'elle était encore là. Je laissai le rideau ouvert et m'assis en face, sur un pouf. Je la contemplai longuement. J'imaginai Marthe sortant vêtue de ma création, se postant droite, fière, perchée sur ses talons, devant le miroir. Me dirait-elle : « Ma chérie, parfait, comme toujours » ? Sans bouger, j'envoyai un texto à Gabriel : « La commande est honorée. » Il me répondit simplement : « Merci. » « Où es-tu ? » lui renvoyai-je. « Au bureau, j'arrive. »

Effectivement, la porte de l'atelier claqua cinq minutes plus tard. Je relevai la tête en entendant ses pas sur le parquet. Gabriel s'avança dans le boudoir vers la robe de Marthe. Sa main se leva, prête à toucher le tissu, puis il se ravisa. Il se pencha et se frotta les yeux avant de me faire face.

— Merci. Elle serait fière de toi.

— C'est vrai ? Tu crois qu'elle aurait aimé ? lui demandai-je la voix tremblante.

— C'est certain.

Pour la première fois, des larmes roulèrent sur mes joues devant lui. Je les essuyai promptement. Il s'avança vers moi et prit mes mains dans les siennes.

— Excuse-moi, bredouillai-je. Depuis deux jours que je suis ici, je la sens tout le temps à mes côtés.

— Tu as le droit de pleurer... Tu es crevée, ça se voit.

Il se releva et m'attira à lui. Une main au creux de mes reins, il me fit quitter le boudoir. Arrivé dans le grand séjour de l'atelier, Gabriel soupira.

— Qu'est-ce que ça va devenir tout ça ?

— Tu n'en as aucune idée ?

— Strictement aucune... J'avais le nez torché de tout, sauf de ses dispositions après sa mort. De toute façon, on s'en va après l'enterrement, c'est ce qu'il y a de mieux pour nous, non ?

— Si c'est ce que tu veux, je te suis, je te l'ai déjà dit.

— Je ne veux pas qu'on reste ici, ça va nous polluer, elle va nous hanter. Il faut qu'on avance. Au bureau, je prépare mon départ comme prévu. La dernière chose qu'il me reste à faire, c'est de lui organiser un enterrement à sa mesure. Ça ne changera rien, mais elle partira somptueuse, comme elle l'a toujours été.

— Je t'aiderai.

Je posai ma tête sur son épaule, il embrassa mes cheveux.

— On rentre ?

Le matin où Gabriel fit publier l'avis de décès de Marthe, lorsque j'arrivai à l'atelier, je fus assaillie dès la première heure de commandes. Tout le gotha qui avait paradé chez elle avait bien l'intention de se montrer à son avantage à ses funérailles. L'atelier ouvrirait ses portes une dernière fois. Je me saisis de ce défi pour lui rendre hommage, et peut-être aussi pour atténuer le sentiment de culpabilité qui me réveillait en pleine nuit, qui me coupait l'appétit, qui m'empêchait de regarder Gabriel droit dans les yeux. Lui semblait de plus en plus abattu, en manque de Marthe, rongé par le remords de ses dernières paroles. Le regarder souffrir me faisait mal.

J'étais déterminée à ne pas me laisser submerger par l'ampleur de la tâche et à faire ce qui était à la mesure de mes moyens. Je débutai la journée en convoquant mes anciennes camarades de formation pour le soir même. Philippe déclina mon invitation, dévasté par le chagrin et convaincu que je n'avais plus besoin de lui. Je préparai le travail, fis le point sur toutes les mesures de mes clientes, choisis les étoffes les plus adaptées en fonction de la circonstance et de la personnalité de chacune, traçai les patrons. Je m'abrutissais dans le travail. Gabriel m'envoya Jacques pour me rappeler de manger. Lorsque les filles arrivèrent, j'étais fin prête. Je leur fis un topo sur ce que j'attendais d'elles et leur présentai les modèles à confectionner dans l'urgence. Leur rémunération serait assurée par le paiement des clientes. En échange, j'exigeais qu'elles ne comptent pas leurs heures et qu'elles effectuent un travail de la plus grande qualité. Elles acceptèrent de relever le défi. Je les renvoyai chez elles pour une dernière nuit de sommeil complète en leur disant : « Je vous attends demain à l'atelier. » En les regardant quitter les lieux, je découvris Gabriel adossé au chambranle de la porte. Il fit un signe de tête aux filles sans me quitter des yeux. Lorsque nous fûmes seuls, il traversa la pièce, me prit par le cou et m'attira à lui. Son baiser était brutal ; il me faisait mal, mais je m'en moquais, il était vivant, il réagissait. Puis, à bout de souffle, il posa son front contre le mien.

— Merci pour elle, murmura-t-il. Tu fais vivre l'atelier.

Je laissai quelques larmes couler avant de lui répondre.

— Je le fais aussi pour moi…

— Ça te fait du bien de bosser ?

— Oui.

— On est deux, alors… Ça ira mieux quand tout sera fini.

Depuis trois jours, l'atelier ressemblait à une fourmilière. Le travail avançait. Ça s'activait, ça découpait, ça cousait, ça essayait. J'avais l'impression d'être un chef d'orchestre qui dirigeait sa plus belle partition, peut-être sa dernière.

Ce midi-là, Gabriel arriva à l'improviste, nous ne devions nous retrouver que le soir. Je ne l'avais pas vu le matin, il était parti aux aurores. Son visage portait les stigmates du chagrin et de la fatigue : ses traits tirés, les cernes sous ses yeux, la blancheur de son teint et la barbe naissante m'inquiétaient de plus en plus. Je m'approchai de lui et caressai sa joue, il ferma les yeux.

— Salut, finit-il par me dire avec un sourire qui n'atteignait pas ses yeux.

— Tu ne veux pas aller dormir un peu ?

— Impossible. Je suis venue te chercher, j'ai besoin de toi.

— Pourquoi ?

— J'ai reçu un appel du notaire. Il veut procéder à la lecture du testament de Marthe, je dois y être. J'ai demandé à Jacques de nous y rejoindre. Je n'aime pas ça.

— Laisse-moi deux minutes.

Je briefai les filles sur les tâches à accomplir durant mon absence et partis avec lui. Un taxi nous attendait dehors. Gabriel n'arrêtait pas de remuer ses jambes, je posai une main sur son genou pour tenter de le calmer, il la prit dans la sienne et la serra fort. Tout le trajet se fit en silence. Son angoisse me contamina. Marthe nous réservait-elle encore des surprises ? Quelle place Gabriel allait-il avoir dans sa succession ? Je n'imaginais pas qu'il n'en ait aucune ; cela me semblait logique que son nom apparaisse. Ce que je craignais, c'était sa réaction à lui. Était-il prêt à entendre les dernières volontés de Marthe ? J'en doutais, à en juger par son état de nerfs.

Jacques nous attendait devant l'étude notariale. Il donna une accolade à Gabriel et me fit la bise. Sans lâcher ma main, Gabriel annonça notre présence. La secrétaire nous invita à patienter dans un salon. Gabriel fut le seul à rester debout et se mit à faire les cent pas. Le notaire arriva et parut surpris par l'escorte dont bénéficiait Gabriel. Celui-ci ne lui laissa pas le choix, nous devions l'accompagner jusqu'au bout. Le notaire obtempéra à contrecœur. Nous pénétrâmes dans un grand bureau, l'atmosphère était solennelle, pesante. Sans préambule, le notaire nous annonça que ce serait rapide. Il avait procédé lui-même à l'enregistrement du testament de Marthe deux mois auparavant et nous assura qu'elle était en pleine possession de ses moyens. Je savais à quoi pensaient Gabriel et Jacques, je pensais comme eux. Ensuite, il s'adressa à Gabriel.

— Monsieur, vous êtes son légataire universel. La totalité de ses biens vous revient, comptes bancaires, actions, immeubles…

Je cessai de l'écouter et observai Gabriel ; il blêmissait à vue d'œil. Je percevais le mal-être qui enflait en lui. Brusquement, il se leva et quitta la pièce en courant, je le suivis. Il fonça aux toilettes… Il ne vomissait pas que son dernier repas. Il vomissait sa peine, sa culpabilité, son amour pour Marthe. Lorsqu'il ressortit, il était hagard, il s'aspergea le visage à grande eau et prit appui sur le lavabo. Je le laissai venir, s'ouvrir à moi. Il ne fallait surtout pas le brusquer.

— Ça ne pouvait pas être pire, me dit-il après plusieurs minutes, la voix encore plus éraillée que d'habitude.

— Tu aurais préféré qu'elle te déshérite ? Qu'elle t'oublie ?

— Ouais…

— Tu mérites une partie de ça, ton travail depuis toutes ces années….

— Ce n'est rien par rapport à ce que je lui ai fait…

— Ce que nous lui avons fait. Et puis, arrête avec ça…

Il secoua la tête.

— Si elle avait attendu quelques jours avant de se foutre en l'air, elle l'aurait changé son putain de testament…

Je m'approchai de lui et pris son visage entre mes mains.

— Tu n'en sais rien, lui dis-je. Elle t'aimait, j'en suis certaine.

— Je n'en veux pas de tout ça. C'est comme si tu me demandais de danser sur sa tombe.

— Tu as besoin de prendre du recul. En attendant, on doit y retourner.

Je lui pris la main et nous retournâmes dans le bureau du notaire. Gabriel s'excusa en marmonnant. Je croisai le regard inquiet de Jacques, qui fut sidéré en entendant Gabriel demander des explications sur la procédure légale pour renoncer à une succession. Le notaire marqua lui aussi un temps d'arrêt avant de reprendre sa posture stricte d'homme de loi. Il l'incita à réfléchir aux conséquences irrémédiables d'un tel acte, lui expliqua qu'il avait du temps devant lui avant de refuser ou d'accepter. Jacques posa sa main sur l'épaule de Gabriel et l'étreignit. Gabriel poussa un profond soupir et, de mauvaise grâce, il promit de prendre le temps de la réflexion.

Quand nous fûmes sortis de l'étude, Jacques l'exhorta à ne pas prendre de décision hâtive.

— Gabriel, mon garçon, ne rejetez pas en bloc ce qui fait votre vie.

— C'est Iris, ma vie, maintenant ! Et vous savez très bien que je ne mérite pas ça. Sans compter que Marthe était folle et que si elle avait pris le temps de réfléchir, elle, elle m'aurait dégagé de son testament.

— Non, je pense tout le contraire, elle vous aimait comme un fils.

— Jacques, ne faites pas celui qui ne sait rien, alors que vous savez tout, justement ! Vous êtes loyal à son souvenir, je le respecte, d'ailleurs, je suis désolé que vous n'ayez rien… Mais moi, si je reste et que je garde tout, je ne me détacherai jamais de son emprise, je n'en peux plus, ça me bouffe… La discussion est close, rentrons, nous avons à faire.

Il me prit dans ses bras et héla un taxi.

Les derniers jours avant les obsèques de Marthe, je les passai à terminer les commandes. Tout fut honoré. Gabriel, de son côté, se tuait au travail. Sa conscience professionnelle semblait décuplée. Je m'inquiétais d'autant plus pour lui. Qu'allait-il devenir s'il s'acharnait à tout bazarder ? Il n'avait pas conscience de ce qu'il était.

Ce soir-là, la veille de l'enterrement, j'étais seule, certainement pour la dernière fois, à l'atelier. J'avais dit au revoir aux filles et les avais remerciées pour le travail accompli. Lorsque la porte d'entrée claqua, je m'attendais à voir Gabriel. Et c'est Jacques qui s'avança dans le grand séjour de l'atelier.

— Quelle surprise ! lui dis-je.

— Iris, comment allez-vous ?

— J'ai hâte que tout soit fini, surtout pour Gabriel.

— Je viens de le quitter, il est chez elle, j'avais quelque chose à lui remettre. Venez vous asseoir...

Il me guida vers une chaise et s'installa en face de moi. Il m'expliqua que deux jours plus tôt il avait découvert au milieu de son courrier une lettre que Marthe lui avait envoyée le jour de sa mort. Il avait eu l'heureuse surprise de trouver le titre de propriété de l'appartement dans lequel il logeait à son nom. Mais ce pauvre Jacques se trouvait aussi mis devant le fait accompli, il était son messager d'entre les morts et devait servir de facteur si Gabriel refusait l'héritage. Le besoin de contrôle, l'intelligence de Marthe restaient intacts. Je commençai à me dire qu'effectivement elle avait bien pris toutes ses décisions en pleine possession de ses moyens, malgré sa folie. Elle avait anticipé les réactions de Gabriel en se fondant sur leur dernier échange, et aussi parce qu'elle le connaissait mieux que personne.

— Vous devriez monter le retrouver maintenant, me dit-il.

— J'y vais tout de suite.

Je fis le tour de l'atelier, éteignis tout et rejoignis Jacques sur le palier.

— On se voit demain ? lui dis-je.

— Bien sûr, je compte lui faire mes adieux.

— Merci pour tout, merci de vous occuper de lui.

— Ce n'est rien.

Il balaya une poussière invisible devant ses yeux, et descendit. Moi, je montai.

Je pénétrai chez Marthe pour la première fois depuis sa mort. Je captais sa présence, comme si elle occupait encore les lieux. Elle restait maîtresse chez elle. Gabriel sut que j'arrivais : mes talons sur le parquet. Encore. Je m'adossai au chambranle de la double porte du grand salon et l'observai. Il était assis à la dernière place de Marthe. La tête en arrière sur le dossier du canapé, il fixait le verre et le porte-cigarette qui n'avaient pas bougé de place. Lui-même tenait un verre que je devinais rempli de rhum avec une touche de jus d'orange. Sa cravate était desserrée, les premiers boutons de sa chemise ouverts. Dans l'autre main, il avait une lettre ; la lettre de Marthe. Après plusieurs minutes, il tourna le visage vers moi et esquissa un sourire.

— Super Jacques à la rescousse ?

— Oui.

— Je commence à comprendre pourquoi Marthe ne pouvait pas se passer de lui.

Je m'avançai, m'assis à ses côtés sur le canapé et lui caressai le visage.

— Elle ne me laissera jamais en paix, toi non plus d'ailleurs, me dit-il. Tiens, lis.

— Tu es sûr ?

— On ne se cache rien.

Je pris la lettre qu'il me tendait. Mes mains tremblaient, j'inspirai profondément avant de me lancer dans cette lecture qui serait déterminante pour notre avenir, je le sentais. Je reconnus son écriture élégante.

Gabriel, mon chéri,

J'ai eu trois amours dans ma vie, Jules, toi et Iris. Jules m'appartenait, tu m'as appartenu, une part de toi m'appartiendra toujours, mais Iris n'a jamais été qu'à toi. Je n'ai été qu'une mère de substitution pour elle. C'est douloureux, mais j'ai la satisfaction de l'avoir modelée à mon image et de l'avoir aimée. Elle s'abandonne à toi. Je te félicite pour cette victoire, mon chéri. Aime-la pour moi.

Cependant, si tu lis cette lettre, c'est que tu me désobéis, je ne le tolère pas. Ne me tue pas une seconde fois, ne me brise pas dans la mort. Prends ce qui te revient, poursuis mon rêve, relève le défi, assume l'empire que Jules a créé et qu'il t'a légué depuis le jour où il t'a vu pour la première fois. Endosse tes responsabilités. Ne fuis pas. Je ne pouvais rêver plus belle mort. Ne gâche pas tout, tu le regretterais amèrement, tu perdrais Iris, tu la détruirais, et tu te détruirais par la même occasion. Vous êtes et resterez mes œuvres. J'ai fait de vous ce que je voulais. Vous êtes prêts. Écrase quiconque se mettra en travers de votre chemin. Mets notre Iris à la tête de l'atelier, offre-le-lui comme Jules me l'a offert.

Soyez fiers à mon enterrement. À l'image de notre amour, de notre histoire. Défiez-les tous du regard. Montrez-leur que vous êtes puissants, que rien ne change.

Tu m'obéiras mon chéri, comme tu l'as toujours fait. Tu m'aimes comme je t'aime.

Marthe

Tout Marthe était dans cette lettre d'adieu brouillée par mes larmes et criante de vérité. Elle gardait le contrôle, savait ou pensait savoir ce qui était bon pour nous. Mais Marthe n'avait-elle pas toujours eu raison ? Je n'avais pas besoin de regarder Gabriel pour palper sa fébrilité, son inquiétude face à ma réaction, face à notre projet de tout recommencer ailleurs. Il me laissait prendre la décision. Je fermai les yeux de longues secondes. Un flot de souvenirs passa ; nous resterions toujours sous son influence. Il ne servait à rien de lutter contre. Un sentiment de paix m'envahit. Je souris légèrement, et le regardai.

— Nous restons.

— Je ne veux pas te forcer.

— Rentrons nous coucher. Nous avons notre rôle à tenir demain.

Je me levai et lui tendis la main. Il la saisit et se mit debout à son tour. Il éteignit la lampe sur la table de Marthe, puis plongea l'appartement dans l'obscurité. C'est blottis l'un contre l'autre que nous sortîmes de l'immeuble.

Le lendemain matin, je pris dans le dressing la tenue avec laquelle tout avait commencé. J'enfilai le pantalon, il était toujours à ma taille. Cependant, je n'eus pas à me battre et me contorsionner pour fermer le gilet. Gabriel se matérialisa derrière moi, en pantalon et chemise encore ouverte.

— Souvenirs, souvenirs, me dit-il en plantant ses yeux dans les miens à travers le reflet du miroir.

— C'est adapté à la circonstance. Tu ne trouves pas ?

— C'est parfait.

Je le regardai fermer le crochet et boutonner l'empiècement du bas du dos. Il embrassa mon épaule et alla finir de s'habiller. Cinq minutes plus tard, quand je le rejoignis dans la chambre, il se battait avec sa cravate. Je supposai que c'était bien la première fois que cela lui arrivait.

— Laisse-moi t'aider.

Je fis son nœud de cravate, parfaitement sûre de moi. Puis je rabattis le col de sa chemise. Je lissai un pli imaginaire. L'émotion me gagnait. Mes sentiments pour lui. Ma réussite professionnelle. La perte de Marthe. L'officialisation de notre relation, à Gabriel et moi, à son enterrement, telles des noces funèbres.

— On va y arriver, me dit Gabriel à l'oreille.

— Je n'en doute pas.

Une heure plus tard, un taxi nous déposait devant le crématorium du Père-Lachaise. Nous ne nous étions pas lâchés la main durant tout le trajet. C'est en parfaite harmonie que nous poussâmes un profond soupir, avant d'étouffer un fou rire nerveux.

— Prête ?

— Oui.

Je sortis du véhicule, Gabriel me rejoignit, posa la main au creux de mes reins et me guida. Nous fûmes accueillis par le maître de cérémonie ; il n'attendait plus que nous. Gabriel eut un rictus aux lèvres. Il avait voulu arriver en dernier ; Marthe aurait apprécié notre coup d'éclat. Nous empruntâmes un long couloir et j'entendis la trompette de Miles Davis dans *Ascenseur pour l'échafaud*. Un nœud se forma dans ma gorge, mes mains devinrent moites. L'homme nous laissa sur le seuil de la salle où reposait Marthe. C'était bondé. Le cercueil en bois sombre était au bout de l'allée centrale, une rose rouge-sang posée dessus. À côté, un agrandissement de sa dernière photo en tant que mannequin. Elle nous écrasait tous avec son regard hautain et sa beauté sculpturale. J'interrompis mon observation en entendant le murmure qui s'élevait de l'assistance. Tous les regards étaient braqués sur nous. La respiration de Gabriel s'accéléra imperceptiblement. Je distinguai des visages familiers : les filles, Philippe. Et Jacques, qui nous fit un grand sourire. Il était tout au fond, alors qu'il méritait d'être au premier rang, lui qui avait veillé sur elle. Jacques : le discret majordome jusqu'au bout. L'espace de quelques instants, chaque personne de l'assemblée sembla oublier Marthe. Je reconnus ceux qui rampaient à ses pieds, leur expression était très claire ; ils se demandaient si nous étions en train de prendre la relève. Je me raidis et adoptai une attitude défensive en apercevant d'anciennes maîtresses de Gabriel. D'une façon ou d'une autre, j'allais devoir leur faire comprendre qu'il n'avait pas besoin d'elles. J'étais là. Gabriel me serra plus fort contre lui, embrassa mes cheveux. Je levai les yeux vers lui, il plongea les siens dans les miens ; je n'avais rien à craindre. Puis, il revêtit son masque de contrôle, j'inspirai profondément, et fis de même. Nous étions les héritiers de Marthe.

— Que le spectacle commence, chuchota-t-il.

REMERCIEMENTS

Aux Éditions Michel Lafon... votre confiance et votre respect me portent dans l'écriture. Quelle belle et extraordinaire aventure nous partageons ! La disponibilité et l'écoute des uns et des autres me sont plus que précieuses.

À tous les lecteurs des *Gens...*, votre soutien, vos encouragements, vos messages me bouleversent et me remplissent de joie.

À Anita Halary, notre échange autour de votre métier a enrichi la passion d'Iris.

À toutes les femmes de ma famille qui ont été derrière une machine à coudre... Le tac-tac d'une Singer est un bruit de mon enfance...

POCKET N° 15716

> « *Impossible de rester insensible aux émotions de cette femme malmenée par la vie.* »
>
> *Direct Matin*

Agnès MARTIN-LUGAND
LES GENS HEUREUX
LISENT ET BOIVENT
DU CAFÉ

Diane a brusquement perdu son mari et sa fille dans un accident de voiture. Dès lors, tout se fige en elle, à l'exception de son cœur, qui continue de battre. Obstinément. Douloureusement. Inutilement. Égarée dans les limbes du souvenir, elle ne retrouve plus le chemin de l'existence. Afin d'échapper à son entourage qui l'enjoint de reprendre pied, elle décide de s'exiler en Irlande, seule.

Mais, à fuir avec acharnement la vie, elle finit par vous rattraper...

Cet ouvrage a été composé par
PCA – 44400 REZÉ

Imprimé en France par CPI
en octobre 2015

POCKET – 12, avenue d'Italie – 75627 Paris Cedex 13

N° d'impression : 3013558
Dépôt légal : mai 2015
Suite du premier tirage : octobre 2015
S25512/04